BARBARA WOOD

Los manuscritos de Magdala

Barbara Wood

Los manuscritos de Magdala

RBA

Título original: *The Magdalene Scrolls*

Traducido de la edición de Doubleday & Company, Inc.
Garden City, N.Y., 1978

Publicado por acuerdo con Lennart Sane Agency AB
Obra cedida para esta colección por Grijalbo Mondadori, S. A.

Pérez Galdós, 36 bis, 08012 Barcelona

Proyecto gráfico y diseño de la cubierta: Joan Batallé
Fotografía de la cubierta: © STONE

ISBN: 84-473-1857-5
Depósito Legal: B-2880-2001

Impresión:
Printer industria gráfica, S. A.
Carretera N-11, km 600
Cuatro Caminos, s/n. Sant Viçenc dels Horts (Barcelona)

Impreso en España - Printed in Spain

Este libro está dedicado al Dr. William Robertson;
un buen amigo,
un buen neurocirujano,
y un gran escultor.

Quiero también darle las gracias a Margie Dillenburg por su apoyo, su paciencia y su graciosa ayuda.

1

> Guárdese el judío bárbaro y malintencionado que perturbe el contenido de estas vasijas, pues la maldición de Moisés caerá sobre él; y será maldito en la ciudad así como en el campo, y maldito será el fruto de su cuerpo y de su tierra; el Señor le castigará con una severa fiebre, le infligirá locura y ceguera; y le perseguirá con la peste por siempre jamás.

«¿Qué es esto? —se interrogó Benjamin Messer—. ¿Una maldición?» Desconcertado, dejó de leer el papiro.

Al examinar la vieja escritura, se rascó distraídamente la cabeza. «¿Es posible? —pensó una vez más aturdido—. ¿Una maldición?»

Aquellas palabras, que habían cogido a Ben desprevenido, le hicieron detenerse un momento para preguntarse si no las estaría leyendo mal. Pero no... La escritura era bastante clara. No cabía ninguna duda.

> ... la maldición de Moisés caerá sobre él...

Ben se recostó en su silla, perplejo por lo que acababa de leer. Observó con detenimiento la escritura de dos mil años de antigüedad que brillaba fuertemente bajo la luz de su lámpara de alta intensidad. El joven paleógrafo reconsideró las circunstancias que le habían conducido hasta ese momento: la inesperada llamada a su puerta a altas horas de la noche; el cartero con su chorreante chubasquero; el sobre empapado con los sellos de Israel; haber firmado por tratarse de una carta de entrega especial; haber llevado el sobre a su estudio; la expectación y emoción al abrirlo y, finalmente, la primera frase.

Esas primeras palabras le causaron tal sorpresa, que ahora Ben permanecía sentado mirando fijamente el papiro como si lo viera por vez primera.

¿Cuál era el significado de esta maldición? ¿Qué le había enviado John Weatherby? La carta adjunta hablaba del descubrimiento de algunos viejos manuscritos a orillas del mar de Galilea. «Posiblemente más importante incluso que el de los manuscritos del mar Muerto», según el viejo arqueólogo Weatherby.

Ahora, Ben Messer observaba ceñudo el manuscrito en arameo que tenía ante sí. Pero no... No se trataba de los manuscritos del mar Muerto. No eran textos bíblicos o religiosos. Sino una maldición. La maldición de Moisés.

Esa declaración inicial le intrigó. No era lo que esperaba. Algo desconcertado, Ben se inclinó de nuevo hacia delante y continuó leyendo:

> Soy judío. Y antes de pasar de esta vida a la siguiente, debo descargar mi agitada alma ante Dios y los hombres. Lo que he hecho, lo hice por mi propia voluntad; no pretendo haber sido víctima del destino o de las circunstancias. Confieso libremente que yo, David Ben Jonah, soy el único responsable de mis obras, y que mi progenie es inocente de mis crímenes. Mi descendencia no ha de cargar con el estigma de los errores de su padre. Ni tampoco ha de juzgarme. Pues esto sólo corresponde a Dios.
>
> He llegado a este lamentable estado por mi propia mano. Debo hablar ahora de mis actos. Y luego, por la misericordia de Dios, mi Señor, encontraré, por fin, la paz en el olvido.

Benjamin se enderezó y se restregó los ojos. Bueno, se estaba poniendo aún más interesante. En esas últimas líneas había tropezado con otras dos sorpresas que le hacían repasar el manuscrito para comprobar su traducción. Una de las sorpresas fue la inesperada facilidad para traducir el papiro. Por lo general, era un reto. La mayoría de los manuscritos antiguos abreviaban palabras y prescindían de las vocales, ya que eran en realidad meros apuntes para alguien que ya había memorizado el contenido, lo cual dificultaba la traducción para el paleógrafo moderno. Pero éste no. Y la segunda sorpresa resultó ser que el manuscrito no era el texto religioso para el que Ben se había preparado.

Pero, en ese caso, «¿Qué es?», se repetía Ben mientras limpiaba sus gafas, volvía a colocarlas sobre su nariz y se inclinaba nuevamente hacia delante. ¡Qué demonios había encontrado John Weatherby!

Tengo otra razón más para escribir esto antes de morir, y que Dios tenga piedad de mí, pero es una necesidad mayor que lo que dije anteriormente. Es, a saber, que escribo para que mi hijo pueda comprender. Debe ser consciente de los sucesos que tuvieron lugar y también de mis motivos. Habrá oído historias acerca de lo que sucedió ese día. Quiero que conozca la verdad.

«¡Maldita sea! —maldijo para sus adentros Ben—. ¡John Weatherby, no creo que sepas lo que has desenterrado! Dios mío, esto es más que un simple descubrimiento arqueológico, no unos cuantos manuscritos bien conservados para el museo. Parece que has descubierto la última confesión de alguien. ¡Y una última confesión que conlleva una maldición!»

Ben meneó la cabeza. Era increíble...

Estas palabras son, por lo tanto, para tus ojos, hijo mío, estés donde estés. Mis amigos me han conocido como un hombre meticuloso, y seré fiel a mi carácter en este mi último acto. Estos documentos serán preservados para ti, hijo mío, como tu herencia, pues poco más tengo que darte. Hubo un tiempo en que te hubiera legado una gran fortuna, pero ahora ya no existe, y en la hora más oscura sólo puedo ofrecerte mi conciencia.

Aunque sé que no tardaremos en volver a estar unidos en Sión en el nuevo Israel, tendré, no obstante, que luchar para esconder estos manuscritos como si fueran a descansar por toda la eternidad. Los encontrarás pronto, estoy seguro, y, sin embargo, sería la peor de las tragedias que se estropearan antes de que tus ojos los vieran. Por este motivo, invoco a la protección de Moisés para mantenerlos a salvo.

«¿La protección de Moisés?», recabó la mente de Ben como en un eco. Echó de nuevo una mirada a la parte superior del papiro, releyó las primeras líneas y reconoció vagamente la maldición que se hallaba en el Antiguo Testamento.

John Weatherby, en la carta que acompañaba las fotografías de los manuscritos desenterrados, opinaba que él y su equipo habían dado con un descubrimiento arqueológico de tremenda importancia. Pero parecía, ahora se daba cuenta Ben, que el viejo Weatherby no era consciente de lo que había encontrado exactamente.

Ben Messer, cuyo trabajo era traducir los papiros, esperaba que fuesen textos religiosos, extractos de la Biblia, semejantes a los manuscritos del mar Muerto. ¿Pero esto? ¿Una especie de diario? ¿Una maldición?

Estaba aturdido. ¿Qué demonios era esto?

> Ruego ahora, hijo mío, al Dios de Abraham para que Él te conduzca al escondite de este pobre tesoro. Ruego con todo mi corazón y con todas mis fuerzas, amén de con mayor desesperación que si implorase que tuviera piedad de mi alma, que un día no muy lejano, amadísimo hijo, leas estas palabras.
>
> No me juzgues, ya que éste es privilegio sólo de Dios. Acuérdate de mí en tus momentos difíciles y recuerda que te amé por encima de todo. Y cuando nuestro Maestro aparezca a las puertas de Jerusalén, examina los rostros de los reunidos en su despertar, y, con la benevolencia de Dios, verás entre ellos el rostro de tu padre.

Benjamin se recostó en su silla con una mirada de desconcierto en la cara. ¡Era absolutamente increíble! Dios mío, Weatherby tenía razón sólo a medias. Unos manuscritos valiosos, sí. Un descubrimiento arqueológico que «conmocionará al mundo civilizado», sí. Pero se hallaba ante algo más.

Ben sintió una gran emoción. Algo más...

Sintió la necesidad de mover su alto y delgado cuerpo; el paleógrafo, de treinta y seis años, se puso en pie, avanzó hacia las ventanas y apretó su frente contra el cristal. Aparte de su propio reflejo inmediato —las gafas con montura de asta, el cabello rubio y el rostro delicado— y aparte de la débil imagen del estudio detrás de él, vio cómo las brillantes luces del oeste de Los Ángeles le regalaban su parpadeo.

Fuera, era de noche. La lluvia había cesado, dejando una ligera neblina suspendida en el aire. Era una fría noche de noviembre en Los Ángeles, pero Ben era ajeno a ello. Como siempre cuando traducía un texto antiguo, el profesor Benjamin Messer se perdía durante un rato en el alfabeto y la sintaxis de unos autores muertos antaño.

Autores desconocidos y sin nombre.

Excepto éste.

Se volvió poco a poco y contempló un momento su mesa. Un halo de brillo procedente de la lámpara iluminaba un área pequeña; en el resto de la habitación, la oscuridad.

«Excepto éste», repetía su mente.

«Qué sorprendente —meditó—, haber encontrado unos cuantos

papiros escritos por un hombre corriente, en lugar de un sacerdote, y que parecen ser una carta personal, en vez de los habituales discursos religiosos. ¿Es posible? Y si John Weatherby ha encontrado estos escritos, durante largo tiempo perdidos, de un hombre corriente que vivió hace dos mil años, ¿dónde sitúa eso al descubrimiento? Ciertamente, muy alto. A la altura, seguramente, de la tumba de Tutankhamen y la Troya de Schlieman. Pues, si son las palabras de un ciudadano del común que escribe por motivos personales, ¡entonces los manuscritos son los primeros de su clase en toda la historia!»

Ben regresó al escritorio y miró hacia abajo. Sobre la mesa, una gata lustrosa y negra llamada Popea Sabina inspeccionaba su último trabajo. La brillante fotografía, nítida y con fuerte contraste, era una de las tres que Ben había recibido por entrega especial aquella noche. Eran las fotografías de un manuscrito actualmente sometido a reconstrucción y preservación bajo los auspicios del gobierno israelí. Cada una de las fotos era una sección de un manuscrito entero, entre las tres formaban un manuscrito completo. Llegarían más, le habían anunciado a Ben, más secciones de otros manuscritos. Y cada fotografía era la reproducción exacta de su original, sin ninguna alteración ni reducción de tamaño. Si no fuera por la suavidad y el brillo de las fotografías, Messer creería estar ante los fragmentos auténticos de los manuscritos.

Volvió a sentarse no sin depositar con cuidado a Popea en el suelo, y comenzó a traducir allí donde se había interrumpido.

> Escucha, oh Israel, al Señor nuestro Dios; el Señor es el único Dios. Bendito seas, oh Señor, nuestro Dios, rey del universo; que recuerda la alianza, es fiel a su alianza y mantiene su promesa; que hace bien a quien no lo merece y que, por ende, ha derramado todo bien sobre mí.

Sonrió ante lo que había traducido: *El Sh'ma* y una bendición tradicional. Ambos en hebreo. «*Barukh Attah Adonai Eloheinu Melekh ha-Olam.*» Esto se aproximaba a aquello a lo que Ben estaba acostumbrado; textos sagrados, listas de leyes, proverbios y escatología. David Ben Jonah, quienquiera que fuese, había sido un judío extremadamente piadoso (ni siquiera se atrevió a escribir el nombre de Dios, sino que había escrito en su lugar el tetragrámaton YHVH)* y quiso asegurarse de que no habría ningún error. Tam-

* *Yahve*, del hebreo, con vocales conjeturales. Nombre propio de Dios en la Alianza revelado a Moisés en el monte Horeb (Éxodo 3). (*N. de la T.*)

bién fue, observó Ben mientras volvía a comprobar su traducción, un hombre muy culto.

Cuando sonó el teléfono, Ben dio un salto, arrojó su bolígrafo al aire y contestó sin aliento, como si hubiera estado corriendo.

—¿Ben? —era la voz de Angie, por el cable—. ¿Acabas de llegar?

—No —sonrió él—. Estaba aquí, en mi escritorio.

—Benjamin Messer, tengo demasiada hambre para apreciar tu sentido del humor. Dime una cosa, ¿vas a venir o no?

—¿A venir? —miró su reloj—. ¡Jesús!, si son las ocho.

—Lo sé —dijo ella secamente.

—Dios mío, lo siento. Debe de ser media hora...

—Una hora tarde. —Suspiró con sorna—. Mamá siempre decía que los paleontógrafos nunca eran puntuales.

—¿Eso decía tu madre?

Angie se rió. Tenía toda la paciencia del mundo en lo tocante a Ben, el hombre con el que estaba comprometida. Era tan de fiar en todo lo demás que, cuando se trataba de su puntualidad —o de su falta de puntualidad—, estaba bastante dispuesta a perdonar.

—¿Trabajabas en el códice? —se interesó.

—No —frunció ahora el ceño, recordando de pronto su primer trabajo. Al recibir las fotografías de Weatherby desde Israel, Ben abandonó el códice egipcio en el que trabajaba duramente—. En otra cosa...

—¿Vas a contármelo?

Él vaciló. En una de sus cartas, John Weatherby le pedía a Ben que no hablara con nadie de este proyecto. Él mismo se hallaba aún en las fases de alto secreto y muy lejos del momento de hacerlo público. Weatherby no quería que ciertos colegas supieran de él por el momento.

—Te lo contaré en la cena. Dame diez minutos.

Después de colgar, Ben Messer se encogió de hombros; Angie no formaba ciertamente parte del resto del mundo. No importaba que lo supiera.

Cuando volvía a introducir las fotografías en su sobre, se detuvo por enésima vez a admirar el viejo manuscrito en arameo. Allí estaba, en simple blanco y negro. La voz de un hombre que llevaba siglos muerto. Un hombre cuyo cuchillo había afilado la punta de la caña para escribir, cuyas manos alisaron el papiro, con cuya saliva había humedecido los amasijos para hacer tinta. Aquí estaban sus palabras, los pensamientos que se había sentido impulsado a plasmar antes de morir.

Ben se quedó largo tiempo mirándolo, hipnotizado por el viejo manuscrito; permaneció clavado junto a su mesa, sosteniendo las brillantes fotografías en el aire.

John Weatherby tenía razón. Si se encontraban más manuscritos de David Ben Jonah, éste podía ser un descubrimiento que conmocionara al mundo civilizado.

—¿Por qué? —quiso saber Angie mientras vertía más vino en el vaso de él.

Ben no respondió de inmediato. Sus ojos guiaban su mente por una rocambolesca odisea a través de las llamas del hogar. En las lenguas del fuego se dibujaba la escritura de David Ben Jonah, y recordaba cómo, aquella misma noche, le asombró descubrir que el manuscrito había sido escrito por un ciudadano particular y en lengua común. Ben se había preparado para traducir un texto religioso, tal vez el libro de Daniel o Ruth, y, en su lugar, había recibido la mayor sorpresa de su vida.

—¿Ben? —dijo Angie en voz baja.

Le había visto así con anterioridad, en el Templo de Salomón, el año anterior en Israel, cuando, como dos turistas más, se detuvieron frente a la impresionante exposición del famoso manuscrito de Isaías procedente del mar Muerto. El único verdadero amor de su vida —papel roto y tinta desvaída— pareció hacer que Ben se encerrara en sí mismo, que perdiera el contacto con la realidad.

—¿Ben?

—¿Hum? —Volvió rápidamente en sí—. Oh, lo siento. Estaba distraído, supongo.

—Me hablabas de las copias de un manuscrito que has recibido esta noche de Israel. Dijiste que el profesor Weatherby te las había enviado y que daba la impresión de ser un descubrimiento de gran importancia. ¿Por qué? ¿Acaso proceden del mar Muerto?

Ben sonrió y tomó un sorbo de vino. Los conocimientos de Angie sobre manuscritos antiguos eran los de un profano: en el mejor de los casos, los manuscritos del mar Muerto. Quizá también Tácito. Pero, al fin y al cabo, Angie era modelo y no tenía necesidad de tal información. Alta, esbelta y sorprendentemente hermosa, la prometida de Benjamin Messer sólo tenía una vaga idea de lo que él hacía para ganarse la vida.

—No, no proceden del mar Muerto.

Angie y él estaban sentados en el suelo, con los restos de la cena todavía sobre la mesa, y degustaban un buen vino frente a la chimenea. Ben se desplazó ligeramente hacia un lado para verla mejor y vaciló, antes de proseguir, para admirar su bello rostro.

—Fueron hallados bajo lo que apuntan ser las ruinas de una antigua morada, tal vez una casa, en un lugar llamado Jirbet Migdal. ¿Te dice eso algo?

Ella sacudió la cabeza. La luz del fuego convertía su cabello en bronce bruñido.

—Bueno, hace unos seis meses, John Weatherby me habló de gestionar, por fin, el permiso del gobierno israelí para llevar a cabo una excavación en la región de Galilea. El principal interés de Weatherby, como estoy seguro de que te he contado, son los tres primeros siglos de nuestra era. Eso incluiría la Roma antigua y su decadencia, la destrucción de Jerusalén, el nacimiento del cristianismo, etc. De cualquier modo, juntando unas pistas con otras, John tuvo un fuerte presentimiento acerca de un área de excavación, que no describiré, y presentó sus argumentos a los israelíes. Luego, se marchó hace cinco meses con un grupo arqueológico de California, estableció un campamento cerca de Jirbet Migdal y comenzó a excavar.

Ben se interrumpió en este punto, sorbió más vino y se acomodó mejor.

—No entraré en los progresos que hizo, huelga decir que valieron la pena. Sin embargo, lo que en principio buscaba, una sinagoga del siglo II, nunca apareció. Estaba equivocado. Mas, accidentalmente, topó con algo más, algo de tal importancia que me llamó desde Jerusalén hace dos meses. Había encontrado un escondite de manuscritos, dijo, tan herméticamente sellado y enterrado, que los había mantenido en excelente estado de conservación. De costumbre, no tenemos tanta suerte.

—Pero ese que vimos, el manuscrito de Isaías...

—El mar Muerto es un área en extremo seca, de ahí que los manuscritos sobrevivieran al deterioro habitual causado por la humedad. Lo mismo ocurre con los papiros de las tumbas egipcias. Pero alrededor de Galilea, donde el aire es más húmedo, la longevidad de materiales perecederos, por ejemplo la madera y el papel, es prácticamente nula. En términos arqueológicos, por supuesto.

—¿Y, sin embargo, Weatherby encontró uno?

—Sí —afirmó Ben con un timbre casi incrédulo—. Aparentemente, así fue.

En aquel momento, Angie, con la imaginación encendida, se puso también a mirar el fuego.

—¿Qué antigüedad tienen esos manuscritos?

—No lo sabemos con seguridad. La última palabra nos corresponde a mí y a otros dos traductores. Por análisis químico, Weatherby estimó la edad de las vasijas que contenían los manuscritos, pero no con demasiada exactitud. El papiro y la tinta fueron también analizados, y eso tampoco fue concluyente. El resultado depende de mí y, como he dicho, de otras dos personas.

—¿Por qué te eligieron a ti?

—Somos tres que trabajamos por separado: uno en Detroit y otro en Londres. Esos otros dos individuos también reciben copias y trabajan del mismo modo que yo. Los traductores suelen trabajar en equipo, pero a Weatherby le gusta que trabajemos por separado y sin colaboración, porque cree que, de ese modo, realizaremos traducciones más exactas. Y nos eligió a nosotros tres, me imagino, porque sabemos guardar un secreto.

—¿Qué secreto?

—Bueno, en su mayor parte se trata de política interna. En ocasiones es precisamente una buena idea mantener oculto un descubrimiento fantástico durante un tiempo, hasta que lo tienes todo preparado y listo para hacerlo público. Podría ser atacado y entonces tendrías que defenderlo. En nuestra especialidad, siempre hay pequeños celos.

Ben no deseaba ir más lejos. Angie no lo comprendería. En realidad, nadie ajeno a ese campo lo haría, puesto que no era fácil de explicar. Por perfecta que fuera tu reputación, por honrados que fueran tus métodos, siempre te cuestionaba alguien. Incluso los manuscritos del mar Muerto provocaron controversias entre los académicos del mundo entero. Los científicos son así.

—Todavía no me has contado qué tienen de especial esos manuscritos.

—Bueno, por un lado, son los primeros de su especie hallados por nadie, en ningún sitio. Todos los demás manuscritos antiguos que hay actualmente en todos los museos y universidades del mundo son sobre todo del mismo tipo: religiosos. Y casi todos los escribieron sacerdotes y monjes. El ciudadano medio de la antigüedad nunca escribía cosas, de la manera en que tú o yo lo haríamos, y por ello nunca se ha encontrado antes nada semejante a los manuscritos de Weatherby. ¿Entiendes? Un hombre corriente que escribe con palabras corrientes.

—¿Qué tipo de palabras?

—Parece una carta o una especie de diario. Dice que tiene que hacer una confesión.

—¿Así que el que estos manuscritos sean los únicos de su clase es lo que los hará famosos?

—Eso y, por supuesto —sus ojos se plegaron en una sonrisa—, la maldición.

—¿Una maldición?

—Es en cierto modo novelesco, hallar un escondite de manuscritos antiguos que llevan escrita una maldición. Weatherby me lo comentó por teléfono. Parece ser que el viejo judío que escribió los manuscritos, David Ben Jonah, estaba resuelto a mantener a salvo sus preciosos papiros e invocó por ello una antigua maldición. La maldición de Moisés.

—¡La maldición de Moisés!

—Es del Deuteronomio, capítulo 28. Hay toda una retahíla de terribles maldiciones. Como estar aquejado de una severa fiebre y ser perseguido por la peste para siempre. Supongo que el viejo judío quería proteger de verdad esos manuscritos. Debió de imaginar que bastaba con asustar a todo el mundo.

—Bueno, no asustó a Weatherby.

Ben rió.

—Dudo de que a la maldición le quede demasiado poder después de dos mil años. Pero si Weatherby comienza a padecer los síntomas de la peste...

—No digas eso. —Angie se frotó los brazos—. Brrr. Me da escalofríos.

Ambos volvieron a mirar el fuego, y Angie, recordando el pergamino amarillento que había visto en el Templo, preguntó:

—¿Por qué los manuscritos del mar Muerto fueron un descubrimiento tan fantástico?

—Porque demostraron la validez de la Biblia. Y no es cosa de poca monta.

—¿Y no es eso más importante que lo que los manuscritos de Weatherby tienen que decir?

Ben sacudió la cabeza, repetidamente, asintiendo.

—No desde el punto de vista del historiador. Hemos tenido bastantes textos bíblicos que nos confirmaron o explicaron el desarrollo de la Biblia a lo largo de los siglos. De lo que carecemos es de suficiente información sobre cómo era la vida cotidiana en aquella época. Los manuscritos religiosos, como los del mar Muerto, explican profecías y credos religiosos, pero no exponen nada sobre la época en que fueron escritos o sobre los hombres que los escribieron. Pero los manuscritos de Weatherby... ¡Buen Dios! —exclamó de repente—. ¡Un diario personal del siglo II o III! ¡Piensa en las lagunas que llenaría!

—¿Y si fueran más viejos? Del siglo I...

Ben se encogió de hombros.

—Quizá, pero es demasiado pronto para saberlo. El carbono radiactivo no puede precisárnoslo más. Al final, será mi análisis de estilo del manuscrito lo que nos descubra cuándo vivió David Ben Jonah. Y la mía, querida Angie, no es una ciencia exacta. Por lo que he leído hasta ahora, David Ben Jonah pudo haber vivido en cualquier momento dentro de un período de tres siglos.

Un aire distante cayó sobre el rostro de Angie. Se le acababa de ocurrir una cosa.

—Pero el siglo I sería el más fantástico, ¿no?

—Claro. Aparte de los manuscritos del mar Muerto, las cartas de Bar-Kokba y los manuscritos de Masada, no se sabe de la existencia de ningún otro manuscrito en arameo de la época de Cristo.

—¿Crees que se le menciona?

—¿A quién?

—A Jesús.

—Oh. Bueno, yo no...

Ben apartó la mirada de ella. Para él, la frase «en tiempos de Cristo» era sólo un instrumento de medida histórica. Era más fácil que decir «desde el siglo IV antes de nuestra era hasta alrededor del año 70 de nuestra era» o «post-Augusto y pre-Flavio». Era simplemente una forma abreviada de designar ese período concreto de la historia. Ben tenía su propia teoría acerca del que la gente llamaba Cristo. Y difería de la norma.

—¿Así que podrás averiguar cuándo fue escrito por la forma de escribir?

—Eso espero. El estilo de los manuscritos cambió a través de los siglos. La propia caligrafía, el alfabeto utilizado y el lenguaje son mis tres criterios para la datación. Confrontaré los manuscritos de Weatherby con otros que poseemos, como los de Masada, y compararé la forma de escribir. No obstante, según el análisis químico del papiro, tenemos una fecha hipotética del año 40 d.C. con un margen de doscientos años, lo cual significa que el papiro fue elaborado entre el año 160 a.n.E. y el 240 n.E.

—¿Qué es n.E.?

—Significa «de nuestra Era». Quiere decir lo mismo que *anno Domini*. Los arqueólogos y los teólogos lo utilizan. En cualquier caso, por lo que respecta a la fecha, el carbono radiactivo funciona bien con los cráneos prehistóricos, donde un margen tan amplio, en realidad, no importa. Mas, cuando se habla de un año que transcurrió justo hace dos mil años, un margen de doscientos años no es prácticamente de ninguna ayuda. Pero es una base para empezar.

Posteriormente, intentamos fechar el yacimiento en donde fueron encontrados, con las capas más antiguas en los niveles inferiores y las más recientes superpuestas, de la misma manera que las capas geológicas. Claro que, incluso después de todo esto, aún es preciso recurrir al propio manuscrito para determinar la fecha final. Y hasta ahora, Angie, nuestro viejo judío escribe con una caligrafía similar a la de los manuscritos del mar Muerto, lo cual podría situarle entre cien años a.C. y doscientos años después.

—Tal vez ese David cuente algo en su manuscrito que te dé una fecha exacta, como un nombre, un acontecimiento o alguna cosa por el estilo.

Ben miró fijamente a Angie con el vaso a medio camino de sus labios. Esa posibilidad no se le había ocurrido. Y, sin embargo, ¿por qué no había de ser posible? Ciertamente el primer fragmento demostraba que estos manuscritos de Migdal eran distintos de cualquier otro tipo hallado hasta ahora. Era posible. Todo era posible.

—No lo sé, Angie —sopesó sus palabras—. Que nos dé una fecha... sería demasiado esperar.

Ella se encogió de hombros.

—Por el modo en que hablas, los propios manuscritos eran ya demasiado esperar, y, sin embargo, ahí están.

Ben la miró fijamente por segunda vez. La capacidad de Angie para aceptar tan despreocupadamente los acontecimientos más extraños nunca cesaba de asombrarle. Y, no obstante, tal vez no fuera tanto su despreocupada aceptación de los mismos como su despreocupado rechazo, matizó Ben ahora, mientras estudiaba su imparcial expresión. Dada su capacidad para aceptarlo todo, ya fuera la hora del día, ya la noticia de un desastre, con la misma objetividad, Angie no era una mujer de pasiones. Nunca perdía el control de sí misma y, de hecho, parecía enorgullecerse de ser una persona muy equilibrada. Suya era la capacidad de recuperación instantánea. Una de las historias favoritas contadas por sus amigos era la reacción de Angie ante el asesinato de John Kennedy. En el mismísimo momento del asesinato, que conmocionó a todo el mundo, su único comentario fue: «Bueno, la vida es una perra».

—Sí, unos papiros como éstos son demasiado esperar. En realidad, son el sueño de todo arqueólogo. Pero... —la voz de Ben se extinguió.

Había muchos síes. En sus cartas, Weatherby sólo se refería a papiros. No obstante, nunca mencionó su número. ¿Cuántos había? ¿Cuántos pudo escribir el viejo David Ben Jonah antes de pasar «de este mundo al siguiente»? Y, por otra parte, ¿qué era lo que había tenido que sacar tan desesperadamente de su pecho y plasmar en un papel?

Sentado con Angie frente al fuego y sorbiendo un vino ligero, Ben comenzó a dejarse llevar por un mundo de preguntas e imaginaciones, preguntas que, hasta ahora, no se le habían ocurrido.

Sí, en verdad, ¿qué era lo que impelió al viejo judío a confiar su vida al papel? ¿Qué motivo le impelió a hacer algo tan infrecuente entre los hombres de su época: escribir sus pensamientos con tinta y cálamo? ¿Qué motivo le persuadió a guardar esos manuscritos, esas palabras dirigidas a su hijo, tan cuidadosamente como los monjes del mar Muerto habían guardado los suyos, sus textos religiosos, para la posteridad?

¡Y luego esa extraña maldición! Los manuscritos deben de revelar algo importante, si el viejo David llegó a tales cosas para protegerlos.

Ben pasó de estos pensamientos vagos y quiméricos al propio y auténtico hallazgo. Sabía por experiencia que la noticia del mismo no tardaría en filtrarse y que, una vez que hubiera sucedido, el mundo se pondría en guardia. La publicidad sería asombrosa. Su nombre, Benjamin Messer, quedaría irremediablemente unido al descubrimiento, y él se encontraría de pronto bajo un foco de atención con el que a menudo había soñado. Se publicarían libros, habría entrevistas en la televisión, giras por todo el país; prestigio, fama, reconocimiento...

El fuego crepitó y las llamas explotaron con cálido fulgor. En algún lugar cercano alguien respiraba suavemente. Ben sintió su rostro ponerse progresivamente caliente ya fuera por el fuego exterior, ya por el fuego interior. Cuando su mente se volvió más perezosa y menos disciplinada, surgieron pensamientos fortuitos y, por casualidad, aparecieron en su mente las cartas de John Weatherby.

La primera fue meramente una rápida nota, que comunicaba a Ben «un descubrimiento extraordinario» que Weatherby había realizado.

Por ello, al leer esa nota, hacía tan sólo diez semanas, Ben supuso que Weatherby había desenterrado aquella sinagoga del siglo II. Bueno, mejor para él. Pero, luego, se produjo aquella llamada telefónica desde Jerusalén, con John Weatherby hablando como si tuviera la cabeza dentro de un cubo. Confió a Ben que había encontrado un escondite de manuscritos, y le adelantó que le encargaría que los fechara y tradujera. Ocurrió dos meses atrás.

La siguiente comunicación se estableció cuatro semanas después en forma de una larga carta. Era una crónica de la excavación desde sus comienzos hasta el descubrimiento de los manuscritos; una descripción detallada de los trabajos y, en particular, del nivel VI; una lista de objetos hallados junto con las vasijas —utensilios domésticos, monedas, fragmentos de cerámica—; y, luego, una descripción de las vasijas y de los propios manuscritos.

A continuación, recibió un informe sobre los descubrimientos del Instituto de Estudios Nucleares de la universidad de Chicago, los resultados de las pruebas del carbono radiactivo y una determinación de la fecha de las monedas como del año 70 n.E.

Pero, al final, tres páginas de datos científicos sólo habían podido señalar el amplio espectro de trescientos años, y no precisaban más. Lo cual constituía la razón de enviarlos a Ben Messer, para determinar el año en que habían sido escritos y su significado.

—¿Ben?

—¿Hum? —abrió lentamente los ojos.

—¿Te estás quedando dormido? —la voz de Angie era dulcemente persuasiva.

—Sólo estaba pensando...

—¿En qué?

—Oh... —Ben suspiró. Se sentía eufórico. Su mente divagaba—. Se me acaba de pasar una cosa por la cabeza. Algo que no se me había ocurrido hasta ahora.

—¿Qué es?

—Que el padre de David se llamaba igual que el mío.

—¿Cómo lo sabes?

—Está en su nombre, David Ben Jonah. *Ben*, en arameo, significa «hijo de». Así que el nombre de su padre era Jonah. Precisamente el nombre de mi padre también era Jonah...

El vino le estaba embriagando. Por algún motivo, los manuscritos le parecían de repente más importantes en este momento de lo que juzgó antes.

Sin embargo, no había empezado a leerlos hasta esa noche.

—¿Crees que habrá más?

—Espero que sí. Ruego a Dios que los haya.

Angie le miró de reojo.

—No creía que supieras rezar, Ben.

—Muy bien, ya basta.

A menudo le fastidiaba diciéndole que era el ateo más devoto que conocía. Él, Benjamin Messer, hijo de un rabino.

Entonces se levantaron a la vez y se pegaron el uno al otro en ese dulce crepúsculo de vino y fuego. Angie podía no ser apasionada espiritualmente, pero físicamente era lo bastante satisfactoria para el más ansioso de los apetitos sexuales, que Ben estaba desarrollando repentina y rápidamente.

—Olvida el pasado —le murmuró ella al oído—. Vuelve al presente. Vuelve a mí.

No se molestaron en ir al dormitorio, pues la mullida alfombra frente al hogar era deliciosa. Y, durante un breve período de tiempo, Angie hizo que Ben olvidara el enigma de un alfabeto de dos mil años de antigüedad.

Más tarde, mientras se vestía ante un hogar de ascuas resplandecientes, Ben se serenó. El código de Alejandría aguardaba a ser traducido —una carta apócrifa atribuida al evangelista Marcos— además de la tercera foto del manuscrito de Weatherby. Y por la mañana tenía clases.

—Quédate a pasar la noche —le instó ella suavemente.

—Lo siento, mi amor, pero ni la lluvia, ni el aguanieve, ni una astuta señorita apartarán al paleógrafo de las traducciones encomendadas. Es Herodoto.

—Es estúpido.

—¿De veras? ¿Era griego o romano? Marco Tulio Estúpido.

Angie agarró su jersey y lo lanzó contra él.

—Benjamin Messer, ¡lárgate!

Él rió y le sacó la lengua. El cabello castaño de Angie se le cayó sobre la cara al igual que a una niña al tiempo que sus ojos le miraban brillando seductoramente. Era divertido estar con ella. No sabía nada de historia antigua, pero era divertido estar con ella. Y la quería por esa razón.

—*Ciao*, nena, como dicen en televisión —y se marchó, bajando los escalones de dos en dos.

Ahora bien, su alegre humor se disipó en el aire helado mientras conducía por Wilshire Boulevard. En la radio, en una emisora de rock cantaba Cat Stevens o Neal Young, no sabía quién. Ben era el tipo de persona que podía decir que su cantante favorita era Olivia Elton-John y quedarse tan ancho.

Pero realmente no prestaba atención a la música porque el acuciante problema de los manuscritos le acosaba otra vez. ¿Cuándo fueron escritos? Si resultaban ser del siglo II o III no serían ni mucho menos tan significativos como del siglo I. Ni tampoco el final del siglo I causaría tanto impacto como el principio del mismo.

Ben aparcó temerariamente su coche en el garaje subterráneo y subió a saltos las escaleras hasta su apartamento.

¿Y si...? ¿Y si hubieran sido escritos a principios del siglo I? ¡Podría haber incluso alguna mención, alguna pista, algún indicio que apoyara o desaprobara la existencia de un hombre a quien todo el mundo llama Jesucristo!

«David Ben Jonah —pensaba Ben mientras manipulaba torpemente la llave de su puerta—, ¿en qué años viviste y qué es eso tan importante que tienes que decirme?»

En cuanto entró, Ben hizo primero una taza de café negro cargado, abrió una lata de sardinas para Popea y luego se sentó detrás de su escritorio. El resplandor de su lámpara de lectura creaba un pequeño enclave contra la negra noche de la estancia, haciendo de su apartamento una caverna sin límites. La esfera de luz sólo era invadida alguna que otra vez por Popea, quien, en su interminable curiosidad, realizaba breves visitas a la superficie de la mesa y, al no ver nada interesante, partía siempre a realizar rondas nocturnas por las demás habitaciones.

Esa noche, mientras Ben volvía a extender las fotografías ante sí, ella subió silenciosamente de un salto, anduvo majestuosa entre los libros, el cenicero, los vasos vacíos y, oliendo a sardinas, husmeó una de las fotos. Después, saltó al suelo.

Libre de los efectos del vino ofrecido por Angie, Ben se encaró con el tercer segmento del papiro. Casi deliberadamente trajo una escena a su mente, una imagen de él y el profesor John Weatherby sentados en casa de este último en Pacific Palisades, seis meses atrás, cuando consideraron todos los aspectos del proyecto en el que el hombre mayor estaba a punto de embarcarse.

Weatherby, de pelo gris, robusto y con discurso animado, había expresado muchas veces su teoría acerca de una sinagoga del siglo II que estaría enterrada en algún lugar cerca de Jirbet Migdal, en Israel. En su salón, esa noche, seis meses antes, John Weatherby le había dicho a Ben: «Como sabes, el registro oficial del Departamento de Antigüedades de Israel cita alrededor de dos mil setecientas cincuenta localidades conocidas dentro de las fronteras anteriores a 1967. En 1970, había por lo menos veinticinco excavaciones a gran escala en marcha dentro de los 12.000 km^2 de Israel; es decir, el área arqueológica más activa del mundo. Y yo pretendo conseguir un pedazo de ese pastel. Probablemente me concederán el premio. Entonces, me marcharé a Migdal con mi pala y mi cubo, a imagen y semejanza de un chiquillo que se va a la playa».

Ben estudió prolongadamente la tercera fotografía, la escritura en cursiva y el estilo informal, tan distinto del de los textos religiosos, y pensó para sí: «Así, David Ben Jonah, que enterraste tu precioso testamento en la tierra de Jirbet Migdal, y John Weatherby llegó y lo desenterró.

»Pero, claro, entonces tú no lo conocías como Migdal. En tu época, el pueblo se llamaba Magdala. Famoso por su pescado, su hipódromo y una mujer llamada María. La Magdalena.

2

El tercer fragmento no se leía con tanta facilidad como los dos primeros, pues, en algunos lugares, los bordes del papiro estaban rasgados y había frases abortadas a media palabra. En varios puntos, la tinta se había introducido en la fibra y la escritura era, por lo tanto, borrosa. Además, porque la mayor parte de este fragmento era hasta ahora una larga oración y bendición, el viejo judío había pasado del arameo al hebreo, y era también un obstáculo la práctica de omitir las vocales. Ben trabajó toda la noche, esforzándose en torno a pequeños matices de significado e intentando interpretar los pasajes incomprensibles.

A ello se sumaba una ligera decepción. Aunque estaba habituado a traducir oraciones y tratados religiosos —de hecho, ésta era su profesión—, Ben se imaginaba que los manuscritos de Migdal serían de una naturaleza completamente distinta de la de todos los hallados con anterioridad. Y, así y todo, con el amanecer a muy poca distancia, Benjamin Messer comenzaba a creer que todo cuanto el viejo judío había ofrecido a su hijo era, finalmente, el legado hebreo habitual, palabras sagradas.

Una segunda y menor decepción para Ben fue su incapacidad para determinar con exactitud el período de la escritura de David. Algunas pistas eran evidentes —la ausencia de trazos que conectaran las letras (un rasgo abandonado a mediados del siglo I), los familiares caracteres arameos cuadrados, la letra hebrea «álef» tan característicamente parecida a una «N» al revés—, dichas pistas estaban ahí y, sin embargo, no eran, ni con mucho, suficientes para determinar de modo concluyente un período específico.

No obstante, había más que traducir, quedaban unas pocas líneas, pero Ben estaba demasiado cansado para intentarlo. Su clase de las diez estaría esperando para hacer su examen y su clase de las dos iba a ser un intenso período de discusión. Tendría que estar preparado para ambas.

Así que, con una mezcla de renuncia y alivio, devolvió una vez más las fotos a su sobre y decidió dejarlas para el fin de semana, momento en que debería haber terminado con el códice de Alejandría.

Benjamin Messer era profesor de las asignaturas sobre Oriente Próximo en la universidad de California en Los Ángeles, y daba tres clases: «Hebreo antiguo y moderno», «Manuscritos hebreos iluminados» y «Lenguas de la arqueología». Cuando no estaba sumido en la traducción de un papiro o de una inscripción, enseñaba los rudimentos de su especialidad a todo aquel que estuviera interesado.

Habiéndoselas arreglado bastante bien con la clase de la mañana, empezaba a sentir los efectos de una noche sin dormir en la sesión de la tarde. Ésta era su clase de hebreo antiguo y moderno, compuesta por dieciséis estudiantes de posgrado que se sentaban a su alrededor y la totalidad de los cuales no podía evitar, aquella tarde del martes, observar una cierta distracción en su profesor.

—Doctor Messer, ¿no cree usted que el desarrollo de la tradición oral ha tenido un mayor efecto sobre la evolución del lenguaje que la escrita? —preguntó un joven con gafas de gruesos cristales; un especialista en lingüística y un devoto del esperanto.

Ben le miró como si le viera por primera vez. Hoy, su discusión trataba de la dinámica de la evolución del hebreo, es decir, qué factores externos contribuyeron a los cambios del lenguaje a lo largo de los siglos. Ben no había prestado una sincera atención. Se había descubierto en varias ocasiones distraído, cavilando en el manuscrito de Magdala.

—¿Por qué debería ser así, Harris? ¿Cree usted que la tradición oral ha sido más importante para los judíos que la escrita?

—Así lo creo. Especialmente durante la diáspora. Fue la tradición oral la que les hizo seguir adelante cuando sus manuscritos eran inasequibles.

—No estoy de acuerdo —dijo otra estudiante. Se trataba de Judy Golden, una estudiante de religiones comparadas—. Vivimos en una diáspora y es la palabra escrita la que nos mantiene unidos por encima de la distancia.

—En realidad, ambos tienen razón. Ninguna de estas tradiciones, ni la oral ni la escrita, pueden ser tratadas de forma aislada —echó una ojeada al reloj. Hoy la clase parecía transcurrir muy lentamente.

—Muy bien, esta tarde exponemos los cambios experimentados en el hebreo oral y escrito a través de los siglos y los factores externos que causaron dichos cambios. ¿Tiene alguien alguna idea acerca de esto? ¿Qué hay de los efectos de la diáspora sobre el hebreo escrito? ¿Señorita Golden?

Ella le dirigió una breve sonrisa.

—Antes del Talmud, los judíos tenían que confiar en sus manuscritos hebreos y en la memoria. Pero en la época helenística, cuando los judíos dejaron de aprender hebreo, muchos de ellos no podían leer la Torá. Fue entonces cuando nació la versión *de los Setenta** —los cinco libros de Moisés** escritos en griego—, para que los judíos de todo el imperio romano pudieran leer sus libros sagrados. Pero no creo que la versión *de los Setenta* modificara el hebreo en aquella época; acabó con él de una vez.

Benjamin Messer permitió que sus cejas se alzaran por un momento. Golden había establecido un argumento excelente que él no esperaba oír. Mientras ella hablaba, Ben buscó rápidamente en la memoria su ficha. Judy Golden, transferida desde Berkeley, de veintiséis años de edad, y se estaba especializando en religiones comparadas. Era una muchacha silenciosa de intensos ojos marrones y largo cabello negro; el símbolo del sionismo colgaba de una cadena alrededor de su cuello.

—Tiene usted razón —la felicitó Ben después de que ella hubiera terminado—. La versión *de los Setenta* dio en realidad lugar a dos condiciones opuestas. Por un lado, acercó los libros sagrados a los judíos que no hablaban hebreo, pero, por otro, profanó la palabra de Dios al estar en una lengua profana. Aquí tenemos una vez más un buen ejemplo de lo inseparable que es la lengua hebrea de la religión hebrea. Para estudiar una, se debe estudiar la otra.

Otra subrepticia mirada al reloj. ¿Podía recordar cuándo una clase había transcurrido con tanta lentitud?

—Prosiguiendo, pues —dijo a la par que añadía otra palabra en la pizarra: «Masora». Y luego una fecha: «siglo IV n.E.».

—Parece que el primer masoreta*** fue Dosa Ben Eleazar...

Y todo el tiempo que impartió la clase, tuvo que obligar a su mente a centrarse en el tema, pues, en su falta de sueño, no cesaban de filtrarse elucubraciones sobre los manuscritos de Magdala.

* La principal versión en griego del Antiguo Testamento, incluyendo los apócrifos, que se cree fue traducida por 70 o 72 sabios. (*N. de la T.*)

** La Torá. (*N. del E.*)

*** Nombre que reciben los autores judíos que fijaron el texto hebreo de la Biblia. El conjunto de sus anotaciones y glosas es conocido como *Masorah*, en lengua hebrea, «Tradición». (*N. del E.*)

Se sintió aliviado cuando, una hora después, la clase hubo terminado por un par de días. La tarea para el viernes era el desarrollo del hebreo mishnaico* y ejemplos de las diferencias entre éste y el hebreo moderno. Asimismo, anunció que durante las dos próximas semanas no daría sus horas habituales de tutoría, de modo que habría que concertar citas especiales.

Ben se sintió ligeramente refrescado por la fría tarde que le acogió fuera del edificio. Eran casi las cinco y, con el sol a punto de ponerse, el campus estaba silencioso y casi desierto en ese período entre las clases diurnas y las nocturnas. Las pocas observaciones que pasaban por su cabeza mientras bajaba corriendo las escaleras —enviar un informe a Randall sobre su códice, llamar a Angie antes de las seis, detenerse en la tintorería de camino a casa— fueron interrumpidas por una voz que sonó a su lado.

—¿Doctor Messer? Perdone —Se detuvo en el último escalón y miró hacia abajo. Judy Golden era unos 30 cm menos alta que él y parecía más baja todavía con sus sandalias planas. Era un chica menuda y bien formada. Su abundante cabello negro flotaba en la brisa de finales de la tarde. —Perdone, ¿tiene prisa?

—No, en absoluto —tenía prisa, pero sentía también curiosidad por lo que ella tenía que decirle. Desde principios del trimestre apenas había intercambiado un par de frases con la silenciosa muchacha.

—Sólo deseaba decirle que me gusta que use «de nuestra Era» en lugar de *anno Domini*.

—¿Perdón?

—«Siglo IV n.E.». —Lo escribió en la pizarra.

—Oh, sí, sí...

—Me sorprendió verlo. En especial viniendo de usted. Bueno, sólo quería hacerle saber lo que pensaba de ello. Ese especialista en lingüística, Glen Harris, me preguntó lo que significaba a la salida de la clase.

—¿Qué quiere decir con «en especial viniendo de mí»? —preguntó Ben frunciendo el ceño.

Judy se ruborizó y se alejó un paso de él.

—Fue una tontería decir eso. Lo siento, simplemente se me escapó.

—Oh, no tiene importancia —esbozó una sonrisa—. Pero ¿qué quería decir?

* El hebreo peculiar de la *Mishná*, compilación jurídica del Talmud influida por la legislación babilónica. (*N. del E.*)

Ella enrojeció todavía más.

—Bueno, alguien me dijo que era usted alemán. Me contaron que había nacido en Alemania.

—Oh, es eso. Sí... pero... —Ben comenzó a caminar lentamente de nuevo en su dirección original y Judy llevó el paso detrás de él—. El uso de n.E. no implica una opinión teológica. Es como emplear «señorita», que no significa necesariamente que no esté a favor de la liberación de la mujer.

—En cualquier caso, no se ve mucho n.E. —Ella tenía que dar el doble de pasos que él para mantenerse a su ritmo.

—Sí, supongo —Ben nunca había reparado en ello. Entre los historiadores y académicos judíos, el uso de d.C. para designar la era moderna había sido abandonado (pues implicaba estar de acuerdo con su significado) en favor del uso de n.E., «de nuestra Era», que era una designación más objetiva, pero que, en realidad, significaba lo mismo—. ¿Qué tiene que ver con todo eso el que yo sea alemán?

—Bueno, es una invención judía.

Por un instante, su rostro mostró una ligera sorpresa. Luego, soltó una risita y dijo:

—Oh, ya veo. Bueno, de hecho, no importa, porque yo también soy judío.

Judy Golden se detuvo en seco.

—¿Lo es?

Él la miró, con una mezcla de perplejidad y diversión.

—¿Cuál es el problema? Oh, espere, no me lo diga. No «parezco» judío, ¿es eso lo que está pensando?

—Oh no —respondió Judy azorada—. Bueno... es una maravilla que todavía pueda ir por el mundo, metiendo tantas veces la pata... En verdad, era eso exactamente lo que estaba pensando. Y, ¿sabe usted?, odio de verdad ese tipo de cosas.

Reanudaron su paseo hacia el aparcamiento más próximo.

—Eso lo explica —dijo ella.

—¿Qué explica?

—El n.E.

—Pues temo que no. Lo usé porque es una designación objetiva y no manifiesta una creencia personal. Lo usé por neutralidad, no por rechazo de la fe representada por las palabras *anno Domini*, «el año de Nuestro Señor». Aparte de lo cual, mucha de la literatura que leo en la actualidad lo emplea, y muchos de mis colegas lo han aceptado. Los judíos no tienen el monopolio. Sólo porque uno use n.E. en lugar de d.C., ello no significa que sea sionista.

La mano de ella se dirigió automáticamente a su collar.

—Sabe —apuntó Ben cuando se aproximaban al aparcamiento—, habla usted hebreo como una nativa. ¿Ha estado alguna vez en Israel?

—No, pero me gustaría ir algún día.

Se detuvieron a la entrada. Detrás de ellos había un cielo naranja que se tornaba rojo y, delante, un cielo color espliego que se estaba volviendo morado. Ben esperó cortésmente a que la muchacha dijera algo más, cosa que esperaba profundamente que no hiciera, y dijo al fin:

—Alguien como usted, con su interés por la religión y la herencia hebrea y judaica, debería vender todo cuanto posee y comprar un billete de ida a Israel.

—Lo he intentado un par de veces, pero mis planes siempre se han echado a perder. Es difícil conseguir dinero. De todos modos, gracias por su tiempo, doctor Messer. Buenas noches.

—Buenas noches.

El códice le miraba acusadoramente mientras, con un vaso de vino en una mano y una pipa sin encender en la otra, Ben le devolvía la mirada. El profesor Joseph Randall se lo había enviado (o mejor dicho, su copia fotostática) dos semanas antes para que realizara una traducción más exacta. Había sido hallado en un monasterio copto en el desierto, cerca de Alejandría, y ahora se encontraba en el Museo Egipcio de El Cairo. Era un manuscrito en griego que presentaba muchas de las características halladas en el *Codex Vaticanus*, una copia del siglo IV de la versión *de los Setenta* compilada en Egipto. El papiro de Randall, titulado *Epístola de Marcos*, contenía muchas imprecisiones y, aunque, irrefutablemente, había sido escrito hacía muchos siglos, lo más probable era que fuera falso.

Ben dejó su pipa y se terminó el vino. En el estéreo tenía la *Tocata y fuga en re menor* de Bach, que sonaba suave, casi subliminalmente. A menudo le ayudaba a concentrarse.

Los siglos III y IV estaban llenos de falsificaciones, muchas de ellas supuestas cartas y hechos de los apóstoles. Éste debió haber sido objeto de gran veneración durante siglos antes de ser abandonado cuando los monjes dejaron el monasterio, porque se decía que el evangelista Marcos había fundado la iglesia cristiana egipcia hacía mil novecientos años. Eso era lo que creían los coptos.

—Si es que hubo algún san Marcos —murmuró Ben. Le estaba costando concentrarse. El vino no le había ayudado, y Bach sólo le incordiaba. También había olvidado pasar por la tintorería al volver a casa.

El códice era una obra larga y no meticulosamente escrita. Algunas palabras estaban borrosas, por lo que algunas frases aparecían vagas y sin sentido. Recurrió a varios textos para efectuar comparaciones y se encontró forzando su mente para centrarse en el tema. Cuando, a primera hora de la noche, Popea Sabina subió de un salto para inspeccionar el escritorio, Ben la cogió en brazos y comenzó a acariciarla.

—Tienes razón, mi querida diablesa. Un trabajo que valga la pena debe hacerse bien. Y no lo estoy haciendo bien.

Se puso en pie con ella acurrucada en sus brazos, sintiendo el ronroneante motorcito contra su pecho, y fue a sentarse en uno de los dos sillones de su salón. El de Ben era un bonito apartamento situado al norte de Wilshire y, por lo tanto, caro, pero grande, tranquilo y privado. Los muebles eran suyos: creía en la comodidad. Un salón con alfombras de felpa, objetos de arte y muebles que envolvían. Un estudio de cuero con madera oscura y estantes y más estantes de libros. Cocina y comedor, entrada privada y una terraza. Ben disfrutaba de su apartamento y a menudo era para él un lugar de retiro.

Sin embargo, no estaba demasiado relajado esta noche.

—Es ese viejo judío —le dijo a Popea, que le acariciaba el cuello—. David Ben Jonah es mucho más interesante que esa carta falsa de Marcos. Por lo menos, sabemos que David vivió de verdad.

Ben apoyó la cabeza contra el respaldo de la silla y miró al techo. En rigor, antes creería en la existencia de David Ben Jonah que en un santo llamado Marcos que supuestamente escribió el Evangelio. Benjamin Messer admitía que un judío romano llamado Juan Marcos sí existió en Palestina en el siglo I, y que probablemente estuvo implicado en las actividades de los zelotas. Al fin y al cabo, ¿quién no lo estaba en Judea en aquella época? Pero, que fuera el autor del primero y más corto de los Evangelios, era muy dudoso. Después de todo, el Evangelio según san Marcos ni siquiera existía de forma completa con anterioridad al siglo IV. Así pues, ¿qué cosa, aparte de la fe, demostraba que el Evangelio de Marcos era más «genuino» que, por ejemplo, la falsa epístola de Marcos que había ahora sobre la mesa de Ben?

La fe.

Ben se quitó las gafas, que le parecían extraordinariamente pesadas, y las dejó sobre la mesilla auxiliar junto a su brazo. «¿Qué es la fe, de todos modos, y cómo se mide? El hecho de que el Nuevo Testamento no fuera hallado antes del año 300 no perturba la fe de muchos millones de cristianos. Que la historia de un niño nacido de virgen, sus incontables milagros y su resurrección después de la muerte nos llegue en manuscritos siglos después de haber sucedido; y que su autoría sea, como mínimo, dudosa, no parece interferir con la firme creencia de millones de personas. Eso es la fe para ti.»

Durante el más efímero de los momentos, Ben pensó en su madre, Rosa Messer, que había muerto misericordiosamente años antes, y con igual rapidez apartó el recuerdo de su mente. No servía para nada que meditara en ella ahora; del mismo modo, hacía largo tiempo que Ben ya no rebuscaba entre los escasos recuerdos de su infancia un fragmento de su padre, el rabino Jonah Messer. Había muerto antes de que Ben llegara siquiera a conocerle.

Eso había sucedido en Maidanek. Un lugar de Polonia al que habían ido los judíos.

Ben dejó sonar tres veces el teléfono antes de contestar.

—¿Cómo te va? —preguntó Angie. Ella siempre manifestaba interés por su último proyecto, y que su interés fuera genuino o no, no importaba.

—Despacio —dijo él—. Bueno, de hecho, no va en absoluto.

—¿Has comido?

—No tengo hambre.

—¿Quieres venir a casa?

Él hizo una pausa teléfono en mano. «Dios, sería agradable relajarse en su casa. Sentarse ante ese fuego y olvidar los manuscritos antiguos durante un rato. Y hacer el amor», pensó.

—Me gustaría muchísimo, Angie, pero se lo prometí a Randall. Dios, este texto se las trae.

—El otro día dijiste que era un reto.

Ben rió. Su novia tenía un notable don para animar a una persona.

—Eso mismo. Sí, es un reto. —Sus ojos regresaron al escritorio y se detuvieron, no en la copia del códice de Randall, sino en el sobre de papel manila que contenía las tres fotos de Weatherby.

Eso era lo que realmente le estaba atormentando; no el códice de Alejandría, ni su promesa a Joe Randall. Eran los tres fragmentos de un manuscrito recientemente desenterrado en Jirbet Migdal, y las últimas líneas todavía sin traducir.

—Angie, voy a echarme una cabezada, luego me levantaré y pondré mi mente a trabajar. Le prometí a Randall que le entregaría la traducción dentro de dos semanas. ¿Comprendes?

—Claro. Y escucha: si tienes un gusanillo en la barriga, llámame y traeré un guiso.

Él permaneció de pie junto al teléfono después de haber colgado, sin darse cuenta de que Popea Sabina se restregaba contra sus piernas. Ora ronroneaba, ora maullaba; estiraba su lustroso cuerpo contra sus pantorrillas como un seductor recordatorio de su presencia. Pero Ben no se daba cuenta en absoluto. Le absorbía el manuscrito de Magdala. En toda su carrera, nunca había tropezado con nada parecido. Y si Weatherby mandaba más, y si David Ben Jonah tenía algo interesante que decir, entonces Ben Messer estaría implicado en uno de los mayores descubrimientos históricos jamás realizados.

No pudo resistirlo más. El suspense era demasiado. La curiosidad le desbordaba. Al demonio su compromiso con Joe Randall y ese códice de Alejandría. David Ben Jonah tenía más que decir, y Ben quería saber qué era.

> Que estas bendiciones caigan sobre ti, hijo mío, para que, cuando leas mis palabras, recuerdes que eres un judío, un hijo de la Alianza y un miembro del Pueblo Elegido por Dios. Al igual que yo soy judío, al igual que mi padre fue judío, tú eres judío. Nunca olvides esto, amado hijo.
>
> Ahora ha llegado el momento de que te cuente lo que ningún padre debería explicar a su hijo; sin embargo, es preciso que conozcas la vergüenza y el horror de mis actos, pues es mi última confesión.

Ben se acercó más a la fotografía y volvió a enfocar su lámpara de alta intensidad. Ahora estaba próximo al final del papiro y descifrarlo se hacía cada vez más difícil.

> Ahora Jerusalén ha desaparecido. Estamos dispersos por toda Judea y Galilea, muchos de nosotros habitan en el desierto.
>
> Yo he vuelto a Magdala, al lugar donde nací, para que sea también el lugar de mi muerte. Si me buscas, me encontrarás aquí. Y, al buscarme, es de esperar que descubras estos manuscritos.

Ben parpadeó incrédulo ante lo que acababa de leer; pasmado, paralizado. Se frotó los ojos, se aproximó aún más y leyó con mayor cuidado. «*Ahora Jerusalén ha desaparecido.*» ¡Era demasiado fantástico! Esas cuatro palabras, «*Ahora Jerusalén ha desaparecido*», únicamente podían significar una cosa: ¡que la confesión había sido escrita en el año 70, o justo después!

—¡Buen Dios! —gritó en voz alta—. ¡No puedo creerlo!

Ben se puso en pie de repente e hizo caer su silla hacia atrás. Debajo de él, a la distancia de su brazo, brillantes y relucientes bajo la lámpara, las palabras de mil novecientos años de antigüedad de David Ben Jonah resonaban a través de los años.

—Buen Dios... —volvió a murmurar. Luego, recogió su silla del suelo, se sentó en el borde y colocó sus dedos en los bordes de la fotografía.

Durante largo rato, Ben permaneció sentado, en silencio, inclinado sobre el manuscrito, disciplinando su mente para que calmara su acelerado corazón. Pero era inútil. Aquello era más de lo que había esperado, más de lo que había soñado. David Ben Jonah había fechado sus propias palabras para la posteridad con tanta seguridad como si hubiera escrito el año en brillante tinta roja.

La emoción hizo que a Ben le diera vueltas la cabeza. Tenía que hacérselo saber a Weatherby de inmediato. Era demasiado fantástico para creerlo. El mundo académico se pondría en pie y haría caso de éste; aplaudiría a John Weatherby y elogiaría a Benjamin Messer. Habría libros, conferencias y entrevistas...

Ben comenzó a tranquilizarse. Mientras la conmoción cedía, su pasión fue apaciguada por su formación intelectual. Primero tenía que asegurarse de su traducción. Luego, debía ponerle un telegrama a Weatherby. Después, tendría que revisar las dos fotografías anteriores y asegurarse de que su interpretación era perfecta palabra por palabra.

En su excitación, Ben cogió a Popea, acercó su cara a la suya y murmuró:

—No sé cómo puedes ser tan fría y estar tan tranquila. A menos, claro, que no te importe que David Ben Jonah indique que escribió este documento aproximadamente cuarenta años después de la muerte de Jesús. Lo cual sólo significaría una cosa —sus ojos volvieron al manuscrito— que David probablemente vivió en Jerusalén al mismo tiempo que Jesús.

Cuando Ben calló, y oyó sus últimas palabras flotando en el aire, se le ocurrió otra idea, una idea que le hizo soltar a Popea y mirar al pergamino. Esta nueva idea, tan repentina, tan inesperada, le hizo estremecerse ligeramente. Porque no era una idea agradable.

Ben obligó a sus ojos a apartarse del papiro y miró la zona oscura de la habitación. No, no le gustaba en absoluto esta nueva idea.

La repentina idea de que la maldición de David... la maldición de Moisés... pudiera tener algo que ver con otro galileo. Y que David tuviera un crimen que confesar...

Benjamin se estremeció mientras el frío aliento de la premonición soplaba por la habitación.

3

Angie lavó los platos de la cena y ordenó la cocina mientras Ben jugaba a las sillas musicales en el salón.

Primero se sentó en el sillón; tamborileó en el brazo del mismo con los dedos, luego se levantó y se sentó en cuclillas en la otomana. Un minuto después, se puso en pie y se sentó en un extremo del sofá; pronto se levantó para sentarse en el otro extremo. Tras un breve descanso, anduvo por la habitación antes de sentarse en la banqueta del piano, y, cuando Angie volvió a aparecer procedente de la cocina, volvía a estar en su sillón original.

—No creo que debamos ir al cine esta noche —dijo ella.

—¿Por qué no?

—Bueno, normalmente es de buena educación permanecer sentado durante la proyección, y... —ella hizo un movimiento con su brazo formando un arco e indicó la habitación.

Ben sonrió y estiró las piernas ante sí.

—Lo siento. Supongo que estoy inquieto.

Angie se sentó en el brazo del sillón y jugó con sus dedos entre el hermoso cabello rubio de Ben. Quizá no era tan guapo como extremadamente agradable de mirar; tenía un rostro encantador y un cuerpo vigoroso. Presentaba un aspecto casi atlético, de modo que, al verle, nadie sospechaba en realidad que todo su tiempo se repartía entre el aula y su estudio.

—Me alegraré cuando vuelvas a tener noticias de Weatherby.

—Yo también. David Ben Jonah no tenía derecho a sorprenderme de este modo.

Angie escrutó el rostro de Benjamin y reconoció la máscara de la actividad mental. Recordó lo emocionado que había estado; la llamó dos noches atrás y balbuceó por teléfono. Había parloteado sobre que Jerusalén estaba destruida y, por un instante, ella creyó que los árabes habían lanzado un ataque nuclear. Al poco, había dicho algo sobre la época de Cristo y Angie comprendió, con alivio, que la excitación se debía a los manuscritos.

Esa noche, se había quedado sentada con él, mientras Ben revisaba una y otra vez esa tercera fotografía.

—Sólo ha habido una ocasión en toda la historia en que Jerusalén quedó completamente destruida. Sucedió en el año 70 n.E. e hizo que los judíos se dispersaran por todas partes. Obviamente, David conoció ese desastre y huyó a su pueblo natal para esconderse. Estoy seguro de que mi conclusión es correcta. No he olvidado nada. —Luego cogió la fotografía una vez más para recorrerla frenéticamente con la vista—. ¿Ves? ¿Ves aquí? No hay duda acerca de esta palabra. Y esta frase corta de aquí. —Murmuró algo en una lengua áspera y extraña—. No puede haber duda alguna de lo que dice. Y esto significa también que Weatherby se equivocaba en casi doscientos años. ¡Angie!

Entonces, pasó a explicarle el extraño fenómeno de la total destrucción de una ciudad y de la muerte de casi todos sus habitantes durante el sitio por los ejércitos romanos. Los judíos habían sido rebeldes a Roma a lo largo de muchos años. Los revolucionarios solían ser clavados en cruces. Y, cuando finalmente estalló la revuelta, a la que los historiadores se refieren como la Primera Revuelta, Roma tardó cinco sangrientos años en acabar con ella.

—Ves, creemos que los manuscritos del mar Muerto fueron metidos en esas cuevas a causa del inminente peligro de los soldados romanos. Los monjes de Esenia que confeccionaron las vasijas de los manuscritos planeaban volver a por ellos algún día. Los manuscritos de Masada fueron hallados entre las ruinas causadas por las legiones, que quemaron la fortaleza tras haberla capturado. Y las cartas de Simón Bar-Kokba, el último líder revolucionario del año 135 n.E., estaban ocultas en las cuevas del desierto de Judea tras la derrota final y total de los patriotas judíos. Y, ahora, David Ben Jonah, empujado a regresar a Magdala por las tropas romanas... ¿Ves cómo todo encaja en este último y trágico cuadro?

Angie había asentido y sofocado un bostezo. Ben prosiguió con la explicación de la caída de Jerusalén, cómo había provocado el fin del estado de Israel por muchos siglos. Hasta 1948. Tardaron todo ese tiempo en recuperar aquello por cuya conservación lucharon tan desesperadamente hacía mil novecientos años.

Después, Ben había caído en un profundo sueño del que no se había despertado. Angie llamó a la UCLA (Universidad de California, Los Ángeles) aquella mañana para cancelar su única clase del día, y aquella tarde los dos enviaron un telegrama para Weatherby, a Galilea. El viernes por la mañana, Ben estuvo mucho más tranquilo y había sido muchísimo más coherente, situando los acontecimientos en la perspectiva adecuada. Dio sus dos clases del viernes, como siempre, e incluso cumplió con sus horas de tutoría a tres de sus estudiantes.

Ahora, mientras permanecía sentado en el sillón con el fresco brazo de Angie alrededor de su cuello y los dedos de ella entre su pelo, reflexionaba sobre ello. Las dos primeras citas habían sido con estudiantes de su clase de manuscritos hebreos iluminados, pero la tercera estudiante había sido Judy Golden, y era a esta entrevista a la que dedicaba ahora un rápido pensamiento.

—Quiero cambiar el tema de mi ejercicio trimestral, doctor Messer.

Se sentó en la otra silla de su pequeño despacho, con los brazos alrededor de una montaña de libros. Su brillante pelo negro caía liso sobre sus hombros y, al enmarcar su rostro, hacía que éste pareciera inusualmente pálido.

Mientras ella hablaba, le había sorprendido a Ben lo distinta que era de Angie, y luego se sorprendió por lo extraño de su observación.

—¿Y no será difícil para usted? Me imagino que ahora su investigación ha terminado y que las ideas generales están cobrando cuerpo.

—Es cierto, así es. Pero he perdido el interés. Bueno —mantuvo su mirada—, no es exactamente que haya perdido el interés. Lo que he hecho ha sido interesarme más por otra cosa. Sé que no le gusta que cambiemos los ejercicios trimestrales a medio trimestre, pero creo que estaría más satisfecho con el segundo.

Ben se inclinó a coger su pipa.

—¿Le importa?

Judy meneó la cabeza. En realidad, sí le importaba, detestaba que le echaran el humo a la cara, pero, al fin y al cabo, era su oficina y ella estaba allí más o menos para pedir un favor.

Ben convertía el encender su pipa en un ritual —desde el principio hasta el final le llevaba uno o dos minutos— y nunca le gustaba hablar al mismo tiempo. Una vez que hubo terminado, viéndola a través de un muro gris, dijo:

—Se supone que tendría que aconsejarla en contra de dar tal paso, pero usted estará obviamente más contenta y su historial académico demuestra que es una buena estudiante. Así que tomaré nota de ello. —Abrió un archivo en mal estado, sacó una ficha, borró algo y luego sostuvo el bolígrafo sobre ella. Alzó sus cejas expectante.

—El nuevo título será: «El hebreo de Eliazar Ben-Yehuda».

Ben tomó nota, devolvió la ficha a su sitio y arrojó más humo por su pipa.

—No parece un tema fácil, aunque sea oportuno. Su primer tema era bueno: «El lenguaje de los askenazíes».*

—Pero limitaba demasiado, era demasiado restringido. Y posiblemente no tan relevante para el tema del curso. Lo que Ben-Yehuda hizo por el hebreo se oye en la radio israelí y se lee en los periódicos de Tel Aviv hoy en día.

—Parece un trabajo muy ambicioso. ¿Tendrá tiempo?

—Más que suficiente —sonrió Judy.

Ben chupó pensativamente su pipa.

—¿Sobre qué piensa escribir la tesis doctoral?

—De eso sí estoy segura. Siempre me han interesado las sectas religiosas aisladas que escaparon de la influencia externa de los sucesos históricos y de las principales fuerzas religiosas.

—¿Como los samaritanos?

—Sí, como ellos, sólo que estaba pensando en investigar un aspecto de los coptos, sus orígenes.

—¿De veras? Imaginaba que escogería algo más próximo a casa.

—¿Por qué? ¿Qué piensa que soy, doctor Messer, una judía profesional?

Ben la repasó de arriba abajo durante un segundo, echó la cabeza hacia atrás y, por último, se rió. Por extraño que parezca, ésa era exactamente su impresión de Judy Golden, hija de Israel, sionista acérrima.

—Ni siquiera soy una judía ortodoxa —comentó ella divertida—. Siento decepcionarle. Preparo comida durante el *Sabbath.*

—¿De verdad? —Recordaba los rituales y las restricciones de los sábados. Ahora le hacían sonreír. Había pasado largo tiempo desde que dedicara algún pensamiento a esos tristes días del *Sabbath* de hacía tantos años. Y, mientras permanecía sentado ante Judy Golden, se dio cuenta tardíamente de que, quién lo hubiera dicho, cuando pronunció ante ella las palabras «Soy judío» había sido la primera vez en veintitrés años. No le había sorprendido en el momento de decirlo, pero le asombraba ahora, en presencia de esa chica.

—Los coptos son un grupo interesante —se oyó decir—; atribuyen el origen de su iglesia a san Marcos, y han resistido las tremendas presiones del Islam. Su museo en el sur de El Cairo es único.

* Judíos de Europa central y oriental. (*N. del E.*)

—Me lo imagino.

Su pipa se estaba apagando, así que le dio unos golpecitos para vaciarla en el barato cenicero de cristal.

—Por casualidad, estoy traduciendo un códice descubierto recientemente y que procede del área de Alejandría. Se descubrió un viejo monasterio abandonado; su última ocupación se remontaba a alrededor de... el siglo XVI o XVII.

—¿De veras?

—Me encantaría enseñárselo en alguna ocasión.

—Oh, eso sería...

—Intentaré acordarme de traerlo conmigo. Tal vez la semana que viene —echó una ojeada a su reloj. A estas horas, su cartero ya habría pasado. Deseaba estar en casa. Podría haber algo de Weatherby, otro manuscrito quizá...— No es el original, ¿comprende?, sino una buena copia fotostática. El auténtico se conserva en una vitrina en El Cairo. Ahora, si me perdona...

Sonó un fuerte crujido en el hogar, volaron unas cuantas chispas, y Ben regresó al presente. Angie no estaba ya inclinada sobre él, sino cepillándose el pelo delante de un espejo. Él la miró mientras lo hacía; su cabello de bronce reflejaba el resplandor del fuego. Habían decidido casarse entre dos trimestres, y las próximas vacaciones quedaban todavía a semanas de distancia. Ella vendería sus muebles y se mudaría a su apartamento. La única razón por la que no vivían juntos ahora era por su trabajo. Él necesitaba intimidad, silencio y soledad.

—Tal vez recibas algo mañana —dijo viendo su cara detrás de ella, en el espejo.

—Eso espero. —Aquella tarde, tras su breve charla con Judy Golden, volvió raudo a casa, a un buzón dolorosamente vacío—. El próximo manuscrito podría ser más trascendental todavía.

Ben arrugó el ceño. ¿Y cómo iba a cambiarlo todo el hecho de casarse? ¿Qué circunstancias se verían alteradas de modo que su actual intimidad no siguiera estando asegurada, una vez que Angie se hubiera mudado? Ella había prometido no interferir en su trabajo ni entrar en su estudio cuando él tradujera y, sin embargo, de cuando en cuando, en noches como ésta, sentía que pequeñas dudas le atormentaban. Angie insistía en que fueran al cine. Era por su propio bien, decía, así se relajaría un poco y olvidaría los manuscritos.

Ben no estaba convencido de quererlo.

El lunes por la mañana volvía a sentirse normal. Una buena dosis de soledad y reflexión durante el fin de semana le había ayudado a colocar las cosas en la perspectiva adecuada. Al fin y al cabo, era un científico, no un romántico. El que los primeros tres fragmentos se conservaran en tan buenas condiciones y ofrecieran palabras tan explosivas, no era indicio de que el resto del escondite de las ruinas de Migdal fuera a dar nada semejante. Debía estar preparado para una decepción y no concebir mayores esperanzas.

Durante todo el sábado y el domingo había podido trabajar en el códice de Alejandría y redactó para Randall un informe sobre sus progresos.

Sin embargo, su tranquila objetividad externa y científica fue destrozada el lunes cuando, al abrir el buzón, cayó en sus manos un maltrecho sobre con sellos de Israel.

Le sorprendió hallar las palmas de sus manos sudorosas mientras realizaba un pequeño ritual antes de ponerse al trabajo. «Estoy más emocionado de lo que pensaba», se dijo Ben a sí mismo. Luego se rió un poco. Sabía lo que estaba pasando. «¡Nadie había oído hablar de Howard Carter antes de la tumba de Tutankhamen! ¡Y nadie ha oído hablar todavía de Benjamin Messer!»

Apagó todas las luces excepto la de su mesa: su ambiente favorito para traducir. Acto seguido, puso unos cuantos discos en el estéreo —Bach y Chopin—, muy bajito. Se sirvió el indispensable vino, se aseguró de que la pipa estaba a su alcance y ocupó su lugar en el escritorio.

Se limpió las palmas de las manos en los pantalones. Ben era un hombre conocido por su carácter despreocupado y su agradable humor. Sonreía y se reía mucho e intentaba no tomarse las cosas demasiado en serio. Por lo que hacía a su pasión por los manuscritos antiguos, las risas se apagaban pronto. Respetaba a los hombres desconocidos en cuyas obras trabajaba. Reverenciaba sus ideales, su dedicación y la piedad con que escribieron las palabras sagradas. Ben apreciaba a esos hombres sin rostro y sin nombre e incluso les tenía un pequeño temor reverencial. En la mayoría de los casos, no estaba de acuerdo con ellos, con sus creencias religiosas y su celo nacional; sus credos no eran el suyo y, no obstante, los admiraba por su devoción y tenacidad. Siempre, antes de comenzar un texto, se tomaba un momento para recordar al olvidado hombre que lo había escrito.

Las fotos —cuatro esta vez— estaban en un sobre lacrado encima del cual estaba prendida una carta mal escrita a máquina de John Weatherby. Ben la leyó primero.

El viejo arqueólogo le contaba en frases breves que la noticia del descubrimiento se había extendido y la emoción que se había generado. Hablaba de que había desenterrado cuatro vasijas más, del deplorable estado de dos de los manuscritos, y de su propio ritmo frenético cuando corría arriba y abajo entre Jerusalén y la excavación. Acababa con: «Lamentamos muchísimo ver el manuscrito número cuatro tan dañado. ¡Y al ver todos que, a causa de una grieta en la vasija, el manuscrito número tres había quedado reducido a un montón de cenizas, no nos cupo duda de que la maldición de Moisés había caído sobre nosotros!».

Ben sonrió irónicamente ante esto último. No eran pocas las personas, periodistas en particular, que tomarían la maldición del viejo David y provocarían un escándalo. «¡Mirad lo que hicieron con la maldición de Tut! ¡Vaya con la maldición de Moisés!»

«Y qué pasará después —calculó—, cuando Weatherby haya recibido mi telegrama, que a estas horas probablemente le habrá llegado ya. De modo que todo el mundo sabrá los días en que escribió David, y una vez se filtre, no volveremos a tener paz.»

Ben se detuvo a imaginar el titular: «MANUSCRITO DE TIEMPOS DE JESÚS HALLADO EN GALILEA». Sería suficiente para causar una conmoción en el mundo entero. «Mencionas el siglo I y Galilea y tienes en tus manos una histeria colectiva. Y súmale a eso una vieja maldición...»

Por fin, Ben rompió el lacre y extrajo delicadamente las cuatro fotografías. Un número había sido anotado en el ángulo superior derecho de cada una para indicar la secuencia. Venían en el orden en que debían leerse.

Devolvió las otras tres al sobre y se quedó con la primera. Una vez colocada sobre la superficie de la mesa bajo su lámpara de alta intensidad, resultó ser la fotografía de un papiro deteriorado con un fondo neutro. Reconoció inmediatamente la escritura de David Ben Jonah. Este fragmento medía 16 por 20 cm, estaba en relativamente buen estado y había sido escrito en arameo.

> Es bueno que un hombre conozca a su padre, y tú me conocerás sólo por los hechos que te doy. Que sepas, pues, hijo mío, que tu padre nació como David, hijo de Jonah Ben Ezequiel y su buena mujer Ruth, de la tribu de Benjamin, en la ciudad de Magdala. Era el año 20 del emperador Tiberio Claudio Nerón, durante el consulado de Paulo Fabio Persico y Lucio Vitelio, en los días de diciembre, y en el año 38 de Herodes Antipas, tetrarca de Galilea y de Perea.

—¡Buen Dios! —murmuró Ben atónito—. David Ben Jonah, ¿cuándo dejarás de sorprenderme?

Dejó su bolígrafo y se dio un masaje en las sienes. Un ligero dolor de cabeza comenzaba a cobrar forma y sabía que era debido a la tensión y emoción crecientes. Releyó incrédulo el primer párrafo. Sus implicaciones eran asombrosas.

Que David hubiera sido riguroso en cuanto a las fechas iba a ser tal vez su mayor regalo para la humanidad. No el que tuviera algo más importante que decir. Era el hecho de que fijaba criterios para una ciencia por lo demás incierta. Otros manuscritos de museos de todo el mundo con sólo fechas conjeturales podrían ahora ser comparados con el alfabeto y la escritura de David y ser situados en el tiempo con mayor precisión. Para su confesión, el viejo judío había confirmado el título oficial de Herodes y sus años en comparación con los de Tiberio. En esas pocas líneas, David Ben Jonah insinuaba una Magdala más antigua de lo previamente sospechado. También se revelaba a sí mismo como un hombre de mundo, culto y hasta erudito, aunque no helenizado.

¿Era posible? Ben se limpió distraídamente las gafas con el faldón de su camisa. ¿Podía un judío tan mundano como éste escapar a la influencia de su entorno helenístico y mantener, no obstante, su judaísmo? Si se consideraba a Hil·lel y Gamaliel,* sí; si a Saúl de Tarso, también.

Ben se quedó repentinamente helado. Mientras sus ojos recorrían las líneas que había traducido, asegurándose de sus cifras, se detuvo en el año del emperador Tiberio, el año 20. Tiberio reinó durante casi veintitrés años desde el 14 n.E. hasta el 37 n.E. Eso significaría que David Ben Jonah había nacido en el año 34 n.E., el 13 de diciembre.

Nació en el 34 n.E. y escribió los manuscritos alrededor del 70 n.E. Eso le hacía de unos treinta y seis años de edad.

Ben sintió aumentar su dolor de cabeza.

—¡No es mayor que yo! —musitó— ¡Tiene la misma edad!

Sin saber por qué, esta revelación había de tener tal impacto en él, que Ben Messer se retiró de su mesa y deambuló por la oscuridad del salón. Se zambulló en el sillón y arrojó sus pies sobre la otomana. Luego, cerró los ojos para tratar de que cediera su jaqueca.

De pronto, un David Ben Jonah joven, en lugar de uno viejo, lo cambiaba todo por alguna razón desconocida. Desde el principio, Ben había imaginado a un viejo patriarca de barba gris esfor-

* Famosos doctores del Talmud. (*N. del E.*)

zándose con manos artríticas sobre sus preciosos manuscritos. Parecía sencillamente apropiado. Eran siempre los viejos sabios piadosos, en quienes se daba un cierto fanatismo, los que escribían cosas.

Pero, al parecer, David Ben Jonah era en realidad un judío joven y vigoroso, no mayor que el propio Benjamin, e impulsado, por alguna misteriosa resolución, a confiar al papel la historia de su vida.

¿Por qué iba a morir joven entonces? Se había imaginado al judío en el lecho de muerte de su vejez. Esto era totalmente distinto. ¿Cómo sabe un hombre de treinta y seis años que va a morir?

En un impulso, Ben regresó a la mesa y volvió a sentarse frente al manuscrito. Estudió cada palabra y cada letra. No, no había duda alguna al respecto. David Ben Jonah había nacido dos años después de la fecha tradicional de la crucifixión de Jesús.

Sin un momento de vacilación, Ben procedió a traducir el resto de la primera fotografía.

> Mi padre —el abuelo al que nunca conocerás— era pescador. Rastreaba por la noche los bancos de peces en el lago de Galilea y tendía sus redes a secar durante el día. La nuestra era una familia bendita —cinco varones y cuatro hembras— y todos ayudábamos a mi padre en su trabajo.

Éste era el fin del primer fragmento, así que Ben comprobó de nuevo su traducción, devolvió la fotografía al sobre y retiró el segundo fragmento. Cuando estaba a punto de empezar a leerlo, sonó el teléfono.

—¡Maldita sea! —exclamó, dejando violentamente su bolígrafo.

—Ben, cariño —llegó la voz de Angie—. He estado esperando a que me llamaras.

—He recibido otro sobre de Weatherby esta tarde. Todo un manuscrito en cuatro segmentos. Siento no haber tenido ocasión de llamar. ¿Teníamos una cita?

Mientras ella hablaba, los ojos de Ben seguían clavados en la primera palabra de la fotografía número dos: «María».

—¿Una cita? Vamos, Ben. ¿Desde cuándo tú y yo necesitamos una cita? Escucha, estoy preparando un asado.

—No puedo, Angie. Esta noche, no.

Silencio.

—Lo siento, amor, de verdad. —Y de verdad lo sentía. Por un breve segundo, Ben dudó en abandonar los manuscritos durante un rato y relajarse en casa de Angie. El sonido de su voz le llegaba con un delicioso atractivo.

—Te echo de menos, mi amor —dijo ella suavemente.

Ben suspiró y estuvo a punto de capitular cuando sus ojos volvieron a captar el nombre de María al principio del manuscrito.

—De verdad, Angie, no puedo. Se lo prometí a Weatherby.

—¿Y qué pasa con Joe Randall?

Claro. Había olvidado el códice.

—¿Y qué pasa conmigo? —Su voz era tierna, convincente—. ¿No me has hecho una promesa? Ben, estás en la escuela todo el día y traduces toda la noche. ¿Qué nos queda a nosotros?

—Lo siento —volvió a decir, débilmente.

—¿Tardarás mucho?

—No lo sé. Puede que no. ¿Quieres que vaya después?

—Me gustaría. No importa la hora. No corras. Sé lo importantes que son los manuscritos. ¿De acuerdo?

—De acuerdo. Te veré luego.

Abordó la segunda fotografía. La primera línea decía: «María, Sara, Raquel y Ruth eran mis hermanas».

Las dos fotografías siguientes pasaron deprisa, pues eran meras listas de nombres y genealogías familiares. Tres de las hermanas de David estaban casadas y vivían en distintos lugares de Siria-Palestina. Una de ellas murió de una hemorragia a la edad de doce años. Sus cuatro hermanos, todos mayores, eran: Moisés, Saúl, Simón y Judas, por ese orden. Los tres mayores se casaron y permanecieron en Magdala. Judas murió durante una de las numerosas y terribles tormentas en el lago.

> No éramos una familia pobre y dábamos las gracias a Dios día a día por su munificencia y su bendición. Mi padre era un hombre piadoso y observaba la Ley como el mejor de los judíos. Iba a la sinagoga a consultar con los hombres sabios y leía las Escrituras todos los días. Sin embargo, no era un hombre de mundo. Vivía según una verdad básica, y era ésta: Dios sabe quién es justo, pero el que es impío perecerá.

La cabeza de Ben dio una ligera sacudida. Esas últimas palabras —que él había no tanto leído como oído— le alcanzaron con tal eco de familiaridad, que le hicieron apoyarse en el respaldo de su silla.

—Maldita sea —masculló incrédulo. ¿Cuánto tiempo hacía? ¿Cuántos años habían transcurrido desde que había oído esas mismas palabras, repetidas una y otra vez hasta convertirse en compañeras de su infancia? El oír ahora las palabras, después de tantos años, brotando de los más confusos rincones de su memoria, hizo que los ojos de Ben se humedecieran. Y una voz familiar, una voz olvidada hacía largo tiempo, sonaba ahora extrañamente distante y próxima a la vez: «Benjy, recuerda siempre lo que tu padre te enseñó, que Dios sabe quiénes son los justos y que los impíos perecerán».

La cita favorita de su padre, una cita desconocida para la mayoría de la gente —el salmo primero—, fue uno de los rasgos más familiares de la infancia de Ben; pues su madre tenía la costumbre de repetírsela al menos una vez al día. Era la filosofía básica de su padre, y Rosa Messer había procurado inculcársela a su hijo.

Excepto que Ben no había dedicado a estas palabras ni un solo pensamiento en veinte años.

Hasta ahora.

Ben Messer guiñó los ojos ante el manuscrito en arameo y sintió que se sumergía en una nostalgia agridulce. Qué asombroso tropezar ahora con estas mismas palabras, qué extraño que este judío de la antigüedad se las dijera ahora y desencadenara recuerdos de momentos pasados.

Dos Jonah, uno muerto hacía dos mil años y otro muerto hacía treinta años, que vivieron los dos según la misma filosofía, la misma oscura lección de los salmos.

Ben siguió absorto, sufriendo brevemente los recuerdos durante tanto tiempo enterrados que David había exhumado por accidente. Los revivió durante un momento y, luego, no deseándolos ya, obligó al pasado a regresar a las sombras.

Ben sonrió tristemente. El sobresalto lo había desconcertado, le había hecho olvidar por unos instantes el trabajo que tenía ante sí. Por un segundo había sido la víctima indefensa del poder de David, el poder de hacer volver el pasado. Así que sacudió la cabeza y se obligó a reanudar la traducción.

> Una mañana llevó a todos a Jerusalén, por Pascua, y aunque lloró al ver el Templo y al oír el trompetazo del *shofar,** se alegró al reintegrarse a su sencilla vida en las orillas del lago.

* Antiguo tipo de cuerno musical, hecho del cuerno del carnero, tocado por los antiguos israelitas como advertencia, llamamiento, etc., y utilizado en tiempos modernos en la sinagoga para determinadas ocasiones. (*N. de la T.*)

Mi infancia fue serena y tranquila, estropeada tan sólo una vez, cuando tenía nueve años. Fue el mismo accidente de barco que causó la muerte de mi hermano Judas. Me rompí la pierna y, pese a que se soldó, me quedó una cojera que me ha acompañado hasta hoy mismo.

Cuando mis hermanos alcanzaron su madurez, se unieron a nuestro padre en su profesión, pero yo no. Creo que durante toda su vida mi padre había deseado otra cosa para mí, su hijo menor. A menudo le había pillado mirándome fijamente en distintas ocasiones con una extraña expresión en su rostro. Y supongo que fue a causa de sus secretos motivos que fui enviado lejos de Magdala a los trece años para estudiar a los pies de los hombres sabios de Jerusalén.

Y aquí, hijo mío, es donde en realidad se inició todo.

4

Había un martilleo en sus oídos, fuerte e irritante. Movió la cabeza de un lado para otro, y descubrió que le dolía terriblemente. El martilleo continuó un poco más, de pronto cesó y fue seguido por un tintineo. Ben gimió. Se sentía fatal.

Se oyó el sonido de una puerta que se abría y se cerraba; unos suaves pasos sobre la alfombra. Y, de inmediato, una nube de fragancia le envolvió y luego la dulzura de una tierna voz.

—¿Ben?

Gimió más fuerte.

—Ben, cariño. ¿Estás bien?

Con gran esfuerzo abrió los ojos y vio a Angie, preocupada y cariñosa, arrodillada a su lado. Intentó hablar, pero su boca parecía estar forrada con piel de conejo. Entonces se preguntó por qué estaba tumbado en el sofá y por qué la cabeza le estaba matando de ese modo.

—Llamé y volví a llamar; al final usé mi propia llave. Ben, ¿qué te pasa? ¿Por qué estás durmiendo con la ropa puesta?

Primero logró decir:

—¿Eh? —luego—: Oh, Dios... —y, por último—: ¿Qué hora es?

—Es casi mediodía. Te llamé una y otra vez, pero no contestaste al teléfono. ¿Te encuentras mal?

Él la miró vagamente una vez más, luego sus ojos se enfocaron y dijo:

—¡Casi mediodía! ¡Oh, no! —Ahora se sentó muy erguido—. ¡Mi clase!

—El profesor Cox me llamó esta mañana para saber dónde estabas. Me inventé que estabas terriblemente enfermo y en cama. Ahora veo que no estaba lejos de la verdad. ¿Qué ha pasado?

—Tenía una prueba preparada para ellos...

—Él canceló la clase. No pasa nada.

—Pero falté también el jueves pasado. Tengo que recuperar el ritmo. —Lanzó los pies por encima del borde de la cama y se sostuvo la cabeza con las manos—. Uf, me siento muy mal. ¿Me haces un poco de café?

—Claro que sí. —La fragancia floral desapareció al tiempo que Angie se dirigía a la cocina—. ¿Qué te ha pasado, amor?

—Traduje todo el manuscrito la noche pasada, y después... después... —Ben se frotó los ojos. ¿Y después qué? ¿Qué le sucedía? ¿Por qué no lograba recordar qué había sucedido después de terminar el manuscrito? ¿Por qué había una laguna en su mente durante las horas transcurridas entre el manuscrito y el momento en que Angie le encontró en el sofá? —Dios... —murmuró—. Me encuentro fatal. ¿Qué demonios me pasó ayer noche? —Y más alto, dirigiéndose a Angie, dijo—: Debía de estar terriblemente cansado, me imagino.

Entonces, entró en el cuarto de baño, tomó una ducha fría y salió con una muda de ropa limpia, pensando todo el tiempo en la extraña pérdida de memoria que había acompañado aquella última traducción. Sólo recordaba una misteriosa compulsión que le había invadido, que le había obligado, a pesar de su extrema fatiga, a seguir trabajando hasta que cayó exhausto. Un impulso casi sobrenatural que no había podido controlar... Angie se encontraba sentada en la mesa del comedor con el humeante café ya servido, observándole mientras caminaba hacia ella.

—Siento haberte preocupado, Angie. Normalmente no tengo un sueño pesado.

—Lo sé. Tómatelo bien cargado. Dime, Ben, ¿por qué cojeas? ¿Te has hecho daño en la pierna?

Él la miró con ligera sorpresa.

—Pero, Angie, si siempre he cojeado. Lo sabías. —Frunció el ceño por alguna razón—. Desde aquel accidente de barco en el lago...

Ella le miró detenidamente un minuto, luego, quitándole importancia, dijo:

—De todos modos, tengo una gran idea. Vamos a dar un paseo por la costa. No tengo ningún compromiso y hace un bonito día.

Automáticamente, el rostro de él se volvió hacia el estudio, donde, bajo su lámpara, el trabajo de la noche anterior se hallaba como después de un huracán. Una vez más, le llegaron imágenes del misterioso ambiente en que se había visto sumergido mientras trabajaba; el inesperado eco de la voz de su madre pronunciando palabras tan familiares en el pasado pero durante tanto tiempo olvidadas. El lema de la vida de Jonah: el salmo primero.

«¡Jonah Messer! Jonah Ben Ezequiel.»

—Creo que no...

—Te esperé hasta las dos la noche pasada.

Ben no respondió, aún miraba el estudio.

Angie le acarició las manos con sus dedos largos y fríos.

—Trabajas demasiado. Venga, vamos a dar un paseo. Siempre te ha gustado. Te relaja.

—Hoy no. No quiero estar relajado. —Ben lanzó una rápida ojeada al reloj—. El correo llegará dentro de dos horas. Quiero estar aquí.

—Volveremos a tiempo.

—Angie —dijo él mientras se ponía en pie, dejando el café intacto—. No lo comprendes. No puedo abandonar mi trabajo.

—¿Por qué no? Entendí que ya lo habías traducido.

—Sí, lo hice. Pero... —¿Por qué? ¿Qué podía decirle? ¿Cómo explicarle ese repentino impulso de permanecer cerca de los manuscritos, de leer una y otra vez las palabras de David, esa creciente ansiedad por la llegada del siguiente manuscrito?— Es sólo que...

—Venga, Ben. Vámonos.

—No, tú no lo comprendes.

—Bueno, pues, cuéntamelo y tal vez lo entenderé.

—¡Vamos, Angie! ¡Ni siquiera me has preguntado qué decía el segundo manuscrito! ¡Jesucristo, una cosa fantástica como ésta y ni siquiera estás interesada!

Ella le miró boquiabierta en pasmado silencio.

Ben se arrepintió de inmediato. Se metió las manos en los bolsillos y miró al suelo frunciendo el entrecejo.

—Oh, Angie —musitó.

En un instante, la joven estuvo en pie y le rodeó con sus brazos. Él le devolvió el abrazo.

—Está bien —le susurró—. A mi manera, lo entiendo.

Su cuerpo, apretado contra el de Ben, transmitía el mensaje mejor que sus palabras. Ben se halló besando su boca, sus mejillas, su cuello. Sus gestos eran apresurados y duros, como si hiciera el amor con desesperación. Abrazaba a Angie tan fuertemente, que ella no podía respirar, y sus actos traicionaban a un hombre empujado por ciegas necesidades.

De pronto, sonó el teléfono.

—Mierda —exclamó Ben—. Quédate aquí, Angie, me desharé de quienquiera que sea.

Ella sonrió con ensueño y caminó hasta el sofá, donde se estiró. Se quitó los zapatos de una sacudida y comenzó a desabrocharse el vestido.

Era una mala comunicación con mucho eco y electricidad estática, pero la voz del otro lado era inconfundiblemente la de John Weatherby.

—¡No puedo decirte la conmoción que causó tu telegrama en el campamento! —gritó desde el otro lado del cable—. Tu noticia fue seguida tres horas después por un telegrama de Dave Marshall desde Londres. Todos coincidimos, Ben. ¡El año 70! ¡Abrimos una botella de vino para celebrarlo! Espero que tú hicieras lo mismo. Escucha, Ben, tengo grandes noticias. ¡Hemos encontrado otras cuatro vasijas!

—¿Qué? —Sintió flaquear sus rodillas—. ¡Cuatro más! ¡Oh, Dios!

—¿Recibiste ya el manuscrito número cuatro? Te lo mandé por correo certificado el domingo pasado. Te decía que el número tres estaba absolutamente estropeado. Un montón de cenizas. El manuscrito número cuatro está mal, pero aún es legible. Ben, ¿estás todavía ahí?

«Cuatro vasijas más —pensó, exaltado—. ¡Así que David Ben Jonah había tenido tiempo de escribir aún más!»

—John, ¡no puedo soportarlo! ¡Es demasiado emocionante para expresarlo con palabras!

—¡Ni que lo digas! Tenemos periodistas deambulando por toda la excavación. Algunos de los principales nombres de Israel se han acercado a inspeccionar. Ben, ésta podría ser la definitiva.

—¡Lo es de verdad, John! —Ben se encontró gritando por teléfono. Estaba vivo, su cuerpo cargado de electricidad. Era un nuevo éxtasis que nunca había experimentado—. ¡Sigue mandando esos manuscritos, John!

—Y, Ben, ¡no te creerías la emoción que reina en el campamento! Hemos tenido problemas con los trabajadores locales. Cuando oyeron hablar de la maldición de Moisés, desaparecieron todos en la noche. Tuvimos que contratar un equipo nuevo en Jerusalén.

—La maldición de Moisés... —comenzó a decir Ben, apagándose su voz.

La línea crujió y rugió, como si se tratara de las olas del océano y mil voces parlotearan al unísono.

—Tengo que volver a la excavación, Ben. Vine a Jerusalén para llamarte y mandarte otro grupo de fotografías. Esta vez, buenas.

Al colgar, Ben descubrió que temblaba de excitación, con el corazón como si le fuera a estallar. Su mente se convirtió en un tumulto de pensamientos precipitados.

«La maldición de Moisés», repetía su mente una y otra vez. Le atormentaba el cerebro, le dejaba un sabor extraño en la boca. Por alguna razón, la maldición de Moisés no le parecía ya curiosa y divertida. A pesar de que Ben había sonreído ante ella en el pasado, no lo hizo esta vez; por algún motivo, la maldición de Moisés parecía de repente muy poco graciosa.

—¿Ben? ¿Era el profesor Weatherby? —quiso saber Angie.

«¿Por qué una maldición, David, y por qué una maldición tan terrible? ¿Qué es lo que has escrito en tus manuscritos, tan precioso y valioso, que te sentiste impulsado a imponer sobre ello el más poderoso de los maleficios a fin de que se mantuvieran a salvo?»

—¿Ben?

«El Señor le castigará con una severa fiebre y una ceguera y una locura y con la peste.»

—¡Ben!

Él volvió hacia ella sus distantes ojos. Angie estaba ahora vestida, con el bolso en la mano.

—Voy a recibir otro manuscrito en cualquier momento —se oyó a sí mismo decir—. Será titular en los periódicos. No sé cuánto tiempo podrá Weatherby mantenerlo en secreto, especialmente una vez que se extienda la noticia de la maldición...

—Bueno, me estoy interponiendo en tu camino y prometí que no lo haría. Así que me marcharé ahora mismo. ¿Ben?

—Tal vez vaya a tu casa esta noche...

—Claro.

Angie le dio un beso en la mejilla y se marchó.

Ben no perdió tiempo en ordenar el revoltijo de su mesa y prepararse para el próximo manuscrito. Se movía con gestos erráticos, con tanta energía en el cuerpo, que se sentía incapaz de controlarlo.

Luego se dirigió a la UCLA, donde explicó al profesor Cox las circunstancias de la enfermedad que había provocado la cancelación de dos sesiones de manuscritos iluminados. Y le prometió que no volvería a ocurrir.

Por último, Ben fue a su despacho, realizó unas cuantas y apresuradas tareas burocráticas y luego cruzó corriendo el campus hasta donde estaba aparcado su coche. No se hallaba lejos de la Unión de Estudiantes cuando se tropezó con Judy Golden.

—Hola, doctor Messer —le saludó ella, contenta de verle.

—Hola. —Se detuvo por cortesía, pero estaba ansioso por marcharse—. ¿Ha tenido clases hoy?

—No. Vine a investigar un poco en la biblioteca. —Le mostró el lomo de un libro para que lo leyera.

—*Exégesis copta* —leyó—. Parece estimulante.

—En realidad, no lo es. En las noches frías, la verdad, prefiero acostarme con una novela gótica. Pero esto era lo más parecido que había en la biblioteca, así que... —se encogió de hombros.

—Espero que encuentre lo que quiere saber. —Intentó marcharse discretamente.

—Me detuve en su clase de manuscritos esta mañana, pero había sido cancelada.

—Sí.

—Pensé que quizá habría traído ese códice... —Judy hizo una pausa esperanzada—. Pero supongo que no lo trajo.

—No. Se me olvidó por completo.

La decepción se reflejó en su rostro.

—Intentaré recordarlo mañana. Últimamente tengo muchas cosas en la cabeza.

—Oh, claro. —Parecía repentinamente incómoda. Apretó sus libros todavía más contra su pecho y esbozó una sonrisa—. No quiero ser pesada ni nada por el estilo.

«Vaya, maldita sea si llegas a serlo», pensó él.

—No tengo ninguna necesidad imperiosa de verlo ahora mismo. Ocurre que, bueno, me emociona la idea de ver un manuscrito copto que todavía no ha sido traducido. Quiero decir que no consta ni siquiera en los libros, en ningún sitio. Sería como estar en un secreto. Debe de ser emocionante.

Él intentó responder a su sonrisa. Por un instante, le recordó sus propios tiempos en la universidad y cuánto le habían entusiasmado los manuscritos. Sus amigos —especialistas en biología y matemáticas— le tomaban el pelo por sus intereses intelectuales. Hoy eran «emocionantes».

—Nunca me acordaré de traerlo —acabó por confesarle—. Especialmente si no puedo ni acordarme de venir a la facultad por la mañana.

—¿Qué?

—Es una broma. Le diré qué vamos a hacer. —Sacó una pequeña libreta de espiral de su bolsillo y apuntó algo en ella—. ¿Le importaría pasar por mi apartamento a buscarlo en algún momento? Le daré el códice y lo que he traducido hasta ahora, y puede quedárselo durante una semana. Aquí está la dirección. ¿Le importa?

—¡Que si me importa!

Ben podía entenderlo. «¿Me importaría a mí recibir otro manuscrito de Magdala?»

—Me refiero a si le importaría pasar por el apartamento. Si es así, tendré que acordarme de traer el códice a clase.

—No, no me importa en absoluto. ¿Qué hora le va bien?

—Estoy en casa la mayoría de las noches.

—Bueno, pues muchas gracias.

—De nada. Buenas noches.

Ben se alegró de alejarse de ella y volver a su casa. Judy Golden era una entusiasta que, en este momento, resultaba un poco difícil de soportar. Tal vez era el choque de su propia electricidad con la de ella: dos personas activas que desprendían energía. Para estar receptivo ante algo semejante había que ser neutral. Cosa que no era Ben en ese momento.

Cuando llegó a casa comprobó que el buzón estaba vacío.

Ben creyó que se moriría en el acto. Estaba vacío, y el cartero había pasado.

Angie hubiera dicho: «La vida es una perra», pero todo cuanto Ben podía hacer era murmurar: «Maldita sea, maldita sea, maldita sea», mientras subía las escaleras. En su apartamento, no sabía qué hacer. Los discos no servían de nada. El vino sabía soso. Y comer no se le pasaba nunca por la cabeza. Así que paseó por la habitación.

Paseó durante una hora.

Judy Golden llamó a su puerta exactamente a las siete en punto, y Ben, pensando que sería Angie, la abrió de golpe.

—Hola —dijo la muchacha judía. Vestía todavía vaqueros y sandalias, pero llevaba ahora un grueso jersey encima de la camiseta. —Va a decirme que no he perdido el tiempo.

—No ha perdido el tiempo.

—¿Le interrumpo?

—No, en absoluto. Entre un segundo y traeré el códice. Si logro recordar dónde lo he puesto.

Desapareció en el interior del estudio, dejando a Judy de pie y observando el apartamento. La única luz procedía de una farola que brillaba a través de las cortinas. Siguió a Ben hasta el despacho.

Él levantó primero un montón de libros.

—Dejé esa maldita cosa en alguna parte y no sé dónde.

Judy sonrió y avanzó hacia su mesa.

—Yo soy así. Salto de un proyecto a otro. No es que tenga escasa capacidad de concentración, es que no tengo ninguna capacidad de concentración.

Mientras él continuaba la búsqueda, Judy vio fortuitamente las fotografías esparcidas sobre la mesa, y sin pensarlo, leyó la segunda. Luego leyó rápidamente toda la página antes de que reparase en qué era la fotografía. Luego se acercó unos pasos y murmuró la línea superior: «*Baruk Attah Adonai Eloheinu Melekh ha-Olam*». Cuando vio que ninguna de las otras estaba en hebreo, sino en arameo, una lengua que reconocía pero no comprendía, frunció el ceño.

—Son unas fotografías interesantes, doctor Messer.

—¡Ajá! —Él sacó un sobre de debajo de un pesado volumen—. Sabía que no estaba lejos. Bueno, éste es el códice y mis notas están dentro. ¿Qué? Oh, las fotografías. —Las miró—. Sí... son algo especial...

—¿Puedo preguntar qué son? Parecen fascinantes.

—Fascinante es la palabra, sí. —Sonrió y le entregó el códice—. Son unos manuscritos antiguos que estoy traduciendo.

—No parecen conocidos. Pero podría estar equivocada.

—¿Por qué? ¿Sabe algo sobre manuscritos antiguos?

—Sólo lo que he visto en mi especialidad. La segunda puedo leerla porque está en hebreo. ¿Son todas oraciones como ésta?

—No... —dijo él lentamente—. No, no lo son. Más bien... bueno, en realidad, no puedo explicar qué son.

—Estoy segura de que no los he visto nunca.

—Bueno —dijo él, curvándose su boca en una sonrisa—, eso es porque nadie los ha visto antes. Al menos, no durante mil novecientos años.

Ella volvió a mirarlo mientras el significado de sus palabras calaba en su interior, y cuando las mismas alcanzaron la diana, murmuró:

—¿Quiere decir que acaban de ser encontrados?

—Bueno, sí.

Sus ojos se agrandaron.

—¿En Israel?

—En... Israel.

Judy tomó una profunda inspiración, y luego soltó el aire mientras decía entrecortadamente:

—¡Doctor Messer!

—Sí, bueno, es un hallazgo bastante interesante. —Ben intentaba mantener la calma. Judy se estaba emocionando, lo veía, lo notaba. Sus ojos se dilataban y su voz reflejaba tensión. Ver su reacción encendió a Ben mucho más.

—¡Pero no he oído nada sobre ellos!

—Todavía no es noticia. Los encontraron hace tan sólo unas semanas, y se hallan todavía en las fases secretas.

Judy se concentró en las fotografías, con el códice repentinamente poco importante y olvidado en su mano. La expresión de su rostro conmovió a Ben, pues revelaba los pensamientos de la chica, sus emociones respecto de lo que él acababa de decir, y los mismos coincidían notablemente con los suyos.

—Dígame —preguntó en un impulso—. ¿Le gustaría leerlo? Mi traducción, claro.

Ella alzó la vista y le miró incrédula.

—¿Puedo?

—Claro. Es todavía secreto, si entiende lo que quiero decir, pero creo que no importará que usted... —Ben no estaba seguro de que su boca estuviera pronunciando las palabras que quisiera realmente decir, porque, en el mismo momento en que llevaba a Judy y su cuaderno de traducciones a la sala de estar, lamentaba su imprudencia. Había colegas suyos, doctores y especialistas en este campo, que quizá fueran algunos de los profesores de Judy. Ella podía mencionárselo...

La cara de su alumna no traicionaba nada cuando se sentó en el sofá con las piernas cruzadas para leer su traducción. Su rostro estaba concentrado en las páginas; su expresión no cambió ni una sola vez. Su respiración era lenta y superficial; su postura, encorvada y relajada, con ese largo cabello negro que caía sobre sus hombros.

«Así —rumió él mientras la miraba—, que no está impresionada.»

Pero, cuando Judy Golden levantó por fin la vista del cuaderno, sus ojos decían todo lo que su rostro no había expresado.

—No hay palabras para describir esto —fueron sus primeras palabras.

—Sí —él forzó una risa—. Sé lo que quiere decir. —Si alguna vez Ben había sido un científico preciso y objetivo en el manejo de manuscritos, no lo era ahora. Había algo en Judy Golden que afectaba a su compostura. Su reacción no era como la de Angie. Angie, que podía tomar o dejar los manuscritos. No, esta chica que llevaba la estrella de David colgada al cuello actuaba exactamente del mismo modo que sentía Ben.

Ya no lamentaba habérselos enseñado.

—Déjeme que le hable del lugar donde fueron hallados. —Ben describió brevemente el lugar de la excavación en Jirbet Migdal, le contó la búsqueda de una vieja sinagoga por parte de John Weatherby y, finalmente, el descubrimiento accidental de la «biblioteca».

—Guardar manuscritos preciosos en vasijas era, como sabe, una práctica común en el antiguo Israel. Sólo que, hasta ahora, todos eran de carácter religioso. Obviamente, David Ben Jonah consideraba estos manuscritos tan importantes como cualquiera de las Escrituras.

—¡Pues claro! Deseaba desesperadamente que su hijo los leyera. —Miró frente a sí—. Me pregunto por qué.

—También yo.

—Me entristece.

—¿El qué?

—El hecho de que el hijo de David nunca los encontrara.

Ben miró a Judy Golden. Su cara redonda estaba pálida a la luz de la única lámpara; su cabello, mucho más oscuro y abundante.

—Nunca había pensado en eso, pero supongo que tiene razón. Dos de las vasijas, las más intactas, llevaban su marca allí donde habían sido selladas, lo cual significa que no habían sido abiertas. Por otro lado, si su hijo los hubiera leído, no los hubiese vuelto a sellar y enterrar, ¿no es así? Supongo que tiene razón. Su hijo... la persona con quien estaba desesperado por comunicarse... por hacerle su confesión...

—Es triste. Nosotros no somos las personas para quienes los concibió.

Ben se puso bruscamente en pie y recorrió la habitación encendiendo más lámparas, inundando la habitación de resplandor. Era estúpido emocionarse por un drama que había terminado hacía dos mil años. ¿De qué servía sentir pesar por alguien que llevaba veinte siglos muerto?

—¿Le apetece un poco de café?

«Pero, ¿por qué no llegó tu hijo hasta los manuscritos, David? ¿Qué le sucedió?»

—Es instantáneo.

—Estoy acostumbrada al instantáneo, gracias.

«Dios mío, David, ¿sabías, en la última fracción de segundo antes de que tus ojos se cerraran por la muerte, que tu hijo nunca llegaría a leer los manuscritos? ¿Y moriste a sabiendas de que todo esto había sido en vano?»

Se movió mecánicamente por la cocina —dejando correr el agua, enchufando esto, poniendo unas cucharadas de aquello— y, cuando salió, halló a Judy sumida una vez más en la lectura de la traducción.

Depositó las tazas sobre la mesilla con superficie de cristal, juntamente con las cucharas, la nata y el azúcar.

«No —consideró con tristeza—, no somos quienes se supone

deberían leer esto. Era tu hijo, quienquiera que fuese y le sucediera lo que le sucediese...»

—Supongo que mi letra es bastante mala —oyó su propia voz.

—No importa.

—Me gustaría saber escribir a máquina. No he aprendido nunca. No sé cómo voy a mandarle todo esto a John Weatherby.

—Me encantará pasárselo a máquina, doctor Messer. De hecho, sería un honor.

Él vio el orgullo en sus ojos marrón oscuro, la ingenuidad, la sinceridad, y la observó con una sonrisa. A diferencia de su encuentro casual de aquella tarde, éste era bastante relajado. Ben estaba sorprendido de encontrarse hablando libremente con ella acerca de los manuscritos.

—Y piense en los años —dijo ella—, ¡del 34 al 70 n.E.! ¡Vaya un pedazo de historia con el que tropezar! ¡Imagínese lo que puede haber dicho en el resto de los manuscritos! —Bajó la vista y miró los garabatos del cuaderno de Ben—. Pero me pregunto...

—¿Qué?

—Me pregunto cómo sabía que iba a morir. No parece que estuviera en prisión. Me pregunto si estaba enfermo. O supone usted... —alzó los ojos—. ¿Podría planear suicidarse?

Ben cerró los ojos. «Oh, David. ¿Tan malo fue tu crimen?»

—Esto de aquí es interesante. Me gustaría saber qué significa.

Él abrió los ojos. Ella señaló a mitad de la página.

«El Maestro a las puertas de Jerusalén...»

—Y aquí: «Verás el rostro de tu Padre...». Doctor Messer, ¿cree usted que David estaba... esperando al Mesías?

—Es posible —Ben lanzó una mirada furtiva a su propia escritura.

—¿Podría incluso haber sido un...?

—No diga eso.

—¿Por qué no?

—Porque es una tontería.

—¿Por qué el que David fuera cristiano es una tontería?

—Porque las probabilidades en contra son astronómicas. Usted no ignora que el siglo I estaba lleno de nuevas religiones y sectas místicas. Jesús no era el único que arrastraba en aquella época un seguimiento fanático. Que hoy en día sea adorado por millones de personas no implica que lo fuera entonces.

—Sin embargo, David era un judío que vivía en Jerusalén.

—En una ciudad de cientos de miles de personas había en aquella época, por lo menos, un centenar de sectas. Realmente, no creo que sea probable. Las probabilidades de hallar un recabita,* un esenio** o un zelota*** son igualmente favorables. Y es más probable que David fuera uno de ellos...

Judy se encogió levemente de hombros. Siguió leyendo.

—Aquí hay una coincidencia. Es un miembro de la tribu de Benjamín.

—¿Y...?

Judy levantó la cabeza.

—¿No es usted también un benjaminita?

—No creo que mi familia supiera jamás a qué tribu pertenecía. Pienso que el nombre de Benjamin venía de un tío cuyo nombre me pusieron.

Permanecieron sentados en silencio algún tiempo más, bebiendo a sorbos su café, cuando Judy, mirando su reloj de pulsera, dijo al fin:

—Debo marcharme, doctor Messer.

Se pusieron en pie y se miraron de frente, un poco violentos, aunque ninguno de ellos sabía por qué. Ben bajó la vista y miró a Judy con la sensación de haber pasado una hora íntima con ella, de haberle mostrado cosas privadas, de haber compartido con ella algo que no podía compartir con nadie más. Y, ahora, de repente, pensar en ello le hacía sentirse incómodo.

Mientras caminaban hacia la puerta, ella le dijo:

—Dígame si quiere que se lo pase a máquina.

—Lo tendré presente.

La joven se detuvo al abrir la puerta, se volvió con una débil sonrisa.

—¿Me avisará cuando reciba otro manuscrito de Israel?

—Por supuesto. En cuanto lo reciba.

Se separaron tras esta observación, mientras Ben cerraba la puerta detrás de ella y escuchaba sus pasos por el vestíbulo.

Sin dedicar el menor pensamiento a su próxima acción, Ben decidió en un instante ir a casa de Angie y pasar la noche allí. Al fin y al cabo, no tenía nada más que hacer esa noche, y el apartamento parecía ahora algo frío y vacío. Sacando un poco de comida para gatos para Popea, que se había retirado mientras la visitante estaba allí, Ben fue y apagó todas las luces.

* Los descendientes de Recab (Jeremías 35:6). (*N. de la T.*)

** Miembro de una secta ascética que floreció en Palestina desde el siglo segundo a.C. al siglo segundo d.C. Vivían en comunidades estrictamente organizadas. (*N. de la T.*)

*** Cualquiera de los seguidores de una secta o partido judío extremo que resistió al dominio romano en Palestina en el siglo primero d.C. (*N. de la T.*)

En el escritorio, bajó la vista y vio que Judy había olvidado el códice.

Estaba precisamente calentando el motor de su coche en el garaje subterráneo cuando un vecino —un músico soltero que vivía en el piso de al lado— apareció repentinamente ante él. Agitó los brazos; luego se acercó a la ventanilla del conductor.

—Eh, tío —dijo, apoyándose sobre el coche de Ben—. ¿Cómo te va?

—Bien. No te he visto por aquí últimamente.

—He estado fuera. He vuelto esta misma mañana. Escucha, iba justamente a salir cuando te vi aquí, así que pensé en agarrarte mientras pudiera. —Rebuscó en el bolsillo de su chaqueta y sacó un pequeño pedazo de papel amarillo—. Lo encontré en mi buzón esta noche. El cartero lo puso ahí por error. Es para ti.

—¡Oh! —Ben cogió el papel y lo miró.

—Consideré que sería importante —dijo el vecino—. El cartero había venido con una carta certificada para ti esta tarde y no estarías en casa. En el papel se informa de que puedes recogerla en la estafeta de correos mañana entre las nueve y las cinco.

—Sí. Oye, muchas gracias.

—De nada. —El músico se enderezó apartándose del coche, hizo un gesto despreocupado con la mano y se marchó.

Ben miró la dirección del remite indicada en el papelito amarillo.

«Jerusalén.»

5

La primera clase, que consistió en un ejercicio de criptografía, transcurrió bastante bien. A Ben siempre le divertían los desafíos de los jeroglíficos y de la escritura cuneiforme, y pensaba en la clase de lenguas de la arqueología como en su favorita. La sesión de las dos, sin embargo, no fue bien. Como había tenido otras responsabilidades que atender en el campus entre las dos clases, y estaba nervioso por llegar tarde o no prestar la debida atención a sus deberes como profesor a causa de sus recientes ausencias, Ben aún no había recogido su paquete certificado en la estafeta de correos. Dado que la de hebreo antiguo y moderno era una clase de dos horas que a menudo se alargaba, Ben estaba particularmente inquieto por salir a tiempo.

El tema era «El lenguaje de los askenazíes» y quiso la suerte que todos los miembros de la clase parecieran singularmente interesados en el mismo y deseosos de prolongar la discusión.

A la inquietud de Ben se añadía la presencia de Judy Golden, quien, si bien apenas le miraba y casi no hablaba, le perturbaba. Y no sabía por qué.

Estaba inclinada sobre un folio y tomaba notas a medida que su largo cabello caía hacia delante y ocultaba su rostro. Desde su conversación de la noche pasada, su breve compartir a David Ben Jonah, ella había estado en su mente. No podía librarse de ella, y no podía explicarlo.

—Doctor Messer, ¿cree usted que tal vez el renacimiento del hebreo ha desempeñado un papel en el declive del *yiddish*?*

* Lengua hablada como vernácula por los judíos de Europa y en otros lugares por judíos emigrantes, habitualmente escrita en el alfabeto hebreo. Históricamente es un dialecto del alto alemán con una mezcla de palabras de origen hebreo, romance y eslavo desarrollado en la Europa central y del este durante la Edad Media. (*N. de la T.*)

Miró al estudiante que había planteado la pregunta, pero antes de que Ben contestase, otro estudiante dijo:

—Sigues basándote en la presunción de que el *yiddish* está en declive. Yo no creo que lo esté.

Sus palabras se desvanecieron mientras él se zambullía una vez más en sus pensamientos. Sí, la presencia de Judy Golden le afectaba por algún motivo. Ella había leído las palabras de David, sabía de los manuscritos de Magdala. Judy sabía tanto sobre David como Ben, y posiblemente ahí estaba el problema. Ella no era ya una persona ajena a la cuestión. Era un recordatorio físico, tal vez incluso la personificación de la experiencia de Ben con los manuscritos. Ahora él la miró y los recuerdos se agolparon: el horrible crimen que David había cometido, la dolorosa necesidad de confesar, la filosofía que presidió toda la vida de su padre expresada en el salmo primero, la maldición de Moisés y el hecho insoportable, pero ineludible, de que el hijo de David no había encontrado jamás los manuscritos.

Después de que Judy se hubiese marchado la noche anterior, Ben acudió a casa de Angie. Habían devorado una comida exótica, vieron una película en el canal de televisión por cable; hicieron el amor dos veces y durmieron hasta que sonó el despertador esa mañana. Y durante toda la noche Ben logró alejar los manuscritos de su mente; se había llenado a sí mismo de Angie hasta que no quedó sitio para David. Y había dormido sin sueños.

Pero ahora, sabiendo que en la oficina de correos le esperaba otra carta de Weatherby, y ver a Judy Golden inclinada sobre su trabajo, Ben no podía evitar que le asaltaran sigilosamente visiones de Magdala.

Miró al reloj. Eran las cuatro, y la clase presentaba todos los indicios de continuar durante bastante tiempo más. Les concedió pacientemente quince minutos para contestar sus preguntas, escribir comparaciones entre el hebreo y el *yiddish* en la pizarra e intentar ponerle fin.

—Creo que hemos machacado el tema hasta la muerte —dijo por último, ignorando dos manos alzadas. Eran las cuatro y cuarto. Tardaría por lo menos veinte minutos en salir del campus y llegar a la oficina de correos, media hora si el tráfico era inusualmente malo. El margen era demasiado pequeño para ser tranquilizador—. Si tienen alguna otra cuestión, podemos retomarla el viernes.

Observó a Judy Golden mientras ella seguía escribiendo, aparentemente inmersa en su trabajo. Se preguntó en qué estaría tan ocupada, si habría tenido alguna dificultad para alejar de su mente a

David Ben Jonah, pero pronto rechazó la idea. La noche pasada le había prometido mantenerla informada de la situación del manuscrito y avisarla cuando llegaran otros nuevos. Ahora decidió que no lo haría.

Ben recogió su pipa y su cartera. Efectuó una salida precipitada. No había llegado demasiado lejos cuando le detuvo en el vestíbulo Stan Freeman, un profesor de filosofías orientales y un viejo amigo. Sus campos estaban relacionados, tenían la misma edad, amén de otros intereses en común. Las escasas veces que Ben había ido de pesca a las montañas, había ido con Stan.

—¡Hola, muchacho! —dijo su amigo con entusiasmo—. ¡Cuánto tiempo sin verte! ¿Qué has estado haciendo?

—Lo mismo de siempre, Stan.

—No te he visto mucho por aquí. ¿Acaso Angie te mantiene ocupado?

—Bueno, sí. También tengo un códice egipcio que traducir.

—¿En serio? Me gustaría verlo. —Stan hizo una pausa, aguardó a que Ben dijera algo, pero al no hacerlo, añadió con una breve carcajada—. ¡Veo que al final te estás volviendo bohemio!

—¿Qué?

Stan señaló hacia abajo.

—Las sandalias. Sabes, en todos los años que tú y yo hemos sido amigos, nunca te he visto llevar sandalias. Siempre bromeabas con que le daban a una persona el aspecto de un liberal de pega. De hecho, tal como lo recuerdo, las odiabas de verdad. Éstas son bonitas. ¿Dónde las compraste?

Ben miró hacia abajo. Las sandalias, que había comprado aquella mañana, eran de burdo cuero y cuerda: primitivas y poco refinadas.

—Las compré en Westwood. Me apetecía cambiar un poco.

Con fugaz irritación, Ben pensó: «¿Qué es este asunto de que de pronto llevo sandalias?».

En ese momento pasó fugazmente Judy Golden, con los hombros encorvados sobre un montón de libros, y desapareció doblando una esquina.

—Oye, Stan. Tengo muchísima prisa. —Ben se apartó un palmo de él.

—Oh, claro. Dime, ¿cuándo es el gran día?

—¿El gran día?

—¡La boda! Angie y tú. ¿Te acuerdas?

—Oh. Al final del trimestre. Ya te avisaré. Si juegas bien tus cartas, puedes ser mi padrino. —Ben había decidido en el último segundo atrapar a Judy Golden y darle el códice que se había acordado de traer consigo. Quería dárselo ahora, en el campus, y así eliminar toda excusa que ella pudiera tener para pasar más tarde por el apartamento—. De verdad que tengo que irme, Stan. Te llamaré. ¿De acuerdo?

—Claro. Hasta pronto.

Tuvo que buscar entre la multitud de última hora de la tarde mientras salía del edificio y se internaba en la puesta de sol. Entonces la vio; caminaba a buen paso en dirección a la biblioteca. Consultó su reloj. Las cuatro y veinticinco. Tenía tiempo.

—¡Señorita Golden! —la llamó, y se apresuró para alcanzarla.

Ella pareció no oírle. Judy caminaba extraordinariamente aprisa para alguien de tan poca altura, con su cabello negro ondeando tras ella.

—¡Señorita Golden!

Al final ella miró por encima del hombro. Entonces, se detuvo y se volvió hacia él.

—Olvidé darle esto hoy en clase —dijo él mientras manoseaba torpemente los cierres de su cartera—. Se lo dejó la noche pasada.

Los ojos de ella estaban clavados en su rostro.

—Tenga. —Sacó el sobre de papel manila y se lo tendió.

Mientras lo cogía, los ojos de Judy seguían mirando su rostro.

—Oh, el códice. Gracias.

Ben le dirigió una débil sonrisa. «No se lo diré —se dijo a sí mismo—. Simplemente dejaremos pasar otra noche y no volveremos a sacar nunca más el tema de los manuscritos.»

—Me gustaría tenerlo de vuelta dentro de una semana más o menos, si no le importa. Las últimas líneas son difíciles de traducir y me comprometí a una fecha concreta.

—Oh, por supuesto. —Parecía dubitativa—. Doctor Messer, ¿podría decirle algo?

Él se metió la pipa en la boca.

—Adelante.

—Resulta que no estoy de acuerdo con que el *yiddish* esté agonizando. Opino que tal vez su esfera de uso se traslada y que su valor dentro de la vida judía haya cambiado, pero no me parece que esté agonizando.

Ben bajó la vista para mirar a la chica y sonrió inconscientemente.

—Tiene usted derecho a tener su opinión, por supuesto. Posiblemente, sólo una investigación global nos daría la respuesta, y, hasta entonces, todo cuanto podemos hacer es especular. Su suposición es tan válida como la mía.

Ella asintió con la cabeza.

—Crecí con el *yiddish*. Fue la única lengua que mi madre utilizó. Y, cuando era una niña, era todo lo que hablábamos en casa. Tal vez tenga un valor sentimental para mí. En cualquier caso, gracias por traerme el códice. Se lo agradezco.

—De nada. —Ben la miró mientras ella hacía un breve gesto de despedida y se volvía. Entonces, en un impulso, dijo repentinamente—: Oh, a propósito...

—¿Sí?

—Creo que he recibido otro manuscrito de Magdala.

El vino no sólo estaba caliente y amargo, además tenía un aroma desagradable en la copa que sostenía en su mano. La *Tocata y fuga en re menor* de Bach sonaba como una cacofonía. El humo de la pipa llenaba el aire de gases nocivos. Así que Ben, impaciente, se puso en pie, apagó el estéreo de un manotazo, vació su pipa en el cenicero y vertió el vino en la pila de la cocina. Luego regresó a su mesa y volvió a sentarse.

El regusto de un bocadillo de *pastrami** llenaba su boca como recuerdo de que no había comido su cena, sino que se la había echado garganta abajo como si se tratase de una desagradable tarea que hubiera tenido que quitarse de en medio. Que es lo que había sido. Ben había sentido apetito; sin embargo, no quiso molestarse en comer. Y ahora, con un nudo en el estómago y mal sabor en la boca, sentía haberse precipitado tanto.

Una vez más, la familiar mala mecanografía del profesor John Weatherby le contemplaba bajo la luz de alta intensidad.

Una breve nota acerca del manuscrito número cuatro, que había sido hallado en malas condiciones y que tuvo que ser fotografiado con infrarrojos para poder ver la caligrafía; una mención del manuscrito número tres, que había quedado reducido a un montón de alquitrán a causa de una grieta en la vasija; eso era todo.

Ben sacudió tristemente la cabeza sobre las dos fotografías que tenía enfrente. Iban a ser un reto. Los bordes tenían el aspecto de haber sido destrozados por perros salvajes. Las partes centrales parecían un queso gruyere. Párrafos enteros habían desaparecido por completo. Muchas palabras eran ininteligibles.

Ben se sintió personalmente defraudado, como si esto se lo hubieran hecho a propósito. El primer manuscrito, el número tres perdido para siempre, y ahora éste.

* Carne de buey ahumada y muy especiada. (*N. de la T.*)

Golpeó la mesa con el puño.

En algún lugar, en las sombras, acechaba Popea Sabina, que había dormido todo el día y comenzaba ahora sus rondas nocturnas. Intuía cuándo dejar a su amo solo y mantenerse a una discreta distancia de él. El sonido del puño al golpear la mesa la hizo entrar en el dormitorio para velar solitaria en la noche.

—David Ben Jonah —dijo Ben inclinado sobre las fotografías—. Si quieres que traduzca tus palabras, si me has elegido para leer la confesión que tu hijo no pudo leer, no me lo pongas tan difícil.

Se levantó y fue a la cocina a por un vaso de vino fresco, regresó a la mesa, volvió a encender su pipa e inició la ardua labor de traducir el manuscrito número cuatro.

> Y así fue como yo, David Ben Jonah, a mis catorce años, terminé mis estudios con el rabino Joseph Ben Simón. Esos tres años fueron buenos, y siempre los evocaré con la cariñosa rememoración de los tiempos de juventud e inocencia. Saúl aún era mi más querido amigo y, por ello, él y yo buscamos juntos el consejo del rabino Eleazar Ben Azariah, entonces, uno de los más famosos e ilustres maestros de todo Israel.

Esta parte había ido sorprendentemente bien. Pero, una vez más, tras otro examen, comprobó que era la sección más clara de ambas fotografías. El resto no iba a ser tan fácil.

En los márgenes de su traducción, Ben escribió algunas notas. «Manuscrito número tres, obviamente descripción de primeros estudios y primeros años en Jerusalén. David bajo la tutela del rabino Joseph, quizá con varios jóvenes más. Sólo conjeturas acerca de la materia de estudio, probablemente la Torá, recitados, mnemotécnica, oraciones, etc. Habitual educación del joven de clase media. Catorce años es la edad de aprendizaje y madurez. Amigo Saúl, posiblemente mencionado en manuscrito número tres y circunstancias de su encuentro.»

Ben dejó su pluma y se frotó los ojos. El tercer manuscrito perdido era muy molesto. Y los espacios vacíos que aparecían en él eran también exasperantes. Se sentía impaciente e irritable.

Impulsivamente se puso en pie y caminó hasta una ventana. Algo le perturbaba. Siendo por lo general un hombre que se sentaba ante su trabajo y comenzaba con él de inmediato, esta noche era exactamente lo contrario. No podía leer las palabras de David sin ponerse inquieto, casi agitado.

A continuación Judy Golden apareció en su mente. ¿Por qué le había revelado tan imprudentemente la noticia del cuarto manuscrito, sobre todo después de haberse jurado a sí mismo que no le haría más confidencias? Ciertamente ella no se lo había sonsacado, no le había presionado. De hecho, era él quien había corrido tras ella, quien la detuvo un minuto. Entonces, ¿por qué al final, cuando se alejaba de él, le había hablado de repente sobre el manuscrito?

Ben paseó un rato por la habitación, cojeando ligeramente. Otras cosas le perturbaban también. Se estaba volviendo irrazonablemente impaciente porque llegaran futuros manuscritos. Maldecía el tiempo que tardaban en llegar. Y envidiaba a John Weatherby al estar en el mismísimo escenario, el encontrar las vasijas tal como David Ben Jonah las había dejado.

Las deliberaciones de Ben se vieron interrumpidas por el timbre del teléfono, que primero decidió ignorar, pero finalmente contestó.

—Hola, cariño —dijo la suave voz de Angie—. ¿Interrumpo algo?

—Estaba precisamente en medio de una nueva traducción.

—Oh...

—Hoy he recibido el cuarto manuscrito de Weatherby. Es difícil.

Angie soltó una risita.

—No sé si debería estar contenta o sentirlo por ti.

—¿Por qué?

—Estoy contenta de que tengas un nuevo manuscrito pero siento que sea difícil. —Hizo una pausa—. ¿Ben? Pareces muy distante. ¿Estás bien?

—Estoy perfectamente. Sólo estaba pensando.

—¿Quieres venir a casa?

—Esta noche, no. Estoy a la mitad y quiero terminarlo.

—Por supuesto —murmuró ella—. Lo comprendo. Sin embargo, si tienes hambre o te sientes solo... estoy aquí.

—Gracias. —Estaba a punto de despedirse cuando cambió de opinión y dijo en cambio—. ¿Angie?

—Sí, cariño.

—¿Quieres saber de qué trata el cuarto manuscrito?

Hubo silencio al otro lado.

—Bueno, de todos modos —prosiguió él—, es bastante aburrido en realidad: trata de los estudios de David Ben Jonah en Jerusalén. Buenas noches, Angie.

Con el dedo índice pulsó el botón del receptor, escuchó para asegurarse de que su conexión estaba cortada, y Benjamin Messer hizo algo que no había hecho nunca en toda su vida: dejó el teléfono descolgado.

...doctores de la Ley. Sabíamos que nos llevaría años de duro trabajo, muchos sacrificios, y que sólo unos pocos lo lograrían. Saúl y yo elegimos al rabino Eleazar ... el más grande maestro de Judea ... [tinta borrosa] ... su fama. Luchamos por lo más alto. Sabíamos que, si sobrevivíamos a su tutela, seríamos hombres de estima. Y no obstante, muchos jóvenes se acercaban a él en tanto que muy pocos eran elegidos. Saúl y yo estábamos decididos. Si yo me esforzaba por convertirme en alumno del gran Eleazar y lo conseguía, atraería el mayor honor sobre mi familia.

Temía fracasar. Conocía a muchos jóvenes que se habían acercado a Eleazar y que habían sido rechazados. Sin embargo, Saúl tenía confianza. Saúl... muchacho orgulloso y feliz, con ojos risueños y... boca. Me aseguraba todos los días que habíamos sido los mejores alumnos del rabino Joseph. Y yo me sentía alentado. Mas, cuando me enteré de los muchos que recurrían a Eleazar para ser instruidos, volví a entristecerme. Por esta razón ... [gran laguna en el papiro] ... con Saúl. Durante la fiesta del Pan Ácimo, nosotros ... [escritura ilegible] ... y yo yacía temeroso por las noches.

Pero Saúl parecía no tener miedo. Contaba también con muchos amigos, pues tenía la habilidad de contar historias graciosas y hacer reír a la gente. Yo admiraba a Saúl por su rápido ingenio y sus maneras despreocupadas, y a menudo deseaba ser tan sociable y abierto como él y conseguir amigos rápidamente. Con frecuencia íbamos juntos ... [papiro desgarrado] ... y rezábamos juntos en el Templo. Saúl y yo éramos más íntimos de lo que mis hermanos y yo habíamos sido, y nos ayudábamos prestamente el uno al otro. En Jerusalén, él era toda la familia que tenía, mi único amigo, y le quería profundamente. Si se hubiese presentado la ocasión, hubiera dado contento mi vida por Saúl.

Al final de la primera fotografía, Benjamin se quitó las gafas, las dejó suavemente sobre la mesa y se frotó los ojos. Después, miró inconscientemente los gruesos caracteres arameos tal como se veían con infrarrojos, y se sintió retroceder a lo largo de los años hasta una escuela de la ciudad de Nueva York a la que había asistido y donde fue gran amigo de un niño llamado Salomon Liebowitz.

La *yeshiva** estaba en Brooklyn y Ben tenía catorce años y acarreaba libros en hebreo y *yiddish* mientras caminaba penosamente por la nieve a medio derretir. Él y Salomon daban siempre un largo rodeo para llegar a la *yeshiva*, pues el camino directo atravesaba un barrio católico donde ciertos matones estaban siempre dispuestos a mofarse de ellos. Una vez, los rollizos hijos adolescentes de unos inmigrantes polacos habían cogido la *yarmulke*** de Ben, la arrojaron al suelo y la pisotearon; luego, se rieron de sus lágrimas.

Pero no eran lágrimas de pena o de ira, sino de frustración. Los *goyim**** no tenían manera de saber hasta qué punto había querido Ben salir de casa sin casquete y cuánto deseaba ir a la escuela pública, donde podría ser como los demás niños.

En otra ocasión, Salomon, mucho más alto y corpulento que Ben, golpeó furiosamente a los matones, en defensa de Ben, e hizo sangrar varias narices. Al escapar, los hijos de los inmigrantes polacos habían gritado por encima de sus hombros: «¡Os daremos una lección! ¡Asesinos de Jesús! ¡Os daremos una lección!».

Y por ello Ben y Salomon habían tomado desde entonces el camino largo hasta la *yeshiva*.

Ben sentía un nudo en su estómago. Se apartó del escritorio y estudió sus manos. No había pensado en Salomon Liebowitz en muchos años, desde que abandonó Nueva York por California, y Salomon tomó la decisión de entrar en el rabinato. En los siete años que fueron vecinos y amigos íntimos, Ben había querido a Salomon como si fuera su propio hermano, y pasó con él la mayor parte de sus años de adolescente. Pero, después, la hora de la separación había llegado, la hora de tomar decisiones de hombres y de actuar como tales. Sus infancias habían terminado, Salomon Liebowitz y Benjamin Messer no podrían continuar sus aventuras por las calles de Brooklyn como dos soldados de fortuna. Había llegado la hora de enfrentarse a la realidad.

Ben eligió la ciencia, y Salomon a Dios.

* Escuela dirigida por judíos ortodoxos para niños en edad de asistir a la escuela elemental, que imparte tanto enseñanza religiosa como seglar. Recibe también este nombre la escuela judía tradicional dedicada en particular al estudio de la literatura rabínica y del Talmud. (*N. de la T.*)

** Casquete de hombre utilizado para orar, en especial por los adeptos al judaísmo ortodoxo o conservador, y por los judíos profundamente religiosos en todo momento. (*N. de la T.*)

*** Palabra despectiva utilizada por los judíos para referirse a los no judíos. (*N. de la T.*)

Hubo una llamada tímida, a la puerta, casi de disculpa. Al principio, Ben no se dio cuenta, y luego, al oírla, se volvió en su dirección. Popea Sabina no estaba a la vista y por lo tanto no se trataba de su ocasional truco de rascar la puerta. Cuando el golpeteo se tornó más fuerte, Ben comprendió que alguien llamaba.

Miró fijamente el teléfono descolgado, luego murmuró:

—Maldita sea —imaginó que el intruso sería Angie.

Capitulando, abrió la puerta y tuvo la sorpresa de hallar a Judy Golden de pie al otro lado. Su cabello, tan familiarmente liso y con un brillo negro azulado, ocultaba parcialmente una camiseta a lo Kurt Vonnegut. Un bolso colgaba de su hombro. Llevaba un sobre de papel manila en sus manos.

—Hola, doctor Messer —saludó, sonriente—. Espero no molestarle.

—Bueno, para ser franco, sí me está molestando. ¿Qué puedo hacer por usted?

Sin una palabra, le tendió el sobre.

—¿Tan pronto? —dijo él con las cejas alzadas—. No puede haberlo tenido más de dos horas.

—Cuatro horas, doctor Messer. Son más de las ocho.

—¿De verdad?

—Y yo... —Ella parecía extrañamente reticente—. Me debatía entre venir aquí o esperar a la clase del viernes. Pero estoy tan ansiosa por leer el códice... y usted mencionó una fecha límite. Así que cedí a mis impulsos.

—No entiendo.

Ella le acercó más el sobre.

—Está vacío.

—¡Qué! —Ben lo abrió desgarrándolo y no pudo dar crédito a sus ojos. —Oh, ¡por el amor de Dios! Entre. Entre.

Judy sonrió y se relajó visiblemente.

—De verdad que no quiero molestarle, pero yo...

—Lo sé —la cortó él. Con Judy tras él, Ben entró en el despacho y examinó el creciente desorden. Textos de antiguos manuscritos en arameo, apócrifos hebreos y dos volúmenes que versaban sobre escritos hebreos estaban extendidos sobre la mesa y mezclados con migas de *pastrami*, un pedazo reseco de pepinillo, una pipa rancia y tres vasos de vino medio vacíos. «El típico nido de un soltero —meditó mientras intentaba recordar dónde había visto el códice por última vez—. Esta chica debe de pensar que soy un tipo verdaderamente odioso.»

—Estaré con usted en un minuto —musitó él mientras comenzaba a levantar libros. Algunos estaban abiertos por fotos de amarillentos fragmentos de papiro, otros, por tablas y gráficos de comparaciones alfabéticas; la mayoría, por extensos textos. Todos instrumentos para ayudar a Ben a obtener las mejores traducciones de los manuscritos de David Ben Jonah.

Mientras él revolvía, Judy miró las dos fotografías extendidas sobre la mesa junto al cuaderno de Ben. «Éste ha de ser el nuevo manuscrito», pensó con emoción, e intentó acercarse sin que resultara evidente.

Pero Ben se volvió de pronto, agitando sus manos con exasperación.

—Me llevará toda la noche buscar entre este desorden... —Se interrumpió cuando la vio mirando las fotos.

—No importa —dijo ella rápidamente—. Puedo esperar. Siento haberle molestado.

La habitación estaba enteramente a oscuras a excepción de la lámpara de alta intensidad y su pequeño haz de luz. Así era como mejor trabajaba Ben; le ayudaba a concentrarse. Sin embargo, ahora, en las oscuras sombras, al tiempo que escrutaba el rostro de Judy Golden, deseó que hubiera un poco más de luz para leer su expresión.

Ben comprendió de repente.

—Podría haber esperado al viernes. O podría haber ido a su encuentro mañana en la clase de las diez. O haber dejado un mensaje en su oficina.

—Sí —dijo ella con un hilo de voz—. Lo sé.

Ben bajó la vista y señaló las fotos del manuscrito número cuatro.

—Éste no está tan bien conservado como los dos primeros —dijo flemáticamente—. Weatherby apunta que el tejado de la vieja casa debió de haberse hundido hace siglos, con lo que dañó algunos de los manuscritos. Como sabe, una vez el aire exterior llega hasta él, el papiro se convierte en una sustancia pegajosa y, con el tiempo, en cenizas. De hecho, el tercer manuscrito se perdió por completo de este modo.

Judy vaciló, parecía medir sus palabras.

—¿Doctor Messer?

—¿Sí?

—¿Qué dice?

Él apreció el rostro de la joven, la pálida piel, sus grandes ojos oscuros y el largo cabello negro. No era hermosa como Angie, pero había algo en su cara que faltaba en la de Angie, una cualidad que a Ben le gustaba. Pero no sabía qué era.

—¿Qué dice? —repitió él. Luego se acordó de Salomon Liebowitz y de sus días como judío, allá en Brooklyn. Qué lejano, qué fantástico se le antojaba ahora. Como si nunca hubiera sucedido en realidad.

—Venga aquí. —Ben cogió su cuaderno y se lo tendió a Judy. Ella lo cogió y lo leyó bajo la pequeña lámpara. Leyó la traducción, las notas del margen, los espacios que había en medio. Lo releyó una y otra vez. Luego, dejó el cuaderno sobre la mesa y alzó los ojos para mirar a Ben.

—Gracias —murmuró.

—Siento que no esté más claro.

—No importa. No importa.

—Mi letra... —Ben sacudió la cabeza.

Judy bajó la vista hacia la fotografía y concentró en ella su mirada.

—David Ben Jonah era un ser humano auténtico —comentó—. Podría haber vivido ayer, por todo lo que el paso del tiempo significa. Casi podríamos haberle conocido.

Ben esbozó una sonrisa.

—Estoy empezando a pensar que ya le conozco.

—Espero que haya otros manuscritos por venir.

—Los hay. Otros cuatro, para ser exactos.

Judy levantó bruscamente la cabeza.

—¡Otros cuatro! ¡Doctor Messer!

—Sí, lo sé... —Se giró y salió del estudio; encendió las luces a medida que avanzaba—. ¿Le apetece un poco de vino? —dijo por encima del hombro.

—Sólo si es vino barato —contestó ella, siguiéndole hasta la sala de estar.

—Oh, puede estar segura. Siéntese. Estaré en seguida con usted.

Ben fue a la cocina a por el vino, una habitación cada vez más desarreglada y revuelta. Habitualmente él era un hombre pulcro y que limpiaba él mismo, pero estos últimos días había dejado caer la cocina en el desorden. Casi tenía el mismo aspecto que el estudio. Encontró dos vasos limpios, vertió el vino y regresó a la sala de estar. Halló a Judy Golden en el sofá acariciando a Popea Sabina.

—Ignoraba que tuviera una gata —dijo ella, cogiendo el vino—. Gracias.

—No la suelo tener cuando hay alguien de visita. Popea odia a la gente y por ello no sale nunca a hacer amigos. Ni siquiera mi novia la ve nunca, si bien Angie es alérgica a los gatos.

—Es una pena. Esta gata es una monada.

Ben observó, con asombro, a su normalmente temperamental y engreída gata: ahora se hacía un ovillo en el regazo de Judy y cerraba los ojos con satisfacción.

—¿Sabía que su teléfono está descolgado?

—Sí, lo hice a propósito. No quería que me molestaran.

—Oh, fantástico. Entonces, si hubiera una forma de hacerlo, ¿descolgaría su puerta...?

Él rió con educación.

—No se preocupe. De todos modos, nunca lo había hecho antes. En realidad, no creo que sea conveniente. Alguien podría desear ponerse en contacto conmigo por una emergencia.

—Estoy de acuerdo. Gracias por el vino.

—¿Es lo bastante bueno para usted?

—Si le costó más de ochenta y nueve centavos, es demasiado caro para mí.

Ben volvió a reírse. Ahora se sentía extrañamente relajado con ella. El malhumor de su clase de la tarde —la forma en que ella le había intranquilizado— estaba ahora olvidado.

—¿Por qué le puso el nombre de Popea? —quiso saber ella, a la vez que acariciaba a la gata.

Ben se encogió de hombros. Nunca se lo había planteado. El nombre había surgido de forma natural cuando la compró de pequeña dos años antes.

—¿Es Popea Sabina? —prosiguió Judy.

—De hecho, sí.

—La esposa del emperador Nerón. Vivió alrededor del 65 n.E., creo. Un nombre interesante para una gata.

—Es una pequeña lagarta gruñona, seductora, testaruda y arrogante, además de mimada.

—Y la quiere usted.

—Y la quiero.

Ambos tomaron su vino a pequeños sorbos durante un rato, escuchando en la oscuridad que había más allá del cerco de luz. La mirada de Judy recorrió el apartamento, admirando su mobiliario, reconociendo su calidad. Meditó que reconocía en él la marca de Benjamin Messer, una extensión de su personalidad abierta, liberal y típica del sur de California. Luego, una idea brotó en su mente, una repentina y ardiente curiosidad que por un momento pensó si debía contener.

Miró al hombre que estaba junto a ella, su rostro agradable y atractivo, su rubio cabello sin peinar, su cuerpo que le recordaba el de un nadador. Luego se sorprendió a sí misma un tanto al preguntarle en voz baja:

—¿Es usted judío practicante?

Su franqueza le pilló con la guardia baja.

—¿Perdone?

—Lo siento. No es asunto mío, pero siempre siento curiosidad por las creencias religiosas de la gente. No ha sido cortés por mi parte.

Ben apartó su mirada de ella, sintiendo aumentar sus defensas.

—No es ningún secreto. No, no practico el judaísmo. No lo he hecho durante muchos años.

—¿Por qué?

Él volvió a observarla, preguntándose de nuevo qué extraño impulso le había hecho hablarle del cuarto manuscrito. Y por qué le había ofrecido vino, y por qué estaba dispuesto a quedarse ahí sentado ahora con ella en lugar de mostrarle la puerta.

—El judaísmo no es la respuesta para mí, eso es todo.

Sus ojos se encontraron un instante —atrapados en una mirada que, en ese momento, parecía haber sido creada con el fin de tender un puente—. Ben desvió la vista e hizo girar lentamente el vaso de vino en sus manos. Empezaba a sentirse muy incómodo.

—Bueno —Judy retiró a la gata de su regazo y se puso en pie—. Debe de estar ansioso de estudiar la segunda fotografía.

Ben se alzó también en toda su estatura.

—Intentaré acordarme del códice.

—No hay problema. —Judy Golden apartó el cabello de sus hombros, haciendo que cayera por su espalda, hasta más abajo de la cintura. Y recogió su bolso.

Caminaron juntos hasta la puerta, donde Ben se detuvo antes de abrirla.

—Ya le contaré lo que David tenga que decir.

Ella le dirigió una mirada breve y burlona, luego dijo:

—Gracias por el vino.

—Buenas noches.

Sentado ante su escritorio, repasó su versión de la primera fotografía. Luego pasó a traducir la segunda.

> No nos fue fácil conseguir audiencia con el rabino Eleazar. Muchos días Saúl y yo nos sentamos en el patio del Templo sólo para ... [*roto en el papiro*] ... Nos sentábamos con otros jóvenes, bajo el sol, con las piernas cruzadas y las nalgas doloridas. Muchas veces estábamos hambrientos y exhaustos, pero no nos atrevíamos a movernos. Uno a uno, nuestro grupo de espera se

redujo ... [*borde estropeado*] ... Saúl y yo. Después de esperar una semana para reunirnos con el rabino Eleazar, fuimos llamados para unirnos a su círculo en el porche.

Mi garganta estaba seca y mis piernas débiles, sin embargo no mostré temor ante aquel gran hombre. Me humillé a sus pies ... [*frase ilegible*] ... mientras Saúl permanecía orgullosamente en pie. Los ojos de Eleazar semejaban los del águila. Me penetraron para ver qué había en mi interior. Tuve miedo y sin embargo me aferré fuertemente a mi determinación. No estaba en mis manos sonreír y, pese a ello, Saúl lo hizo.

El rabino Eleazar le dijo a Saúl:

—¿Por qué quieres convertirte en un escriba?

Y Saúl replicó:

—«*Y toda la gente se reunió como un solo hombre en la calle que había frente a la puerta del agua; y dijeron a Ezra, el escriba, que trajera el libro de la Ley de Moisés, que el Señor había entregado a Israel. Y Ezra, el sacerdote, llevó la Ley ante la congregación de hombres y mujeres y todo aquel que gozara de entendimiento, el día primero del noveno mes.*» Rabino Eleazar, quiero ser al igual que fueron Ezra y Nehemías.

Entonces, el rabino Eleazar se volvió hacia mí y repitió su pregunta:

—¿Por qué quieres convertirte en un escriba?

Yo, al principio, no pude contestar, pues la respuesta de Saúl había sido tan perfecta que me sentía inferior a su lado. Entonces, me tragué el doloroso nudo que había en mi garganta y respondí:

—Me gustaría saber, Maestro, de dónde vino la mujer de Caín, si no fue creada por el Señor.

El rabino Eleazar me dirigió una mirada de sorpresa y se volvió hacia sus discípulos y afirmó:

—¿Qué neófito es este que responde a una pregunta con otra? —Y todos rieron.

Enfadado y humillado, repliqué a Eleazar:

—Si no tuviera preguntas, Maestro, pobre escriba sería. Y si ya tuviera todas las respuestas, ¿qué necesidad tendría de vos?

Eleazar se sorprendió por segunda vez. Así que me propuso otra cuestión:

—¿Qué consideras más sagrado, la Ley o el Templo de Dios?

Y yo contesté:

—El estudio de la Torá es un acto más grande que la construcción del Templo.

El rabino Eleazar nos alejó a Saúl y a mí de su presencia y yo luché por contener las lágrimas de amargura y frustración. Le expliqué a Saúl:

—No me ha dado ninguna oportunidad para demostrarle que era digno de sus enseñanzas. Ahora tendré que acudir a un rabino inferior y aprender sólo la mitad.

Aquella noche lloré solo en mi habitación; eran las primeras lágrimas que derramaba desde que abandoné Magdala tres años atrás. Me había esforzado por alcanzar la cima más alta y había fracasado.

El papiro estaba desgarrado en este punto de un margen al otro, haciendo desaparecer unas cuatro líneas. La última línea decía:

Al día siguiente, Saúl y yo recibimos aviso de que íbamos a empezar nuestros estudios con el rabino Eleazar.

6

Ben se sentía exultante. Se levantó temprano, se dio una ducha y se afeitó. Tomó un abundante desayuno y empleó el tiempo anterior a su clase para ordenar el apartamento. Había por lo menos quince vasos que recoger y poner en el lavaplatos. Todos los ceniceros estaban rebosantes. El cajón de excrementos de Popea necesitaba una limpieza. Abrió las ventanas para orear con la brisa el aire enrarecido. Y, por último, Ben organizó su despacho. Colocó los libros en las estanterías, vació la papelera atestada y limpió las migas, las cenizas y los círculos que había sobre la mesa. Mientras trabajaba, iba canturreando.

Ben no se había sentido tan bien en mucho tiempo. Era como si acabara de heredar muchísimo dinero o acabaran de profetizarle que iba a vivir cien años. La electricidad que cargaba su cuerpo le hacía ir cantando por todo el apartamento a medida que ordenaba y limpiaba a su paso.

Cuando Angie llamó a la puerta a las nueve la recibió con un abrazo, un beso de los que causan estragos y un derroche de disculpas por la noche anterior.

—Era una mala bestia. El cuarto manuscrito era una auténtica mala bestia, pero logré traducirlo ayer noche y dormir ocho horas. ¡No me había sentido tan bien en varias semanas!

Angie bostezó.

—Me alegro. Por cierto, tu teléfono estuvo comunicando hasta muy tarde.

—Y por ello, mi amor, tengo una sorpresa para ti. El sábado por la mañana, al amanecer, tú y yo vamos a subir a mi coche y nos iremos a San Diego a pasar dos días de sol fantásticos.

—Oh, Ben, suena fabuloso.

—Iremos al zoo, al Sea World, comeremos en Boom Trenchard's Flare Path, y haremos el amor toda la noche. —La besó larga y apasionadamente en la boca—. O... tal vez no hagamos esas otras cosas y no hagamos más que el amor durante dos días.

Ella soltó una risa sofocada contra su cuello.

—¡Tonto!

Ben la mantuvo a un brazo de distancia, absorbiendo su belleza, la dulzura de su perfume, la excitación de su proximidad. Se sentía tan enamorado en ese momento, que pensó que iba a explotar.

—¿Y qué te trae hasta aquí esta mañana?

—Tu teléfono comunicaba.

—¿Qué? ¡Oh! —chasqueó los dedos—. Lo descolgué ayer por la noche para que no me molestaran.

—¿Quién? ¿Yo?

—Eh...

—Oh, no importa.

—Eh, ¡tengo una idea! Llévame a la escuela, espera una hora, y te invitaré a la comida más fantástica que tu hermosa cabeza pueda imaginar.

—Me parece maravilloso.

Fueron juntos a la escuela y Angie paseó por el campus mientras Ben daba su clase de manuscritos hebreos iluminados, no sin haberse disculpado profusamente por faltar a las dos últimas sesiones. Y mientras lo hacía, Angie caminaba por los senderos de las áreas de paso de la UCLA, sintiéndose más feliz de lo que se había sentido en mucho tiempo. Era agradable ver a Ben de ese modo, después de ese período de preocupación por aquellos manuscritos. Volvía a ser él mismo.

Al menos, eso era lo que Angie prefería pensar, pues, aunque había observado sus nuevas sandalias y la ligera cojera en su andar, y a pesar de que su forma de hablar le pareció extraña aquella mañana —como impropia y poco elegante—, había decidido enterrar todo eso y alejarlo de su mente. Ben sólo estaba cansado, eso era todo.

Después de la clase, viajaron a lo largo de la costa hasta su restaurante favorito, que estaba construido sobre el acantilado y se hallaba realmente suspendido por encima de las olas.

Hicieron el amor por la tarde, dieron una vuelta en coche por las montañas a la puesta del sol, cenaron y vieron una película en Hollywood.

En todo ese tiempo, Ben se sintió más cerca de Angie de lo que se había sentido nunca. Ella tenía el don de la risa y del buen humor, que le hacían olvidar que todo lo demás existía. Era hermosa de mirar y le excitaba abrazarla. Toda la jornada fue perfecta, desde el momento en que Ben cayó en ese extraño e inspirado estado de ánimo hasta el apasionado beso de buenas noches con que obsequió a Angie al anochecer. Aquel día fue de cuento de hadas, un día para el recuerdo.

Ella había vuelto a vivir bajo su atención. Si Angie era hermosa de por sí, ahora en verdad resplandecía. Se sentía radiante y feliz, y sabía que había encontrado al hombre perfecto con quien pasar el resto de su vida.

A medianoche, un poco bebidos y muy cansados, ambos reían quedamente junto a la puerta de la casa de ella.

—Volvamos a hacerlo —musitó Ben.

—Todos los días, mi amor, todos los días.

Y él la dejó como si hubiera gozado de un rato en el paraíso.

Este estado de ánimo permaneció en él durante el camino hasta su casa y continuó cargando a Ben de excitación mientras entraba en el apartamento. Durante todo el día, desde la salida del sol, no se le había ocurrido ni una sola vez preguntarse por las razones de esta exaltación. Ni una sola vez se interrogó acerca de qué era lo que le causaba tal estado de júbilo y alegría.

Y, por supuesto, ni por un segundo dedicó el menor pensamiento a David Ben Jonah.

La mañana siguiente fue bastante distinta. Fuera lo que fuese lo que le había puesto tan contento el día anterior, había desaparecido el viernes por la mañana, sumergiéndole en un estado de ánimo muy similar al de la semana pasada.

En su conversación telefónica del martes, John Weatherby había dicho que se hallaba en Jerusalén para llamar a Ben y «mandar otro grupo de fotografías. Esta vez, buenas». Eso significaba que llegarían cualquier día —el lunes a más tardar—. Ben estaba ansioso por recibir el próximo manuscrito.

Apenas pudo concentrarse en su clase de lenguas de la arqueología, y pasó un rato más difícil si cabe fingiendo durante su clase de hebreo antiguo y moderno. La oficina de correos estaba en su mente. Si el próximo manuscrito venía certificado, tendría que llevar el resguardo a la oficina de correos antes de las cinco y discutir para conseguir su carta. De lo contrario, no podría reclamarla hasta el lunes y ello haría que el fin de semana resultase penoso.

Ben se extrañó al descubrir que Judy Golden no asistía a la clase.

A pesar de que su presencia se había vuelto intranquilizadora para él, su ausencia se le hacía todavía más molesta. Y esta vez se había acordado de traer el códice.

Tras poner fin a la clase temprano, Ben regresó presto a casa y halló un papelito amarillo en su buzón. Una carta certificada de Israel podía ser reclamada en la oficina de correos el lunes entre las nueve y las cinco.

No perdió el tiempo. Ben ya estaba en la oficina de correos y pedía hablar con el responsable a las cuatro cuarenta y cinco. En cinco minutos había atraído considerable atención. Le permitieron esperar hasta la entrega del transportista, que sería después de las cinco, y le dieron a regañadientes su sobre no sin recordarle que iba contra las reglas.

Quince minutos después, estaba de vuelta en su apartamento. Despejó su mesa, encerró a Popea en el dormitorio y se preparó para el siguiente episodio de la vida de David Ben Jonah. Al sentarse, Ben lanzó una ojeada al teléfono y, con menos reservas que la última vez, descolgó el receptor. Luego, volvió a sentarse a la mesa, se limpió las sudorosas palmas de sus manos en los pantalones y procedió a abrir el sobre.

En su interior encontró una carta de John Weatherby en la que le informaba de que todo el Knesseth* había ido a ver la excavación; el primer ministro, el embajador en Estados Unidos y el propio y famoso Yigael Yadin. Descripciones de las malísimas condiciones de trabajo —tiempo impredecible, invasión de insectos, una comida horrible y noches frías—. Al final John Weatherby, deseaba las bendiciones de Dios sobre todos los abnegados trabajadores y voluntarios de su equipo arqueológico.

Ben dejó la carta a un lado y abrió el sobre interior rasgándolo. Tres fotos cayeron al suelo.

Una era una cándida fotografía de John Weatherby inclinado sobre su máquina de escribir portátil. Las mangas de su camisa estaban arremangadas y sus gafas de fina montura metálica se hallaban asentadas sobre la punta de la nariz. Estaba sentado a una mesa para jugar a las cartas a la entrada de una tienda.

La segunda era de Weatherby, su mujer Helena y el profesor Yigael Yadin —los tres posando al borde de la excavación—. Sus sonrisas eran como las de los ganadores del gordo de la lotería. Sus ropas estaban polvorientas e impregnadas de sudor.

La última fotografía era de la propia excavación, considerable-

* Parlamento de Israel. (*N. de la T.*)

mente más alejada que en la primera foto que Ben había recibido. Unos letreros de cartón señalaban los distintos niveles, y una sección cercada con cuerdas parecía ser el escondite de las famosas vasijas. La escena estaba poblada por diversas personas, desde curtidos viejos científicos a vigorosos jóvenes estudiantes, todos vestidos de caqui y ocupados en sus tareas.

Ben volvió a mirar dentro del sobre. No había más fotos. Arrojando con fuerza todo el legajo sobre la superficie de la mesa, renegó y se pasó los dedos entre el cabello.

¡Así que todavía tenía que esperar a que llegara el quinto manuscrito! Veinticuatro horas más planteándose preguntas, paseando, esperando a que David volviera a hablarle...

Popea Sabina emitía airados ronroneos a la puerta del dormitorio, así que le permitió salir. Se dejaron caer juntos en el sofá de la sala de estar, entre las sombras de la noche. Popea estaba mohína por falta de atención. Ben ponía mala cara como un crío desilusionado.

Después de media hora tratando de calmarse, Ben decidió proseguir con el manuscrito número cuatro, puesto que había sido tan difícil de leer, y asegurarse de que no había cometido errores.

Después de trabajar en su mesa durante unas dos horas, efectuando correcciones menores aquí y allá, Ben llegó a una asombrosa revelación.

Cuando terminó la última frase de la segunda fotografía, se sintió extrañamente feliz y contento. Saltó de su escritorio y canturreó de camino a la cocina, donde comenzó a servirse un vaso de vino. En éstas, el sonido de su propio silbido hizo que Ben se interrumpiera, dejara el vaso y la botella y mirara ceñudo el muro vacío que tenía ante sí.

¿Por qué demonios estaba de pronto tan contento?

Fue hasta la puerta de la cocina y se quedó allí de modo que podía ver el otro lado de la habitación y el interior de su despacho. La luz apenas discernía la esquina de su mesa y el respaldo de su silla giratoria. Sobre la mesa, como una pincelada de blanco desde la posición de Ben, estaba su cuaderno de traducciones.

Ben permaneció durante largo tiempo junto a la puerta de la cocina, contemplando el otro lado del silencioso apartamento. Miró a través de las sombras, a través de la nada, y comenzó a notar que le invadía una extraña sensación. Se le puso la piel de gallina, se le erizó el vello de los brazos y del cuello. Un frío misterioso impregnó la habitación.

Entonces lo supo.

Regresó al estudio y se detuvo a escasos centímetros de la mesa; miró primero la fotografía del maltrecho papiro, y luego su traducción.

Las palabras «Al día siguiente, Saúl y yo recibimos aviso de que íbamos a empezar nuestros estudios con el rabino Eleazar» volvieron a él.

Y lo supo.

—Fue como si me hubiera sucedido a mí —murmuró en dirección a la fotografía—. Ésa era la razón por la que estaba ayer de tan buen humor. Era como si hubiera sido yo el admitido en la escuela del rabino Eleazar.

Ben cerró sus ojos mientras le invadía un frío extraño. Se frotó los brazos con las manos, sintiendo su humedad, y se estremeció. «La alegría de ayer no era la mía —pensó—, era la alegría de David. La alegría de David...»

Ben bajó la vista para mirar las palabras en arameo, y una sensación de haber cruzado un puente, de haber llegado a un punto sin retorno, le hizo estremecerse.

Procuró sacudirse de encima esa sensación, una sensación con regusto de premonición, se obligó a reír y dijo en voz alta:

—Supongo que estoy perdiendo facultades.

Pero su voz sonaba cascada, la risa era casi un estertor.

—Oh, David —murmuró con un estremecimiento—. ¿Qué me estás haciendo?

No era la primera vez que despertaba a Ben una llamada a su puerta. Y no iba a ser la última. Esforzándose por abrir los ojos y volver a orientarse en el tiempo y en el lugar, Ben no podía imaginarse quién podía querer algo de él a una hora tan extraña. Pero, una vez más, Ben no tenía ni idea de qué hora del día o de la noche era.

Se arrojó de la cama y entró descalzo en la sala de estar a tiempo de ver a Angie entrar y cerrar la puerta tras de sí. Vestía un traje pantalón de algodón y llevaba el pelo recogido en un pañuelo.

—Hola, cariño —dijo alegremente, y dejó caer su maleta de fin de semana sobre la mesa de café.

—Hola —farfulló él confuso.

Ella le besó en la mejilla, le dio una palmadita en la otra y se dirigió a la cocina.

—Algo me dice que no seremos puntuales esta mañana.

—¿Qué? —musitó él—. ¿Puntuales?

Angie se detuvo a la puerta de la cocina.

—San Diego, ¿recuerdas? Ibas a hacer de mí una perdida este fin de semana. Me lo prometiste. —Luego entró en la cocina y empezó a hacer ruido—. Espero que no vayas a hacer un mundo de las predicciones de lluvia —la oyó bromear—. ¡Sería una buena excusa para quedarse en una habitación de hotel durante cuarenta y ocho horas!

De pie en el centro de la sala de estar, Ben se dijo a sí mismo: «¿San Diego?».

Angie asomó la cabeza por la puerta.

—¿Quieres desayunar aquí o por la carretera?

—Bueno, yo...

—Buena idea. Café aquí y un almuerzo en el camino. Así me gusta. Tal vez en San Juan de Capistrano. Hay un delicioso café estilo español cerca de la Misión... —Llegaron más tintineos procedentes de la cocina, Angie salió por fin—. Ya está. No tarda más que un minuto en filtrarse. Ve a ducharte y estará listo cuando salgas.

—Angie...

Ella se detuvo ante un espejo para observar su peinado.

—¿Dices...?

—Angie, no podemos ir.

Sus manos se quedaron inmóviles en el aire.

—¿Qué quieres decir?

—Quiero decir que tal vez reciba el quinto manuscrito hoy.

Angie dejó caer pausadamente las manos y se volvió para mirarle de frente.

—¿Y?

Él dio un paso hacia ella, con las manos extendidas.

—Quiero estar aquí cuando llegue.

—¿No lo dejará el cartero en el buzón?

—No. Los manuscritos vienen certificados. Si no estoy aquí para firmar, no lo tendré hasta el lunes.

Su voz se volvió fría.

—¿Y?

—Vamos, Angie. Intenta comprender.

Ella hizo una profunda inspiración y soltó el aire lentamente.

—Contaba con este viaje.

—Lo sé...

—En el pasado te ibas cuando te mandaban papiros. Incluso dejaste ese códice de Egipto tres días depositado en la oficina de correos antes de ir a recogerlo. Eres más formal para ir a buscar tu ropa al tinte. ¿Qué tienen de especial estos manuscritos?

—¡Jesús, Angie! —estalló él—. ¡Sabes condenadamente bien qué tienen de especial!

—Eh —dijo ella sin alterarse—. No me grites. Estoy en la misma habitación. Muy bien, muy bien. Los manuscritos significan mucho. Y son distintos de todo lo que has recibido hasta hoy. Pero dijiste que el quinto manuscrito sólo «tal vez» llegase hoy. ¿Puedes aceptar la posibilidad de que no sea así e ir a San Diego conmigo?

Ben sacudió la cabeza.

—No es justo decepcionarme así, sabes. Nunca lo habías hecho.

—Lo siento —musitó él.

—Muy bien. Trataré de comprenderlo. Bueno, vas a causarme una devastadora decepción.

—Escucha, Angie —dijo él apresuradamente—. Si no recibo el manuscrito hoy, no hay razón para que no podamos ir a San Diego mañana por la mañana y pasar allí el día.

Ella le miró triste, tiernamente.

—¿Es así como será estar casada con un paleógrafo?

—No lo sé. Nunca he estado casado con uno.

Ella rió y le besó en la mejilla. El aroma a café recién hecho comenzó a penetrar en el aire.

—Ve a ducharte y vístete. También podría esperar el manuscrito contigo, y, si no llega en el correo de la tarde, entonces podemos ir a San Diego esta noche. ¿Qué te parece?

Ben se dio una ducha muy larga, consciente de que era ligeramente reacio a la compañía de Angie. A pesar de que no podía explicarlo, de hecho no lo comprendía ni siquiera él mismo, tenía una desesperada necesidad de estar solo hasta que llegara el quinto manuscrito. Era casi como si necesitara prepararse para David.

En silencio, tomaron el café. Angie echaba frecuentes miradas por la ventana por si llovía, y Ben, absorto, pensaba en el siguiente manuscrito.

Mientras removía su café, su mente retrocedía a lo largo de los años y los kilómetros hasta tener ante sí un rostro que no había recordado en muchísimo tiempo: la gran nariz y las largas pestañas de Salomon Liebowitz. Había sido un guapo mozo, muy vigoroso y fornido, con cara de listo. Tenía el cabello negro y rizado; la piel morena y una boca sensual y voluptuosa. A menudo, la gente se burlaba de los dos chicos por su apariencia: uno, un semita atezado, y el otro, un muchacho rubio, pálido y con ojos azules. En el aspecto eran tan distintos como el día y la noche, pero en mentalidad y aspiraciones eran una auténtica pareja. Ambos habían albergado sueños casi imposibles, en Brooklyn. En la *yeshiva* habían sido excelentes estudiantes, rivalizaban el uno con el otro por los elogios de sus profesores. Con frecuencia pasaban la noche juntos, estudiaban juntos y, más tarde, salieron con chicas juntos.

Qué sorpresa había sido que, después de dejar la *yeshiva* y vivir solos, hubieran tomado caminos tan distintos.

—¿Ben?

Miró a Angie.

—¿Ben? No has oído ni una palabra de lo que he dicho. ¿Estás pensando en los manuscritos?

Él asintió.

—¿Quieres hablarme de ellos? —Angie inclinó la cabeza hacia un lado.

Ben no podía determinar por qué estaba tan irritable con Angie aquella mañana. Posiblemente era porque se obligaba a mostrar interés por los manuscritos para hacerle sentirse mejor. La mirada de sus ojos decía: «Pasará; el pequeño Ben lo superará y luego podremos ir a jugar».

—Son realmente aburridos —dijo, apartando la mirada de ella. A la luz de la mañana, a pesar de que el cielo estaba encapotado, a Ben le sorprendió que Angie llevara demasiado maquillaje. Y ese maldito perfume suyo estaba estropeando su café.

—Ponme a prueba.

—Por el amor de Dios, Angie, no seas así.

Echó su silla hacia atrás y se puso en pie, con las manos en los bolsillos. Una débil llovizna comenzaba a salpicar la ventana.

—¿Qué te pasa, Ben? Nunca te había visto de este modo. Un minuto estás bien y contento y, al siguiente, estás extraño e irritable. Nunca te había visto antes tan impredecible.

—Lo siento —murmuró él, alejándose de ella. «¡Jesús! —reflexionó—. ¡Todo lo que quiero es que me dejen solo! Solo para pensar. Y tú entras aquí con tu fantástico traje y tu voz de parvulario y... Estoy cada vez más inmerso en esos manuscritos, Angie. Y no puedo evitarlo. Están... están... ¿Qué? ¿Están qué? ¿Comenzando a controlarme?»

Olió su perfume al acercarse. Sintió sus finas manos sobre sus hombros.

—Déjame leer lo que tienes hasta ahora.

Ben se volvió a mirarla. «Oh, Angie, cariño —pensó con tristeza—. Sé que intentas comprender. Sé que lo haces por mí. Sólo quiero que no lo hagas...»

—¿Puedo?

—Claro, ¿por qué no? Siéntate.

Ella se quitó los zapatos de una sacudida y se tumbó en el sofá, recogiendo sus pies bajo su cuerpo. Cuando él le entregó el cuaderno, pasó rápidamente las páginas y dijo:

—¡Uy, cuánto!

Entonces, él regresó al comedor y cogió su café. Ahora sabía mejor.

Después de un lapso considerable, Angie arrojó el cuaderno sobre la mesilla de café.

—Interesante.

Ben la miró.

—Creo que has hecho un gran trabajo. Espero que Weatherby sea generoso contigo.

Los ojos de Ben se dilataron incrédulos; preguntó:

—¿Qué piensas de David Ben Jonah?

—¿Qué pienso de él? Oh... —ella se encogió de hombros—. En realidad, nada. Pero, si menciona a Jesús, entonces tendrás algo enorme.

Ben dejó su taza de café.

—Angie —dijo en voz más baja, pronunciando las palabras cuidadosamente—. David Ben Jonah... cuando lees sus palabras... ¿no te hace sentir algo?

Ella inclinó la cabeza hacia un lado.

—¿Qué quieres decir?

—Bueno... —Se secó las húmedas palmas de las manos en sus pantalones—. Es que, cuando leo sus palabras, me veo envuelto en ellas. ¿Entiendes lo que quiero decir? Me arrastran. No puedo arrancarme de ellas. Es como si realmente estuviera hablando conmigo...

—Ben...

Él se puso bruscamente en pie y comenzó a caminar, cojeando notablemente. «¿Puedo ser sólo yo? —caviló—. ¿Soy el único que tiene esa sensación cuando leo las palabras de David? ¿Qué es? ¿Qué lo provoca? ¡Esto es ridículo! Mírala. ¿Cómo puede importarle tan poco todo esto, mientras que a mí se me ponen los nervios de punta?»

—Ben, ¿qué pasa?

La ignoró. Sus pensamientos volaban. Jonah, el padre de David, y Jonah Messer, el padre de Ben, ambos le amonestaban: «Recuerda que el Señor sabe quiénes son los justos, pero los impíos perecerán. Eres un benjaminita. La maldición de Moisés caerá sobre ti, y el Señor te castigará con la locura...».

—¡Ben!

Él se detuvo de repente.

—Angie, quiero estar solo un rato.

—¡No! —Ella se levantó volando—. No me eches.

Ben retrocedió, sintiéndose atrapado.

—El correo tardará horas en llegar —dijo ella—. Vamos a dar un paseo en coche y olvidemos todo esto durante un rato...

—¡No! —gritó él—. Maldita sea, Angie, todo lo que quieres siempre que haga es que huya de mi trabajo. «Olvidarlo durante un rato.» «Escapar de ello.» ¿No se te ha ocurrido nunca que tal vez quiera estar muy metido en ello?

—Entiendo.

—No, no lo entiendes. Y no te culpo. Simplemente quiero estar solo.

—No te molestaré.

Se alejó de ella con el pretexto de ir a ver el termostato.

—Aquí hace frío —dijo en voz baja—. Sí, me molestarás. No puedes quedarte más de cinco minutos sentada sin que medie una conversación.

Ben se volvió hacia Angie con asombro. Estaba sentada en el sofá como en la portada de una revista de moda; sus altos pómulos teñidos de colorete, sus labios y sus puntiagudas uñas color rojo sangre. Qué extraño que estuviera pensando esas cosas de ella precisamente ahora, cuando nunca se le habían ocurrido antes. Y, sin embargo, no eran menos ciertas.

Esa hermosa mujer sentada en el sofá con su cara digna de un camafeo y su hermoso cabello era la pareja ideal de cualquier hombre. Se reía mucho, vestía exquisitamente, tenía un cuerpo acogedor, siempre una cortés conversación. A Ben siempre le gustó que otros hombres la miraran al pasar. Angie, cogida de su brazo, era como una medalla en su solapa.

Pero, al mirarla ahora como si, en cierto modo, fuera la primera vez, Ben comenzó a imaginar cosas que nunca se le habían ocurrido.

—No te molestaré —insistió ella.

—¿Y qué harás? Mientras esté sentado en la oscuridad y escuche a Bach, ¿qué estarás haciendo?

—Oh, Ben. —Ella le miró con impaciencia—. Muy bien. Me iré. Si es eso lo que realmente quieres. Volveré por la mañana. ¿De acuerdo? —Cogió su maleta de fin de semana—. Y, por favor, no descuelgues el teléfono. Lo hiciste ayer por la noche, ¿no es así?, porque llamé y volví a llamar y daba siempre la señal de comunicar.

—No volveré a hacerlo.

Angie vaciló antes de abrir la puerta, indecisa respecto de lo que diría a continuación.

—De verdad pienso que los manuscritos son interesantes, Ben.

—Bien.

—Debes tener en la mente que no estoy familiarizada con cosas judías.

—Estás familiarizada conmigo, ¿no?

—¡Benjamin Messer! —Angie estaba genuinamente sorprendida—. ¡Es la primera vez que te oigo admitir que eres judío! Acostumbras a negarlo con mucho énfasis.

—Negarlo, no, mi amor, olvidarlo. No es lo mismo.

Ben caminó por la habitación el resto de la mañana y toda la tarde. Se acordó de darle la comida a Popea. Logró rellenar unos cuantos «horizontales» del crucigrama de *L. A. Times*. Escuchó unos discos, engulló un bocadillo de queso y anduvo un poco más. El cartero estaría pronto en la puerta.

Se había fumado casi un paquete entero de tabaco de pipa cuando, a las cuatro exactamente, decidió bajar a los buzones. Había esperado que llamaran a la puerta, firmar el recibo de un paquete certificado, y, al no llegar ninguno, se preguntaba si el cartero habría pasado ya.

Había pasado.

Había correo reciente en los demás buzones, una factura del gas en el suyo y una nueva revista en la cesta. Pero no había ninguna papeleta amarilla.

Ben no se había dado cuenta de la ansiedad con que había estado esperando el quinto manuscrito hasta que no llegó. Y ahora estaba absolutamente abatido. Mientras una fina lluvia caía de un cielo metálico y limpiaba las aceras del oeste de Los Ángeles, Ben permaneció como un idiota mirando los buzones. No había nada peor en el mundo que alimentar la esperanza de obtener algo y luego no conseguirlo. Pensó que iba a llorar.

—No puedo soportarlo. No puedo soportarlo —murmuró una y otra vez mientras volvía a su apartamento. ¿Por qué no llegaban más deprisa los manuscritos? ¿Por qué tenía que pasar por esta mortal espera?

Una vez arriba, Ben subió la calefacción, se sirvió un gran vaso de vino y se instaló en el sofá. En cuestión de minutos, Popea estaba en su regazo, ronroneando y acariciando su estómago como para hacerle saber que estaba contenta de su compañía.

—No sé qué me pasa, Popea —le cuchicheó tiernamente—.

Nunca había estado así. Se está convirtiendo en una obsesión. ¿Por qué? ¿Qué lo está causando? ¿Es David? ¿Cómo puede alguien que lleva dos mil años muerto tener tanto control sobre mí?

Sorbió el vino y sintió aumentar la temperatura de la habitación. Quedó envuelto en una manta de calor; una envoltura adormecedora, agradable, que le hizo relajarse y reclinar la cabeza.

Casi al instante, sus días con Salomon Liebowitz regresaron. Fue como si hubieran estado encerrados detrás de una puerta durante muchos años hasta que ahora, por algún motivo desconocido para Ben, hubieran encontrado una llave que abría esa puerta. Y unos recuerdos que Ben había olvidado hacía largo tiempo se agitaron en su mente.

Había otras imágenes también, no tan agradables como las de la *yeshiva* y Salomon. Eran fragmentos de su infancia en Alemania, de su inmigración en los Estados Unidos, del doloroso crecer bajo los cuidados de su madre.

Ben no había tenido hermanos ni hermanas. Ni un padre. Sólo su madre y él durante tanto tiempo como alcanzaba a recordar. Y su madre, su única pariente y compañera, había sido una persona difícil de soportar.

Otra visión surgió brevemente en su mente. Su muñeca. La muñeca de su madre. Algo le pasaba. Llevaba siempre manga larga para ocultarla. Pero un día el pequeño Ben la vio y, señalándola, dijo:

—¿Qué es eso, mamá?

Una mirada de horror había cruzado el rostro de Rosa. Ocultó precipitadamente con su mano la mutilación y huyó de la habitación. Después de eso, había llorado durante horas, hasta bien entrada la noche.

Cuando Ben tenía trece años, en el día de su *Bar Mitzvah*,* su madre se había arremangado la manga para enseñarle la muñeca.

—Porque ahora eres ya un hombre —le había dicho en *yiddish*—. Porque ahora tienes que saber acerca de estas cosas. —Y le había mostrado las cicatrices causadas por las mordeduras de perros salvajes en el lugar llamado Majdanek.

Cuando sonó el teléfono, Ben se incorporó, apartando a Popea. Se tambaleó sobre unos pies dormidos y se frotó la cara antes de contestar. Para su sorpresa, se secó una lágrima de la mejilla.

* La ceremonia y celebración que señala el decimotercer cumpleaños de un niño, quien asume entonces la totalidad de sus obligaciones religiosas. (*N. de la T.*)

—Hola, cariño. Bueno, ¿cuál es el veredicto?

Por un instante, no supo quién era, luego dijo apagado:

—No hay manuscrito, Angie.

—Acerté —dijo ella—. ¿Vamos a San Diego, entonces?

—Sí... San Diego. Pero mañana por la mañana. Ahora estoy demasiado cansado.

—Perfecto. Te veré mañana. Adiós, cariño.

Sus labios formaron la palabra «adiós», pero no emitió ninguna voz. Ben permaneció largo tiempo junto al teléfono, como hipnotizado. Al poco, volvió gradualmente en sí y se dio cuenta de que debía de haber dormido durante un rato en el sofá. Eran casi las siete.

Sólo había una cosa que quisiera hacer ahora, y era alejar aquellos recuerdos de su mente. Olvidar el terror y la angustia del campo de concentración. Hacer desaparecer la tristeza de su infancia en casa. Y volver a poner tras la puerta cerrada al rabino Salomon Leibowitz. Desenterrar el pasado no servía de nada. Únicamente le hacía sentirse fatal y verter lágrimas.

Por el procedimiento de encender muchas luces y la ayuda de un disco de Beethoven, Ben logró eliminar, en parte, la oscuridad y el silencio. Mas, cuando las caras de su madre y de Salomon amenazaron con persistir, Ben llegó a un acuerdo consigo mismo: no quería estar solo.

Marcó tres dígitos del número de Angie y colgó. Tras pensar un minuto, fue a continuación a la cocina y sacó la guía de teléfonos por si acaso estaba en la lista. Sorprendentemente, lo estaba. Es decir, si la Judith Golden de la guía de teléfonos era la misma.

—¿Diga?

—¿Señorita Golden? Soy Ben Messer.

Una pausa.

—Vaya, hola. ¿Cómo está?

—Muy bien. Escuche, sé que es sábado por la noche y que a lo mejor tendrá planes, pero ha surgido algo y necesitaría su ayuda.

Ella no respondió.

—Son los manuscritos —prosiguió él con menos confianza—. Weatherby me ha pedido un informe sobre mis progresos, y me temo que, si he de intentar pasar mis notas a máquina, tardaré una semana. Me estaba preguntando si...

—Me encantará. ¿Su máquina de escribir o la mía?

—Bueno, de hecho, tengo una máquina muy buena. Es eléctrica y...

—¡Fantástico! ¿A qué hora quiere que vaya?

Ben suspiró aliviado.

—¿Dentro de media hora es demasiado pronto?

—Está muy bien.

—Me encantaría pagarle por ello.

—En absoluto. Sencillamente déjeme compartir la gloria. Y, por favor, asegúrese de que escriben bien mi nombre. Lo veré dentro de un momento, doctor Messer.

—Sí. Y gracias.

Después de haber colgado, no estaba tan seguro de haber hecho lo correcto. De hecho, no estaba realmente seguro de por qué lo había hecho. Había actuado por un impulso (últimamente parecía estar haciéndolo mucho) y era demasiado tarde para volverse sobre sus pasos.

Ben entró en la sala de estar. Era una dicotomía a la que iba a tener que resignarse: el deseo de estar solo y necesitar compañía al mismo tiempo. Popea no era suficiente, y Angie era demasiado. Quizá Judy estaría en un punto intermedio. En cierto modo, con ella escribiendo a máquina en la mesa del comedor y ocupada en sus propios asuntos y Ben solo en el estudio, tal vez pudiera alcanzarse un equilibrio razonable.

No obstante, mientras razonaba esto, Ben no era consciente de una cosa: que la necesidad de la compañía de Judy era mayor que su temor a estar solo. Y si hubiera visto esto y hubiera profundizado en ello, habría descubierto que el pasar a máquina el informe de sus progresos era sólo una excusa para hacer que Judy fuera a su casa. En un lugar oculto que ni siquiera Ben conocía, cada vez más profundo en su interior, nacía una misteriosa necesidad de tener a Judy a su lado. Una parte de Ben Messer que él no sabía que existiera imploraba la compañía de Judy Golden, hasta el punto que inventaba razones y excusas para buscarla.

Pero Ben era ajeno a esto. Todo lo que podía pensar era: «No quiero estar solo».

En cualquier caso, Salomon Liebowitz no iba a volver de buena gana a su armario. Ni tampoco callaría la voz de Rosa Messer: «¡Torturaron a tu padre, Benjamin! ¡Lo torturaron hasta matarle!».

Ben aumentó el volumen del estéreo, la séptima sinfonía de Beethoven, y la tarareó. Lavó ruidosamente algunas tazas en la cocina y abrió un bote de café.

«¡Y lo que me hicieron a mí! —gritaba la voz de Rosa Messer desde el pasado—. Una madre no debería contárselo a su hijo. Pero yo morí allí con tu padre. Morí allí a causa de lo que los alemanes le hicieron a tu padre y de lo que me hicieron a mí. ¡Una mujer no debería tener que vivir lo que yo he vivido! ¡Vives con una muerta, Benjamin!»

Judy Golden tuvo que llamar muy fuerte para que la oyera.

Ben la recibió con forzado entusiasmo. Y, para su sorpresa, estaba empapada.

—¡Está lloviendo a cántaros! —dijo—. ¿No lo sabía?

—No, no lo sabía. De todos modos, el café está recién hecho. Llega usted en el momento oportuno.

La ayudó a quitarse su enorme jersey y lo colgó en una puerta abierta para que se secara. Luego se dirigió a la cocina, diciendo algo mientras lo hacía.

—No le oigo —Judy miró en dirección al estéreo—. ¡Uy! —murmuró.

Él volvió en seguida y bajó el volumen.

—Lo siento.

—Me apuesto algo a que sus vecinos le adoran.

—Sólo tengo uno, a la izquierda, y rara vez está en casa. Siéntese. Lo toma solo, ¿no es así?

Judy se recostó en el lujoso sofá y puso los pies sobre la otomana. Ahora el disco había entrado en el segundo movimiento —esa lenta e inolvidable melodía que cautiva incluso al oyente más desinteresado—. Ben regresó con el café y unas cuantas porciones de pastel que había sacado antes del congelador.

—Espero que haya cenado. No pensaba...

—Oh, sí.

—No cancelaría una cita o algo para venir... —su voz se apagó. Judy le miraba de reojo, divertida.

—No soy exactamente alguien que salga mucho. Tengo bastante con mis libros y Bruno, gracias.

—¿Bruno?

—Mi compañero de habitación.

Él cogió un pedazo de pastel, casi se lo llevó a la boca y se le cayó la mitad en su regazo. Pareció momentáneamente asombrado, luego se echó a reír. Mientras los dos intentaban recoger todas las migas del sofá blanco y de la alfombra, Ben dijo:

—Con Bruno como compañero de habitación, supongo que no necesita citas.

Judy levantó la vista.

—¿Qué? —Entonces se rió aún más fuerte—. ¡Oh, doctor Messer! ¡*Bruno* es un perro pastor alemán!

—Oh —dijo Ben; y se rió un poco más.

Se callaron al cabo de unos pocos minutos y volvieron a escuchar la armonía de Beethoven en el estéreo y la lluvia contra la ventana. Ben se permitió reclinar la cabeza y relajarse, y tras un breve período de tiempo, olvidó que Judy Golden estaba allí.

Una miríada de conceptos pasó por su mente entre tanto; amaba la música clásica alemana después de haberla descubierto en California. En Brooklyn nunca había oído hablar de Beethoven, ni de si había estado en conexión con aquella ideología maligna y odiosa. Nada alemán era bueno en su adolescencia; o mejor dicho, todo lo alemán era malo. Los Volkswagen, el *sauerkraut*,* Bach y los *glockenspiels*** eran odiosos. Llevaban consigo el olor de la muerte. Apestaban a mal y bestialidad.

Sólo el judío era bueno. El judío era perfecto, sagrado y puro. Y entre los dos polos —el repugnante alemán y el santo judío— se hallaba el resto del mundo. Tenía algo que ver con el deformado plano del mundo de Rosa Messer y el orden en que se situaban entre los judíos y los alemanes. No había nada más bajo que Alemania, pues ésta se encontraba por debajo del infierno.

—¿Doctor Messer?

—¿Hum? ¿Eh? —levantó bruscamente la cabeza.

—El disco ha terminado.

—Así es. Supongo que estaba divagando. Escuche, puede empezar a escribir cuando quiera. No sé cuánto tiempo le llevará.

Ambos se pusieron en pie. Ben entró en el despacho a coger la máquina de escribir, que estaba dentro de su estuche, bajo su mesa. Mientras lo hacía, se detuvo para descolgar el teléfono. Una costumbre inconsciente que estaba comenzando a practicar.

En el comedor, extrajo la máquina de escribir de su estuche, la enchufó y le dio con un movimiento rápido al interruptor de encendido. La máquina canturreó llena de vida.

—Muy bonita —dijo Judy—. La mía es una de esas viejas máquinas manuales negras y doradas que requieren fuerza bruta para pulsar una tecla. Es como morirse e ir al cielo.

Él volvió a entrar en el estudio y regresó con folios, papel carbón y el cuaderno de traducciones. Dejó este último abierto sobre la mesa y miró con el ceño fruncido la primera página.

—Qué desorden —exclamó—. Qué garabatos. Va a tener un trabajo de traducción casi tan duro como el mío. ¡Y yo que acusaba a David Ben Jonah de ser desordenado! ¡Mire esto!

* Col finamente cortada y encurtida. (*N. de la T.*)

** Instrumento de percusión consistente en un juego de platos de metal afinados que se tocan con un par de pequeños martillos. (*N. de la T.*)

Judy sonrió y se sentó ante la máquina de escribir, jugueteando con la tecla de las mayúsculas. Ben se inclinó por encima de ella y frunció algo más el ceño ante su caligrafía.

—Aquí iba realmente aprisa. Escribí algunas palabras juntas. Sabe, David también lo hizo. Es la cosa más frustrante del mundo. Era un hombre culto y un escritor excelente, pero a veces se emocionaba o tenía prisa y escribía con descuido, como hice yo aquí. Bueno, eso es algo que David y yo tenemos en común. Otras veces escribe las palabras muy juntas y tardaba mucho tiempo en descifrar lo que escribió. Incluso el más pequeño error puede cambiar todo el significado de una frase. Por ejemplo...

Ben cogió un lápiz y garabateó una fila de letras en la parte superior de una página: «*GODISNOWHERE*».*

—Esto es inglés, por supuesto, pero le da una idea de los obstáculos que encontré al traducir el arameo de David. Léalo en voz alta.

Judy lo estudió durante un segundo, luego dijo:

—Dios no está en ningún sitio.

—¿Está segura? Vuelva a mirarlo. ¿No podría significar también: «Dios está aquí ahora?».

—Oh, entiendo lo que quiere indicarme.

—Y ello cambia considerablemente el significado. De todos modos, si tiene cualquier problema con mis garabatos, avíseme.

—Creo que va a ser divertido.

—Si necesita algo, la cocina está ahí mismo y el cuarto de baño detrás. ¿De acuerdo?

—Perfecto. Páselo bien.

Ben estaba examinando sus estanterías en busca de algo relajante para leer cuando llamaron a la puerta. Era su vecino músico, empapado bajo un chubasquero de plástico amarillo.

—Eh, tío —vociferó—. Tengo algo para ti. Me encontraba abajo esta tarde cuando el cartero estaba a punto de introducir otro papelito amarillo en tu buzón. Imaginé que no estabas en casa, y, si es certificado, debe ser importante, así que firmé el recibo. —Se sacó el pesado sobre de debajo del brazo—. De lo contrario, hubieras tenido que esperar hasta el lunes, ¿cierto?

Ben no contestó, sino que miró en su lugar la familiar escritura y los sellos israelíes.

* Esta frase puede interpretarse en inglés como *God is now here*, «Dios está aquí ahora», o *God is nowhere*, «Dios no está en ningún sitio», por lo cual es equívoca. (*N. de la T.*)

—Escucha, siento no habértelo traído antes, pero tenía prisa cuando firmé.

—¿Qué? Oh, muy bien. ¡Perfecto! Estuve en casa toda la tarde esperando esto, pero supongo que no oí la llamada del cartero. ¡Muchas gracias! Estoy en deuda contigo.

—Olvídalo. Buenas noches.

Mucho después de cerrar la puerta, Ben continuaba de pie, boquiabierto con el sobre. Y su corazón comenzó a latir muy deprisa.

7

Inicié mi aprendizaje con Eleazar con gran aprensión. No temía los años de dificultades y sacrificio que tenía por delante, ni tampoco miedo de fracasar. Aquello que me preocupaba por encima de todo era mi valía.

El rabino Eleazar Ben Azariah era uno de los hombres realmente grandes y conocedores de la Ley, y era un renombrado maestro. Asimismo, era un miembro del Sanedrín, un fariseo y un hombre piadoso. Eleazar vivía sencilla y humildemente; trabajaba en su comercio como fabricante de queso con el fin de mantenerse a sí mismo y a su familia. Se vestía con las ropas de un hombre modesto, y llevaba un *tfilim** no mayor que el de sus vecinos. A diferencia de algunos de sus colegas que rezaban en voz alta en las calles, Eleazar era un hombre silencioso y conversaba con Dios en su corazón. Conocía la Ley mejor que ningún otro hombre, y practicaba su espíritu a través de sus enseñanzas y en su vida cotidiana.

Y sería mi maestro.

Como la mayoría de los rabinos, Eleazar tenía siempre doce discípulos a su alrededor. Saúl y yo éramos los más jóvenes. Fuimos albergados en un cobertizo en desuso detrás de su casa para que pudiéramos estar siempre en su proximidad. De los otros diez, tres vivían en casa de sus padres, otros tres vivían con unos parientes y cuatro se alojaban en las habitaciones más altas de la casa del rabino. La mujer de Eleazar, Ruth, nos daba de comer y nos vestía a cambio de trabajo. Dado que no tenía hijas, me correspondió la poco adecuada tarea de llenar diariamente las cisternas con agua de los po-

* Filacteria. Pedazo de piel o pergamino con pasajes de la Escritura que los judíos llevaban atado a la muñeca o a la frente. (*N. de la T.*)

zos. La tarea de Saúl era mantener la vieja casa en buen estado. Los otros cuatro alumnos le ayudaban en la tienda de queso cuando no acudíamos al Templo. Habríamos de soportar años de esta esclavitud, viviendo como los siervos más humildes y sin recibir salario alguno, pues tal era el precio de convertirse en hombres de la Ley.

Al principio, cuando yacía en mi lecho y contemplaba la oscuridad de nuestra pequeñísima habitación, lloraba. Una gran oscuridad se extendía ante mí, un abismo tan amplio e interminable que me aterrorizaba, así que mi mente de niño gritaba: «¿Valgo, Señor?».

Por encima de todo, echaba de menos Magdala. Soñaba con la casa de mi padre junto al lago, con ayudarle a tender sus redes bajo el ardiente sol; con oír su bronca risa. Añoraba el abrazo de mi madre; el dulce olor a miel y cebada que la envolvía; su manera de llorar cuando reía demasiado fuerte.

Evocaba las noches de verano cuando nos sentábamos fuera de nuestra casa; comíamos pescado frito y pan negro; bebíamos la leche de nuestra única cabra. Las hogueras encendidas para cocinar iluminaban todas las caras sonrientes. Los hombres conversaban en voz baja y las mujeres tarareaban quedamente de contento. Ante nosotros se extendía el negro lago de Galilea, que era nuestra vida entera. Y detrás de nosotros se alzaban las colinas occidentales, que se prolongaban hasta una extensión de agua tan vasta, que recibía el nombre de Gran Mar, y más allá, el fin del mundo.

Mientras Saúl dormía profundamente en su catre, yo sollozaba como un niño a causa de la soledad. «Padre —llamaba a través de las millas—. ¿Por qué me enviaste aquí?»

Pero la mía no era una posición para dudar. Era una posición para ser humilde y aprender la Ley de la Alianza tal como Eleazar la conocía. No me conformaría con menos. Un día me convertiría en un gran rabino y recitaría la Torá de memoria.

Sería igual que Eleazar.

Jerusalén se fue haciendo pequeña a medida que yo crecía. Cuando, a los once años, en casa de mi hermana, vi la ciudad por primera vez, me abrumó. Pero a medida que crecí en cuerpo y espíritu, Jerusalén se encogió. Por qué fue así, lo ignoro. Tú has visto Jerusalén, hijo mío, y comprendes que diga que es el centro del mundo. Has sentido la opresión de su mercado, oído el bramido de su enorme población, olido los muchos olores de sus cloacas. También has presenciado sus esplendores y percibido la presencia del Señor a tu alrededor.

A partir del primer día, y todos los días desde entonces, Saúl y yo nos levantábamos antes del alba, rezábamos nuestras oraciones, guardábamos queso en nuestros zurrones y salíamos hacia el Templo con el rabino Eleazar. Él nos hablaba todo el camino. Mientras gran parte de la ciudad dormía, caminábamos por las frías calles con nuestros mantos ceñidos y hablábamos de la Ley. Nunca había un momento, en compañía de Eleazar, en que no habláramos de la Ley. Y él nos examinaba. Si vacilábamos, era severo con nosotros. Si lo hacíamos a la perfección, sonreía aprobador.

En el porche del Templo, espiaba a menudo a otros chicos que nos miraban con envidia. Cuando Eleazar nos aceptó a Saúl y a mí, había rechazado a otros treinta y siete aspirantes. Yo intentaba no enorgullecerme por ello. Ahora bien, era difícil. Mi maestro sabía más sobre la Ley que ningún otro hombre, y algún día yo le alcanzaría.

Saúl y yo no éramos insignificantes para él, aunque al principio hubiera podido dar esa impresión. Los demás estaban más avanzados que nosotros y parecían merecer su sonrisa con mayor frecuencia. Y no obstante, como en la parábola de la oveja perdida, Eleazar dejaba a menudo a los otros chicos para darnos una instrucción especial.

Con el tiempo perdí mis miedos y ya no lloré más. En cambio, me enfrentaba a mi compromiso con gran determinación. La tarea de sacar agua de los pozos era mi única ignominia. Y yo tenía la sensación de que había sido una prueba. Si tenía algún punto débil, era éste, y, si lo hubiera demostrado, Eleazar me habría rechazado. Por más que fuera doloroso realizar un trabajo de mujer, lo ejecutaba indefectiblemente y me ganaba, en una pequeña medida, el respeto de Eleazar.

Y esto era prácticamente todo lo que podíamos ganar, pues, dado que el rabino nos daba un techo y nos alimentaba, no teníamos necesidad de dinero.

Con todo, hubo un caso en que necesité dinero, y fue cuando deseé comunicarme con mi padre. Llevaba seis meses en casa del rabino y ardía en deseos de contarle a mi padre, con mis propias palabras, cómo era mi nueva vida.

No obstante, ¿cómo iba a escribir una carta sin papel ni tinta, y sin nada con que pagar al portador de la carta? Busqué una oportunidad.

Nuestras cisternas se llenaban todas las tardes, justo antes de la puesta del sol, de manera que la mujer de Eleazar, Ruth, tuviera agua suficiente para cocinar y lavar. Un día se me ocurrió que podía realizar la misma tarea para otra persona y tal vez ganar un pequeño salario. Mi problema era éste: mi tiempo principal estaba ocupado con mis estudios, el resto me dedicaba a rezar, comer y dormir; y bajo la mirada de Eleazar. Por ello mi oportunidad había de presentarse en el pozo. Cosa que sucedió un día.

Mientras cogía agua con mi cacharro y lo subía, observé los duros trabajos de una vieja viuda a quien había visto en muchas ocasiones anteriores. Sabía que era una mujer sola, sin familia ni amigos, y que, a pesar de no ser pobre, no podía permitirse tener sirvientes. Así que me acerqué a ella. Y le propuse:

—¿Si llevara agua a vuestras cisternas durante el período de un mes, ahorrándoos la tarea, me pagaríais un *shekel*?*

Con gran sorpresa por mi parte, la viuda aceptó. Le dolía la espalda y sus articulaciones estaban anquilosadas, y, sin embargo, no había nadie que sacara agua para ella. Y así llegamos a un acuerdo.

Ahora lo que tenía que hacer era llenar las cisternas de mi casa además de las suyas en el mismo tiempo, pues el rabino Eleazar no aprobaría que le quitara tiempo a la Ley de Dios.

Esto es lo que hice. Caminaba el doble de rápido y acarreaba el doble de agua. En el tiempo que me hubiera llevado reponer nuestro suministro de agua, ahora reponía también el de la viuda.

Al principio, me cansaba muchísimo y descubrí nuevos dolores en mis músculos. Y la cojera que me acompañaba desde la infancia fue inicialmente un obstáculo. Pero, a medida que pasaron los días y a medida que mi cuerpo se adaptaba, encontré que la tarea no era difícil en absoluto.

Y en esa época no creí que Eleazar lo sospechase.

Al cabo de un mes, la viuda me pagó no un *shekel*, sino dos, y cuando fui a acostarme en mi catre esa noche, encontré una hoja nueva de papiro sobre ella.

Al cabo de otro mes, ella me dio otros dos *shekels* y yo encontré una pluma de junco sobre mi cama.

* Cualquiera de las diversas antiguas monedas y unidades de peso de Oriente Próximo. (*N. de la T.*)

Después del tercer mes, otros dos *shekels*, y un amasijo de tinta negra estaba sobre mi lecho.

Así que escribí la carta a la luz de la luna y la mandé la tarde siguiente, con un mensajero a quien había visto a menudo cerca del pozo. Aquella noche, después de cenar y después de nuestras oraciones, el rabino Eleazar me llamó para hablar en privado. Me preocupó, nunca lo había hecho en el pasado.

—David Ben Jonah, ¿mandaste hoy la carta a tu padre?

—Sí, señor —y me sorprendí.

—¿Creíste que no conocía tus planes? ¿Que la viuda no había hablado conmigo? ¿Que no he observado el desarrollo de tus brazos?

—Sí, señor —respondí tímidamente.

—Y dime, David Ben Jonah, ¿quién piensas que ponía el papiro, la pluma y la tinta sobre tu lecho por la noche?

—¿Os habéis enfadado conmigo, rabino? —fue mi única contestación.

Me pareció que Eleazar se quedaba asombrado.

—¿Enfadado contigo? ¿Por qué, David Ben Jonah, debería estar enfadado contigo cuando eres el único entre todos mis alumnos que se ha esforzado tanto para guardar el quinto mandamiento del Señor? Has honrado bien a tu padre y a tu madre.

Entonces, Eleazar puso sus manos sobre mis hombros y vi un profundo afecto en sus ojos.

—Y, para realizar esta proeza —dijo—, no le has robado ni un minuto a la Ley.

Seguí sacando agua para la viuda, y guardé mis *shekels* en un lugar seguro. Pasamos a nuestro segundo y tercer año con Eleazar. Una tarde salimos del cobertizo, subimos al piso superior y recibimos una pequeña asignación que nos daban todos los meses. A la sazón, necesitábamos sandalias y mantos nuevos, así que teníamos pocas oportunidades de ahorrar.

A medida que madurábamos y nos alejábamos de la infancia, la amistad entre Saúl y yo se tornó aún más estrecha, más íntima, más preciosa. Dormíamos juntos, comíamos juntos y estudiábamos juntos la Ley. Yo conocía todos sus pensamientos, y él, los míos. No teníamos secretos el uno para el otro. Mas, a menudo, la gente señalaba que éramos tan distintos como la noche y el día.

A sus dieciséis años, Saúl era el hombre más alto que había visto, sobrepasaba las cabezas de los sacerdotes cuando nos reuníamos en el Templo. Tenía unos hombros anchos y un pecho sólido, con unos brazos musculosos y unas manos de una fuerza increíble. Su cabello marrón oscuro crecía rizado; su barba era más gruesa y densa incluso que la de Eleazar. Muchos pensaban que Saúl era mucho mayor de lo que era.

Yo, por mi parte, era de constitución más ligera, aunque en modo alguno débil. Mis brazos eran delgados pero vigorosos, abultados por los músculos que había desarrollado al acarrear agua. Mi cuerpo era igual, esbelto pero fuerte. Desengañé a otros que me creían un debilucho a causa de mi cojera. Mi pelo era oscuro, más negro que el fondo de un pozo, y mis ojos eran también oscuros. Eleazar me contó una vez que tenía los ojos grandes y meditabundos de un profeta o un poeta, y luego sacudió tristemente la cabeza como si estuviera en el secreto de algo desconocido para mí. El vello de mi rostro, por otra parte, era escaso, y al compararlo con la barba de Saúl, temía que la mía no llegara a ser nunca tan imponente.

Ruth, la mujer de Eleazar, había hablado a menudo de nosotros como de sus guapos muchachos, y yo pensaba que le gustábamos de un modo particular. Nunca nos separaba a Saúl y a mí; él, ruidoso y risueño, yo, silencioso y retraído. Nos comparaba con los reyes Saúl y David, y anunciaba que amanecería el día en que las princesas se disputarían nuestros favores.

Esto me hacía sentirme violento, pues, a diferencia de Saúl, que ya tenía ojos para las muchachas, yo era demasiado tímido para fijarme en una siquiera. Mientras recorríamos las calles por la mañana o a última hora de la tarde, nos cruzábamos con frecuencia con grupos de mujeres jóvenes que hacían sus compras. Nos sonreían y bajaban modestamente los ojos; sin embargo, nunca dejé de ver a alguna de ellas mirar a Saúl con admiración.

Llegó un momento en que ya no tuve que sacar agua del pozo. Me sentí a la vez aliviado y triste, pues, aunque desaparecería la humillación de hacer un trabajo de mujer, a la par, me era negada mi pequeña fuente de ingresos.

Saúl no parecía preocuparse por el dinero ni necesitarlo, y nunca ahorraba sus escasos *shekels*. Yo, por otro lado, reconocía la seguridad en mi dinero y tenía la certeza de que un día me alegraría de mi frugalidad. Este rasgo, por supuesto, tenía relación directa con lo que sucedería en el futuro, y si no hubiese estado dotado de esa virtud, el curso de mi historia se hubiera visto alterado. Y no estaría hoy sentado en Magdala escribiendo esto para ti, hijo mío. Claro que yo era como era y el curso de mi destino habría de traerme hasta el momento en que tuviera que contártelo.

Pero, por ahora, déjame revivir esos dulces días de juventud en Jerusalén.

Acerca de mi frugalidad, Eleazar me hizo un día un comentario.

—David Ben Jonah, si te enviara por las calles a recoger los excrementos de caballos y asnos, tú encontrarías una manera de convertirlo en una empresa rentable.

Dijo esto medio divertido, medio serio.

—Eres uno de mis mejores alumnos, con tu mente aguda y tu prudencia. Y sin embargo, a veces me pregunto si no serías más útil a Israel convirtiéndote en banquero o intermediario.

Esta especulación me había horrorizado tanto, que me sentí tan herido como si me hubiera abofeteado.

—Perdóname, David —prosiguió—, pero sólo te estoy haciendo un cumplido, no te insulté. Si te hago algún daño, es inadvertidamente. Pero ten presente, hijo mío, que hay otras formas de servir a Dios que guardando su Ley. No todos los hombres son escribas, del mismo modo que no todos son pescadores. Y, sin embargo, cada hombre sirve a Dios de la forma en que mejor sabe hacerlo. Tú te convertirás en doctor de la Ley y la protegerás de los estragos de los cambios.

En este punto se detuvo y mantuvo su mirada en la mía. Nunca terminó de decir su pensamiento.

Así que tenía dinero escondido y llevaba mis sandalias hasta gastarlas y zurcía mi propio manto como lo haría una mujer. Cuando Saúl se compró su tercer par de sandalias, yo tomé sus viejas sandalias desechadas y las llevé seis meses más. Él se reía de mí, pero intuyo que envidiaba secretamente mi habilidad para ahorrar dinero.

Tenía unos diecisiete años cuando conocí a Rebeca.

La mayoría de los hombres jóvenes estaban ya casados o comprometidos a esta edad. En el caso de los estudiantes rabínicos, era diferente. No debían robarle ni un minuto al estudio de la Ley. Como consecuencia, pensábamos poco en el matrimonio. Llegaría un momento en que nuestro maestro nos consideraría preparados para seguir solos y convertirnos en maestros. Y, cuando ese momento llegara, encontraríamos a una mujer conveniente y nos casaríamos con ella. Pero, como nunca sabíamos cuándo nos dejaría libres nuestro maestro, tampoco sabíamos cuándo podríamos casarnos. Por esto, le dedicábamos escasos pensamientos.

O eso hice hasta que conocí a Rebeca. Era la hija del hermano de Eleazar que era artesano en Jerusalén. En mis tres primeros años en casa del rabino, jamás me encontré con esta muchacha. Sin embargo, un día, la mujer de Eleazar, Ruth, cayó enferma y estuvo en su cama durante muchas semanas. El hermano del rabino envió a dos de sus hijas para que ayudaran a Eleazar, pues él no tenía ninguna.

Conocí a Rebeca el día anterior al *sabbath*; ella y su hermana acudieron a la casa para guisar las comidas que tomaríamos al día siguiente. Nunca olvidaré aquella tarde.

Acudimos temprano del Templo con Eleazar; Saúl y yo, y los otros cuatro chicos que vivían con nosotros. Rebeca y Raquel estaban entregadas a sus tareas en la cocina, apresurándose para terminar antes de la puesta del sol. Subí inmediatamente arriba a lavarme y prepararme para las oraciones, y me di cuenta de que Saúl no me seguía. Tras una breve espera, volví a bajar y, para mi sorpresa, le encontré en la cocina.

Rebeca era pelirroja, con unos ojos de color verde pálido poco comunes. Nunca olvidaré el modo en que se sonrojó cuando Saúl nos presentó. Raquel, que era cuatro años mayor y no tan bonita, me saludó y continuó con su trabajo. Saúl y yo prestamos tanta atención a Rebeca como pudimos, limitados, por supuesto, por nuestra torpeza e inexperiencia. Ella tenía dieciséis años, un año más joven que yo.

A Eleazar parecieron no importarle nuestras atenciones a la chica y, creo yo, se divertía. Ella se quedó a comer con nosotros, pero tuvo que regresar a la casa dc su padre después, en tanto que Raquel se quedaba para cuidar a Ruth.

Eleazar me eligió para acompañar a Rebeca.

Nunca en toda mi vida pasada y futura me sentí a la vez tan incómodo y tan contento. Rebeca era deliciosa, tímida y sin embargo agradable, con una graciosa risa que me agradaba oír. Apenas intercambiamos palabra mientras caminábamos por las calles oscuras, pero nuestro silencio era más expectante que torpe.

Una vez en su casa, rebosante de niños y luz, me presentó a su padre, que quedó impresionado porque yo fuera un estudiante de la Ley. Me invitó a quedarme, pero yo insistí en marcharme a casa —si bien me apenaba dejar a Rebeca—, pues no quería faltar a los estudios nocturnos con Eleazar.

Raquel se quedó con nosotros todo el tiempo que Ruth estuvo enferma, y vi a Rebeca muchas veces desde entonces.

8

Ben fue directamente al cuarto de baño y se arrojó agua helada a la cara. Después de secársela con una áspera toalla, volvió al estudio y miró el reloj. Eran las seis y media. Hacía media hora que había salido el sol.

La habitación era una zona catastrófica. Durante su noche de traducción, Ben había sacado todos los libros de consulta que atesoraba, había sudado con cada palabra y cada letra del manuscrito de David, las había comprobado y repasado. Al acabar, sólo se veían libros, papeles y cenizas de tabaco esparcidos por todas partes.

Frotándose los doloridos músculos de los brazos, entró cojeando en la cocina para preparar un poco de café instantáneo y se dio cuenta, al cruzar el salón, de que su máquina de escribir volvía a estar dentro de su estuche sobre la mesa, y de que una pila de folios estaba cuidadosamente colocada encima. Su cuaderno y una copia impecablemente escrita a máquina eran la única evidencia de que Judy Golden había estado allí.

Escudriñó por la ventana el cielo encapotado. Las aceras estaban todavía mojadas, los árboles brillaban tras la lluvia. ¿Cuándo se había marchado? ¿Cuándo había terminado silenciosamente su trabajo y se había ido de puntillas sin decir ni una palabra?

Ben entró en la cocina. Las dos tazas de café y los platos de la noche anterior estaban lavados y en su sitio. El pastel que no se habían comido, lo encontró cuidadosamente envuelto en celofán y en un estante de la nevera.

No recordaba que ella se hubiera marchado.

Media hora después, ya sentado en el sofá con su café y el desorden de la traducción del manuscrito número cinco en su regazo, Ben se sobresaltó por una llamada a la puerta. Sonriendo, se puso en pie y se dijo a sí mismo: «Muy bien, señorita Golden, ha vuelto para reprocharme que soy un horrible anfitrión y un patrón desconsiderado. ¿Cuánto le debo por pasarme el texto a máquina? Le pagaré el doble».

Para su sorpresa, no era Judy.

—¡Angie! —dijo.

—Hola, mi amor. —Entró como Pedro por su casa, le plantó un beso en la mejilla y olfateó el aire. —¿Huelo a café?

—Es instantáneo —acertó a decir, confuso.

—Me parece perfecto. —Angie se volvió hacia él, con el rostro vivo y sonriente—. Eh, pero si no te has afeitado todavía. ¿Llego demasiado pronto?

—¿Para qué?

Ella rió.

—¡Qué comediante a estas horas de la mañana! Sabes, intenté llamarte antes de salir, para asegurarme de que te habías levantado, pero tu teléfono comunicaba. ¿Volvías a tenerlo descolgado? Travieso, travieso.

Le dio la espalda y se marchó en dirección a la cocina. Mientras él miraba su esbelto cuerpo con los ajustados pantalones amarillos y la blusa floreada, se acordó de repente.

—¡Oh, Dios! —murmuró. Y una sensación de abatimiento le invadió.

Ben fue y se quedó de pie a la puerta de la cocina, observando cómo Angie hacía un poco de café, y se preguntó cómo expresar su próxima frase. Todo lo que le salió fue:

—Angie...

Fue suficiente. Cuando estaba a punto de echar una cucharada de café instantáneo en su taza, Angie vaciló, se quedó paralizada un segundo, luego dejó el frasco y se volvió rápidamente hacia Ben.

—¿Qué pasa?

—Angie, no acabo de levantarme. He estado toda la noche en pie. No me acosté.

—¿Por qué no?

Le explicó que el vecino había firmado el recibo del manuscrito y que no se lo había llevado hasta más tarde. La cara de Angie permaneció inexpresiva, su voz, desanimada.

—¿Por qué no me llamaste entonces?

Ben no sabía qué decir.

—Estaba muy emocionado. Supongo que se me olvidó...

Angie bajó la vista al suelo, luchaba visiblemente consigo misma y, cuando alzó la mirada hacia él, una extraña expresión se distinguía en sus ojos.

—Te olvidaste. Te olvidaste de mí por completo.

—Sí —dijo él casi en un susurro.

—Muy bien. —Ella comenzó a temblar.

—Angie, yo...

—Ben, puede que no lo creas, pero estoy procurando ser muy comprensiva. No es fácil para mí, sabes. —Con gran esfuerzo le empujó, pasó junto a él y entró a ciegas en la sala de estar—. Nunca había sido así, Ben —dijo con voz dura—. Antes, por importante que fuera un encargo, siempre encontrabas tiempo para mí. Pero ahora las cosas son diferentes. Ahora tú eres diferente. ¿Por qué eres de pronto tan impredecible?

Él alargó las manos, impotente.

«Sí —pensaba ahora ella objetivamente—. Ben ha cambiado.» Había desaparecido el temperamento regular y predecible que ella conocía. Había desaparecido el carácter maduro y tranquilo de Ben, remplazado por una extraña especie de irracionalidad, un fluctuar entre dos personalidades, como si él no fuera consciente, como si no tuviera control sobre ello.

Como si estuviera siendo manipulado.

Ella le miró entornando los ojos. ¿Qué no encajaba aquí, aparte de su errático temperamento? ¿Qué aberraciones físicas? Oh sí, las había observado antes, pero estaba demasiado impaciente para considerarlas. Pero ahora no lo estaba. Esta vez Angie estudiaba a Ben con ojos distintos, ahora veía en él pequeños cambios.

La repentina preferencia por las sandalias; la cojera en su andar; la afectación de su forma de hablar, como un extranjero que se esforzara por pronunciar correctamente. Nada de eso había formado parte de Ben Messer antes de que aparecieran los manuscritos.

Caminó hasta el sofá y vio las páginas de su traducción extendidas sobre éste.

—¿Es un buen manuscrito? —le preguntó tranquilamente.

—Sí. Es un manuscrito largo. ¿Te gustaría leerlo?

Ella se volvió. Había enojo en su rostro.

—¿Por qué es tan importante David, es más, para ti, que yo?

—Eso no es cierto, Angie.

—Sí, ¡sí lo es, Ben! —Levantó la voz—. ¡Me olvidas a causa de él! Prefieres pasar tu tiempo con él que conmigo. —Se puso a chillar—. Un judío que lleva largo tiempo muerto te ha puesto de repente tan...

—¡Jesucristo, Angie! —gritó Ben.

—¡Y no digas eso! ¿Por qué tomas en vano el nombre de alguien en quien ni siquiera crees?

—Tú tampoco crees en él, Angie.

—¡Y tú qué sabes! —Dio un paso hacia él—. ¡Y tú qué sabes! ¿Me lo has preguntado alguna vez? ¿Hemos hablado alguna vez de Jesús o de Dios o de creencias?

—Oh, vaya, es un gran momento para sacar el tema de la teología.

—¿Por qué no? Ningún otro momento fue nunca lo bastante bueno. Siempre te las arreglabas para sentar cátedra como si tú tuvieras el monopolio de la religión. Sé que eres ateo, Ben, pero eso no significa que todo el mundo lo sea.

—Por el amor de Dios, Angie. ¿Qué demonios tiene todo eso que ver con esta mañana?

Ella volvió a mirar al sofá y de repente su enfado cedió. Una extraña mirada apareció en su rostro mientras observaba fijamente los papeles esparcidos por todas partes.

—No sé, Ben —dijo en un suspiro—. Pero hay una conexión. No sé qué pasa aquí, pero es algo más que un mero hallazgo arqueológico. Pondría la mano en el fuego. Ni siquiera puedo expresarlo con palabras, pero tengo una extraña sensación respecto de todo esto. Como si... —Finalmente levantó los ojos hasta los suyos—. Como si estuvieras obsesionándote con David Ben Jonah.

Ben la miró un momento, luego forzó una risa nerviosa.

—Eso es ridículo y lo sabes.

—No lo sé...

—Escucha, Angie —volvió a extender las manos—. Estoy cansado. Estoy terriblemente cansado. ¿No podemos olvidarlo por hoy? —Se friccionó distraídamente el hombro derecho—. Estoy roto. He estado sacando agua para la... es decir, caminando el doble de rápido y acarreando el doble... —Negó con la cabeza—. No, quiero decir...

—¡Ben!, ¿qué te pasa?

—Maldita sea, Angie, ¡estoy cansado, eso es todo! ¡No he dormido nada! ¡Sólo quiero que me dejen en paz!

—¿Pero cómo pudiste olvidarte por completo de mí?

«Oh, Dios —pensó él, frotándose la cara con las manos—. ¡No puedo recordar la noche pasada! No recuerdo que Judy se marchara ni haber traducido el manuscrito. Tengo una laguna...»

Él levantó la vista.

—Lo siento —dijo derrotado.

—Muy bien, pues. —Angie retrocedió un paso.

Ben fue a abrazarla, avanzó hacia ella.

Pero Angie alzó una mano, al tiempo que lo rechazaba:

—No, Ben. Esta vez, no. Me siento herida, profundamente herida. Tengo que considerarlo. Contéstame una cosa. ¿Vas a dejar ese manuscrito en paz por un día? ¿Por unas cuantas horas siquiera?

Él frunció el ceño.

—Es imposible, Angie. Imposible...

—Ya has dicho bastante. Tal vez vuelva arrastrándome hacia ti cuando todo esto haya terminado y se haya publicado en un libro. Hasta entonces, espero que David y tú seáis muy felices juntos.

Ben sintió que la habitación daba vueltas a su alrededor. A través de un torbellino de ideas, vislumbró que Angie salía airadamente de la habitación y daba un portazo tras de sí. Estaba exhausto, más cansado de lo que creía, pues la tensión de estar sentado toda la noche en el escritorio le había agotado por completo. Continuó de pie en el centro del salón durante largo tiempo después de que Angie se hubiera marchado, inseguro acerca de qué hacer a continuación, sintiéndose suspendido entre realidades.

Luego, tras haberse calmado e intentado poner en orden sus pensamientos, Ben percibió que le invadía una gran depresión. Comenzó en la boca de su estómago, una sensación desagradable de vacío, de soledad que reptaba por su cuerpo y le abrumaba en un paroxismo de tristeza y depresión. De pronto, todo lo que quería hacer era dormir. Quería ir a gatas hasta un agujero negro y dormir allí una noche eterna.

Sólo que ahora era de día. Eran casi las ocho y fuera había una luz espantosa. Cerró todas las persianas y las cortinas del apartamento, metódicamente las corrió para bloquear el paso a la brillante luz del día y al ineludible presente. Acto seguido, sin desnudarse siquiera, cayó sobre su cama y se sumió de inmediato en la inconsciencia.

El último sueño fue el más inquietante. El primero fue la mezcla de personajes y la vorágine de acontecimientos habituales —de Angie, Judy Golden y el profesor Weatherby—. Había pasado de una deformada secuencia a otra, moviéndose a través de un mundo de caras confusas y voces sofocadas. Pero, al final, cerca del momento de emerger a la conciencia, Ben experimentó un sueño terriblemente vívido y terrorífico.

Andaba por una calle extraña a una hora desconocida de la noche. No veía luces, ni coches, ni ninguna señal distintiva que le indicara dónde se encontraba. No era tanto el miedo a las imágenes como el glacial temor que atenazaba su mente, la increíble enormidad de estar solo, la soledad de un hombre sin familia ni amigos y que caminaba solitario por calles frías y oscuras.

De repente, había alguien a su lado. Una bella joven de largo cabello rojo y ojos verdes. No se sobresaltó por su inesperada aparición. Caminaron en silencio cierta distancia hasta que Ben se oyó a sí mismo preguntar:

—¿Dónde estamos?

—En Jerusalén —contestó ella.

—Qué raro.

—¿Por qué?

—No es cómo lo había imaginado.

Entonces, de un modo inesperado, la chica se rió. Tenía la risa fuerte y penetrante de una persona trastornada. La desconocida exclamó:

—¡David, tú no tienes que imaginar Jerusalén!

—Pero yo no soy David.

—¡Qué tontería! Pues claro que lo eres. ¿Quién más puedes ser?

Antes de poder añadir algo, le invadió una inexplicable sensación. La sensación de que le observaban, de que le espiaban atentamente. Su miedo aumentó. La chica que había a su lado era una amenaza. No tenía nombre, ni identidad, y sin embargo la temía...

—¿Cómo te llamas? —le preguntó con la garganta seca.

—Rosa —respondió entre carcajadas.

—¡No! —gritó él—. ¡Tú no eres Rosa!

Su risa resonó alrededor. Resonaba por todas partes, de todos lados, al mismo tiempo.

—¿Qué es tan gracioso? —gritó.

—No estamos solos —dijo la chica del cabello rojo mientras se reía—. ¡No estamos solos!

La impresión de que le observaban aumentó hasta un grado enloquecedor. Todo a su alrededor era oscuridad, frío y desolación. Sin embargo, percibía unos ojos sobre él.

—¡Dónde! —gritó—. ¿Dónde están?

La chica, riendo demasiado fuerte para hablar, señaló hacia abajo, al suelo.

Ben miró hacia abajo. Estaba de pie, descalzo, sobre una tierra arenosa. Al mirar, la tierra pareció moverse. Le invadió una misteriosa sensación. La tierra se movía y subía, como si algo se esforzara por salir.

—¡Oh, Dios! —gimió, abrazándose a sí mismo, convulso.

Como si algo se esforzara por subir.

—¡Oh, buen Jesús, no! —imploró.

La chica había desaparecido. Ben estaba ahora solo, de pie sobre el tembloroso montón de tierra. Se sentía como si estuviera al borde de la creación, balanceándose en un precipicio de olvido.

No se atrevía a mirar hacia abajo. Sabía lo que veía, y ello le aterrorizaba mortalmente. Con los ojos totalmente dilatados y casi fuera de sus órbitas, miró boquiabierto a la tierra.

De repente se abrió.

—¡Oh, Dios! —gritó, sentándose muy erguido.

Un abundante sudor cubría el cuerpo de Ben, y la arrugada colcha estaba empapada. De tanto transpirar, había mojado hasta las sábanas de debajo.

Los dientes de Ben castañeteaban. Su cuerpo temblaba incontrolablemente.

—¡Oh, Dios; Dios mío! —repetía una y otra vez.

La habitación estaba oscura y fría. El aire era helado. Al otro lado de las cortinas, contra las ventanas se oía una fuerte lluvia de noviembre. En un instante encendió todas las luces y subió el termostato. Con movimientos torpes y erráticos, se quitó la ropa para sumergirse en una ducha caliente. Se escaldó bajo un intenso chorro. Arrugó la cara en una mueca mientras el agua le azotaba. Su único deseo era alejar la visión de la pesadilla de su mente.

Acabada la ducha, se puso ropa limpia, se secó el pelo con una toalla y se dirigió a la cocina a tomar un poco de café solo.

Sin embargo, junto a la pila, Ben se detuvo. No había escapatoria posible del recuerdo, de la imagen que casi le había asustado hasta la muerte. Todo ese moverse y trabajar y las luces y el café no evitarían que la escena siguiera su camino. Porque ahora había salido a la luz. Durante años, Ben logró empujarla a su subconsciente, ocultarla bajo capas y capas de vida. No se acordó durante dieciséis años, pero ahora pensaba en ello —la pesadilla lo había desenterrado— y no había ya manera de huir.

Ben se cubrió la cara con las manos y un sollozo escapó de sus labios. Luego, lentamente, como acercándose desde muy lejos, la voz de su madre llegó gradualmente hasta él.

«Benjamin Messer, hoy cumples trece años. Ya eres un hombre. Es tu deber ser el hijo que tu padre deseó, porque murió por protegerte. Nunca te he contado cómo murió tu padre, Benjamin, sólo que fue a manos de las bestias alemanas. Ahora debes saberlo.»

Una lágrima cayó entre los dedos de Ben mientras permanecía junto a la pila de la cocina, reviviendo esa escena de veintitrés años atrás. Y experimentaba la misma pena, la misma angustia de entonces.

«Benjamin, debes saber que tu padre fue muerto por los nazis.

Debes saber que murió defendiendo Sión para los judíos de todo el mundo. No fue a la muerte como un cordero, como los que estaban en Auschwitz, sino luchando como un león de Dios. Yo observaba, Benjamin, desde detrás de una verja; las bestias alemanas sacaron a tu padre del recinto, lo desnudaron y le obligaron a cavar un agujero con una pala. Luego, Benjamin, las bestias alemanas pusieron a tu padre en ese agujero y lo enterraron vivo.»

Ben intuía que hacía mucho que no había comido y, pese a ello, la idea de la comida le resultaba repugnante. Capaz por lo menos de tomar café, le añadió nata y azúcar y engulló dos tazas antes de reanimarse.

La pesadilla había tenido un impacto increíble sobre él. Ahora lo recordaba todo, como hacía veintitrés años, cuando su madre le explicó por vez primera la verdad sobre la muerte de su padre; Ben había empezado a tener esas mismas pesadillas. Nunca eran exactamente iguales, excepto en un aspecto: la impresión de que algo se movía bajo sus pies. Se despertaba entre lágrimas y sudores muchas veces, e incluso, ocasionalmente, gritaba en sueños. No era tanto el entierro de su padre lo que había convertido la infancia de Ben en un horror, cuanto los demás relatos de las experiencias de Rosa en campos de concentración con los que ella se veía impelida a acosar a su hijo. Las largas noches escuchando las historias, imaginando las atrocidades, viendo a su madre llorar sin cesar, todo ello había hecho de la infancia un sufrimiento para Ben Messer, hasta el punto de desear no haber nacido judío.

La última vez que había pensado en su padre o en Maidanek fue la última vez que se sentó a charlar con Salomon Liebowitz. Tenía entonces diecinueve años y fue la última vez que lloró.

Ben se inclinó a coger las páginas esparcidas de la traducción y trató de ponerlas en orden.

Le había dolido separarse de Salomon, pues Salomon había sido la única alegría de su adolescencia. Un amigo al que había querido y en el que había confiado y del que había dependido. Pero, al mismo tiempo, Ben comprendió que tenía que escapar del ambiente de su infancia y comenzar de cero en un nuevo entorno. Las viejas calles de Brooklyn estaban demasiado llenas de recuerdos. Tenía que escapar de ellas.

Su traducción del manuscrito número cinco era larga —era el manuscrito más largo hasta ahora— y, en consecuencia, estaba muy desordenada. Había líneas tachadas, algunas palabras escritas sobre otras, notas marginales que se mezclaban con el texto. Y, en algunos puntos, una escritura totalmente incomprensible.

Ben miró el teléfono, luego el reloj. Eran las seis y media. Se preguntó si Judy Golden estaría en casa.

Estaba mojada una vez más, pero sonreía igualmente.

—No me molesta —dijo mientras colgaba su jersey para que se secara—. Hubiera podido aparcar más cerca, pero me gusta caminar bajo la lluvia.

Judy llevaba de nuevo vaqueros y una camiseta. Su pelo estaba empapado y pegado a su cabeza, dándole un aspecto de gato ahogado.

—Gracias por dejarlo todo y venir —dijo Ben.

—No tuve que dejar nada. Estoy ansiosa por leer el manuscrito. ¿Y dice usted que hasta ahora es el más largo?

Entraron en el salón, donde todas las luces estaban encendidas y el aire estaba templado. Frente a la noche lluviosa, era un ambiente muy acogedor.

—Esta vez, he preparado café de verdad —anunció él, dirigiéndose a la cocina. Judy se dejó caer en el sofá, se quitó las botas, encogió las rodillas hasta el pecho y se abrazó las piernas. El de Ben Messer era un apartamento acogedor, en absoluto como el suyo, desordenado y ocupado por un perro enorme. Que no hacía más que jadear, además. Judy tenía vecinos ruidosos a ambos lados y un monstruo de tres metros que vivía encima. Raramente tenía la paz y la tranquilidad de las que Ben afortunadamente disfrutaba.

Él entró con el café y lo dejó sobre la mesa baja. Sentándose junto a ella, señaló el montón de papeles que había junto a la bandeja y dijo:

—El manuscrito número cinco es ilegible.

Ella sonrió.

—A propósito, cuando me marchaba ayer por la noche, me paré a la puerta de su estudio y observé cómo trabajaba. ¡Vaya si estaba concentrado! Me aclaré la garganta unas cuantas veces y ni siquiera me oyó. ¡Y su mano escribía enloquecida! Debe de ser un manuscrito emocionante.

—Léalo usted misma.

Con la taza de café en una mano y los papeles en su regazo, Judy comenzó a leer el manuscrito número cinco.

Durante largo tiempo, el único ruido fue la fuerte lluvia que se estrellaba contra las ventanas. Ocasionalmente, se oía el calentador encenderse y apagarse mientras el termostato mantenía el ambiente a una temperatura constante. Y la respiración de Judy, suave y lenta al leer el manuscrito.

Ben se encontraba muy cerca de ella, acariciando distraídamente a Popea, quien había reclamado su regazo. No podía apartar los ojos del rostro de Judy, preguntándose acerca de ella, preguntándose por qué la había llamado.

Al tiempo que sus grandes ojos marrones recorrían lentamente las líneas de la traducción, Ben se dio cuenta con fascinación de que estaba reviviendo un día en la antigua Jerusalén. Y se planteó: «¿Es por ello por lo que necesito tenerla aquí? ¿Para compartir las experiencias de David?».

En el calorcillo y el silencio del apartamento, con la lluvia otoñal que golpeaba regularmente las ventanas, Ben se aproximó un paso a la comprensión de su necesidad de tener a Judy Golden junto a él. Pues en el calor y el silencio, y llevado por los distantes sonidos de la lluvia de noviembre, Ben Messer creyó oír un suave murmullo en las regiones más bajas de su mente.

«Está aquí porque David quiere que esté aquí.»

Una vez que Judy hubo terminado, no se movió, sino que continuó con los ojos bajos en la última línea que había leído. En su mano izquierda, inmóvil cerca de sus labios, sostenía una taza de café frío. A su lado estaba sentado Ben, sin apenas respirar, dejándose arrastrar a su propio crepúsculo.

Finalmente ella rompió el hechizo.

—Es hermoso —musitó.

Ben la miró, intentando enfocar sus ojos. ¿En qué pensaba? En algo acerca de David... Ben sacudió la cabeza y vio a Judy con precisión. Su cerebro había estado divagando. No podía recordar en qué había estado pensando. Algo acerca de David...

Pero ahora había desaparecido.

Ben se aclaró la garganta.

—Sí, es muy hermoso. Sabe, tengo una peculiar sensación cuando leo las palabras de David. Casi como... si me hablara directamente. ¿Entiende? Es como si en cualquier momento él pudiera decir: «Oye, Ben...».

—Bueno, obviamente siente usted una especie de afinidad con él. Tienen ustedes cosas en común. La misma edad, ambos son judíos, estudiosos de la Ley...

Su voz se alejó de su conciencia. Los ojos de Ben vagaron por las paredes y acabaron descansando en un acuarela de las pirámides y el Nilo. Otra voz sustituyó ahora a la de Judy; procedía de muy lejos y pronunció: «Benjy, tu padre decía siempre que Dios sabe quiénes son los justos, pero que los impíos perecerán».

Jonah Messer. Jonah Ben Ezequiel.

Luego, apareció la visión de Saúl, tan robusto y musculoso al lado del tierno y poético David, y a ésta se le superpuso la de Salomon Liebowitz, que hacía sangrar las narices de los matones polacos.

¿Sería todo una coincidencia?, se interrogó confuso. No lo comprendía. Parecía inverosímil...

La voz de Judy volvió filtrándose.

—Estoy convencida de que ve usted mucho de sí mismo en David, y ésa es la razón por la que sus palabras significan tanto para usted.

Él le lanzó una mirada furtiva, intentando una vez más enfocar su cara. Había otra idea ahora... difusa... esquiva. «Veo mucho de mí mismo en David. Veo mucho de David en mí. ¿Qué significa? ¿Qué significa todo esto? Las coincidencias... David que me habla...»

Judy se inclinó hacia delante para dejar su taza de café sobre la mesa de cristal, y el movimiento, su sonido, sacaron bruscamente a Ben de su ensueño. Sacudió la cabeza por segunda vez. Le asaltaron extraños pensamientos. «No puedo imaginarme qué los puso ahí. Debe de hacer demasiado calor aquí. Tal vez tenga hambre.»

—¿Le apetecería comer algo? —y se sobresaltó por el volumen de su propia voz.

—No, gracias. *Bruno* y yo tomamos un tentempié justo antes de que usted llamara. El café es suficiente, gracias.

Continuaron sentados atentos al suave golpeteo de la lluvia en la ventana que había tras ellos, imaginando los fríos árboles desnudos y las brillantes aceras, hasta que Judy quiso satisfacer su curiosidad.

—¿Por qué se hizo usted paleógrafo?

—¿Qué?

—¿Por qué se hizo usted paleógrafo?

—¿Por qué? Bueno... —Frunció el ceño mientras buscaba una respuesta—. Nadie me había preguntado eso antes. En realidad no lo sé. Simplemente estaba interesado en ello, supongo.

—¿Toda su vida?

—Hasta donde puedo recordar. De niño, los manuscritos antiguos me fascinaban. —Ben cogió su taza y tomó un sonoro sorbo. Era cierto. Nadie le había preguntado eso nunca. Meditándolo ahora, Ben no tenía ni idea de por qué había entrado en el campo de la paleografía. —Simplemente caí en ello, supongo.

—Es interesante. Pero hay que tener paciencia, cosa que yo no tengo. ¿Recibió usted mucha formación religiosa de pequeño?

—Sí.

—Yo, no. Mis padres eran judíos reformistas. E incluso como tales no observaban ninguna ley. No recuerdo haber sabido nunca la diferencia entre el *Yom Kippur** y el *Rosh Hoshanah.*** —Sorbió un poco más de su café y reflexionó unos instantes—. ¿Era usted pequeño cuando abandonó Alemania?

—Tenía diez años, más o menos.

Ella le miró con aquellos grandes ojos, tan expresivos y convincentes, y Ben adivinó su pensamiento. Era un tema del que no había tratado nunca con nadie. Ni siquiera con Angie, y se dio cuenta de que él mismo estaba peligrosamente cerca de abordarlo.

—¿Tiene algún hermano o hermana?

—No.

—¡Qué suerte! Yo fui una de cinco niños. Tres hermanos y una hermana, yo en medio. Dios, qué casa de locos. Mi padre era sastre, propietario de su tienda, y podía permitirse mantenernos con relativa comodidad. Raquel, mi hermana pequeña, vive todavía con mis padres. Los otros están todos casados. ¿Sabe? —soltó una risita—, deseé muy a menudo haber sido hija única. Tiene usted suerte.

—Bueno, no lo sé —dijo distante. ¿Cuántas veces, de niño, había deseado hermanos y hermanas?—. En realidad, tuve un hermano mayor, pero murió antes de que lo conociera.

—Es una lástima. ¿Y recuerda usted gran cosa de Alemania?

La mirada de Ben se posó en Judy. Se notaba inesperadamente cómodo hablando con ella. Sabía que estaba siendo alentado a hablar, que gracias al pasado de ella se encontraría a gusto hablando del suyo.

—Usted quiere saber cómo era ser judío en Alemania durante la guerra —dijo al fin.

—Sí.

Ben se miró pensativamente las manos. «Éste parece ser el día en que hay que sacar los esqueletos del armario», pensó. Primero Angie, luego la pesadilla, y ahora esto. Una revelación tras otra.

—Mire, nunca he hablado con nadie sobre ese período de mi vida. Ni siquiera mi novia sabe gran cosa sobre mí antes de los veinte años de edad, y está bastante contenta de mantener esa situación. ¿Por qué está tan interesada?

—Es mi carácter, supongo. Me gusta conocer cosas de la gente. Qué los hace funcionar. Qué los hace dejar de ser judíos.

—¿Cómo sabe usted que lo fui en el pasado?

* Fiesta judía anual celebrada el décimo día de Tishri (el primer mes del año civil y séptimo del año eclesiástico en el calendario judío, que cae en septiembre y octubre). Se trata de un día de ayuno, a lo largo del cual se recitan oraciones de penitencia en la sinagoga. (*N. de la T.*)

** El Año Nuevo judío, celebrado el uno y el dos del mes de Tishri, marcado principalmente por el sonido del *shofar*. (*N. de la T.*)

—Me ha explicado que había tenido una infancia religiosa.

—Sí... Eso dije, ¿no es así? Muy bien, lo admito. Abandoné el judaísmo. Simplemente no había nacido para ello y punto, como usted. En el pasado fui un judío practicante y luego lo dejé voluntariamente. De hecho, fue más que eso. Me alejé airadamente de él y le cerré la puerta en las narices. ¿Satisfecha?

Ella se encogió de hombros.

—Eso no es muy teológico por su parte.

—Nunca dije que lo fuera. De todos modos... —Su voz y sus ojos se apartaron de Judy—. Tal vez no estaba hecho para ser judío. Sabe Dios que recibí bastante formación en mi infancia. El hebreo era para mí una lengua tan natural como el *yiddish*. Iba a la *yeshiva* y acudía a la sinagoga todos los sábados. Luego, cuando cumplí los diecinueve años, decidí que sencillamente no era para mí. Y, en consecuencia, lo abandoné.

—¿Es usted ahora ateo?

De nuevo le cogió desprevenido.

—Vaya, no para de hacer preguntas. ¿Es usted atea?

—En absoluto. Me aferro al judaísmo a mi manera.

—Un judaísmo de conveniencias.

—Como prefiera.

—Sí, soy ateo. ¿Le sorprende?

—En cierto modo. Sólo porque parece extraño que uno dedique su vida a estudiar escritos religiosos sin ser él mismo religioso.

—Buen Dios, Judy, ¡uno no tiene que ser un saltamontes para estudiar entomología!

Ella rió.

—Eso es verdad. Pero, aun así, apostaría a que conoce usted la Torá mejor que cualquier rabino.

Las cejas de Ben se levantaron. En una ocasión anterior, en algún momento del confuso pasado, alguien había afirmado lo mismo. No podía recordar quién lo había dicho, pero había generado en su mente la misma reacción. Exactamente como entonces, Ben rumió para sus adentros: «Es bastante raro que sepa probablemente más acerca de la Torá y del judaísmo que el rabino del lugar, y sin embargo se da esta profunda diferencia...».

¿Qué es la religión, al fin y al cabo? Es más que saber algo, más que memorizar, que ser un experto. Es sentir algo.

Y ese sentimiento —habitualmente llamado fe— no existía en Ben.

—¿Y por qué el ateísmo? —tanteó Judy—. ¿Por qué no darle una oportunidad al cristianismo? ¿O al Zen?

—No fue el judaísmo lo que abandoné, sino a Dios. Algunas personas no necesitan la religión. No le trae la paz de espíritu a todo el mundo, sabe. Para algunas personas, la religión puede ser una pena.

—Sí, supongo... —Sus ojos bajaron hasta el montón de papeles que tenía en el regazo—. Me pregunto cómo es para David. ¿Cree usted que se convirtió en un gran rabino? ¿Quizá también en un miembro del Sanedrín?

Ben se quedó mirando también sus hojas de traducción. Imaginó a un judío de diecisiete años, con un cabello negro y ondeante hasta los hombros y los sabios ojos de un profeta.

«David, David —pensó Ben—. ¿Qué estás intentando decirme? ¿Qué horrible acto vas a narrar que has tenido que confesarlo, sellar los manuscritos en vasijas ocultas, y luego protegerlos con una poderosa maldición?»

«Y esa maldición... —los ojos de Ben se nublaron—. ¿Es posible que tenga algún poder de verdad? ¿Podría afectarme? ¿Es por ello por lo que tengo pesadillas, por lo que pierdo el sueño, y peleo con Angie, y por lo que pienso que David se está apoderando de mi vida? ¿Es posible que la maldición de Moisés esté funcionando...?»

—¿Doctor Messer?

Miró a Judy. Ella había estado hablando y no la había oído.

—Se está haciendo tarde, así que debería ponerme a escribir a máquina.

«¿Por qué se me ocurren ideas tan peregrinas? ¿Por qué estoy teniendo pensamientos que no había tenido nunca, como si otra persona me los estuviera dictando...?»

—Sí, la mecanografía...

Se pusieron juntos en pie y estiraron las piernas. Ben miró su reloj y se quedó asombrado por lo tardío de la hora. ¿A dónde había ido a parar el tiempo?

Judy escribió a máquina hasta entrada la noche, haciendo pausas hasta cinco minutos de una vez, y entre tanto Ben permaneció sentado en la oscuridad de su estudio. El seco sonido de las teclas no era tan molesto como los períodos de silencio, así que, en un momento en que parecía haberse detenido por completo, Ben se levantó y echó una ojeada por la puerta. Judy estaba sentada ante la máquina de escribir, con la barbilla apoyada en las manos, la mirada perdida en el espacio. Un minuto después, como si hubiera recordado de repente, volvió a escribir.

Ben tomó asiento de nuevo en su silla y entrecruzó sus dedos por detrás de la cabeza. Su mente repasó los acontecimientos del manuscrito número cinco. Se detuvo un rato en Rebeca; imaginaba las clases en el porche del Templo, la primera carta a su padre, la sorpresa de Eleazar al averiguar que sacaba agua para la viuda. Eran buenos tiempos, allá en Jerusalén, viviendo en casa del rabino. Ben deseó retornar a esos años, pues eran dulces recuerdos.

—¿Doctor Messer?

Él dejó caer sus manos y se irguió.

—¿Sí?

—He terminado.

—Fantástico. —Se puso en pie—. Qué curioso. De repente estoy hambriento. ¿Le gusta la pizza?

—Bueno, sí.

—Escuche, voy a bajar a la calle a buscar una gigante, que tenga de todo. No creo que me haya echado nada al estómago desde, bueno, ya ni me acuerdo. —Se dirigió al armario de los abrigos—. No tardaré, están al final de la calle y son bastante rápidos. Normalmente acudo a ellos cuando tengo mucho trabajo que hacer. Y traeré una botella de vino barato para acompañarla. ¿Qué le parece?

—Perfecto.

Después de que él se marchara, Judy vagó por el apartamento y examinó algunos de los objetos de arte que allí había. Predominaban las cosas de Oriente Medio, muchos objetos arqueológicos, algunos recuerdos turísticos y, el resto, las habituales y caras chucherías que se encuentran en las mejores casas. Mientras se hallaba ante la acuarela de las pirámides y el Nilo, sonó el teléfono.

Judy contestó sin vacilación.

—¿Diga?

Hubo un breve silencio al otro lado y luego el sonido de haber colgado. Cuando Judy se alejaba, el teléfono volvió a sonar. Esta vez contestó:

—Residencia del doctor Messer —pero el interesado colgó otra vez.

No sonó por tercera vez. Cuando Ben llegó por fin a casa con el vino y la pizza y Judy le habló de las llamadas, él meramente se encogió de hombros y dijo:

—Si es importante, volverán a llamar.

Ben colocó la caja de la pizza sobre la mesa de café, fue a buscar vasos y servilletas de la cocina y se pusieron a comer.

—Tiene usted algunas cosas interesantes en su apartamento —apuntó Judy, lamiéndose unos filamentos de queso de los dedos.

—Son todos botín de mis viajes.

—Me gusta ese cuadro de allí.

—¿Las pirámides? Sí, es uno de mis favoritos. Me trae recuerdos. —Rió para sí—. Por cierto, hay un truco que los camelleros practican en las pirámides. Pasear en camello alrededor de ellas es una atracción turística y sólo cuesta unas pocas piastras. Sin embargo, cuando está usted cabalgando sobre la horrible bestia y pasándolo realmente bien, el camellero comienza a largarle una arenga sobre la simpatía que le ha tomado y cuánto le gustaría darle un paseo adicional como regalo. Nadie puede halagarle tanto como un árabe, así que usted, naturalmente, acepta. El camellero trota a su lado mientras usted recorre alegremente su camino internándose en el desierto, alejándose lo bastante para que no puedan oírle y las personas de alrededor de las pirámides parezcan hormigas. Entonces, el camellero se encara con usted, mientras está usted sentado sobre su huraño animal, y le dice que volver le costará cinco dólares.

—¡Bromea! ¿Le sucedió eso a usted?

—Claro que sí. Y tuve que pagarle también o arriesgarme a ser pisoteado por aquel bicho suyo. Y regresar por las dunas de arena es un largo paseo.

—¿Y se marchó inmune?

—En absoluto. Tan pronto como regresamos busqué a un policía de Turismo y le informé del incidente. Se portó muy bien e hizo que el hombre me devolviera el dinero. Los policías de Turismo están en todas partes en Egipto, y pueden ser muy útiles en ocasiones.

—Le envidio. Lo más cerca que yo he estado nunca del este fue en un viaje que hice a Brooklyn el año pasado. ¿Ha estado allí alguna vez?

—Puede afirmarlo. Crecí allí.

—Bromea. ¿Dónde está su acento de Brooklyn?

—Trabajé muy duro para perderlo.

—Parece usted californiano.

—Gracias.

—¿Por qué? ¿No le gustaba Brooklyn?

Ben dejó su vaso de vino y se limpió la cara y las manos con una servilleta limpia. Ahora estaba lleno y el vino estaba haciéndole efecto. Se recostó y miró hacia delante.

—Es difícil de decir. En cierto modo, me gusta Brooklyn y en cierto modo, no.

—¿Recuerdos dolorosos?

—Algunos de ellos. No todos. —Estaba pensando en Salomon Liebowitz.

—¿Es allí donde murió su hermano?

Ben giró la cara para poder ver a Judy.

—Mi hermano murió en un campo de concentración en Polonia.

—Oh —musitó ella.

—No era más que un niño y murió de hambre. De hecho, mi padre también murió allí.

—¿Dónde?

Él cerró los ojos y volvió la cabeza hacia otro lado.

—Se llamaba Maidanek, en Lublin, Polonia. Unos ciento treinta y cinco mil judíos murieron allí. Dos de ellos fueron mi padre y mi hermano.

—¿Cómo escapó usted? —se interesó ella.

—En realidad, no lo sé. Mi padre se oponía abiertamente a los nazis y luchaba contra ellos allí donde podía. Antes de que vinieran a nuestra casa, los vecinos nos advirtieron y por ello mi padre pudo ocultarme con su ayuda. Me acogieron en casa de un simpatizante, mientras se llevaban a mis padres y a mi hermano. Aquel hombre no había tenido tiempo de esconderlos a ellos.

—¿Qué le sucedió a su madre?

—Sobrevivió y salió en 1944, cuando los soviéticos los liberaron.

—Bueno... —Judy dejó su vaso y se limpió en silencio las manos en una servilleta. Comprendía que la confesión de Ben Messer no le había sido fácil, que no se lo habría explicado antes, y, a causa de ello Judy sentía una tremenda responsabilidad.

—No perdí a ningún miembro de la familia en la guerra. No creo que ninguno de nosotros —primos, tías, tíos— resultáramos afectados por ella. Sólo puedo simpatizar con usted en una pequeña medida.

—Qué demonios. Sucedió hace treinta años.

—Pero, aun así...

—Tenía cinco años cuando mi madre pudo recuperarme. Seguimos viviendo con unos amigos, que la ayudaron a encontrar un empleo. Era una costurera excelente y en aquellos días de la posguerra logró, créalo usted o no, encontrar trabajo suficiente para ahorrar dinero. Al cabo de cinco años, yo ya tenía diez cumplidos, emigramos a América. Mi madre trabajó largas y agotadoras horas para mantenernos aquí. La recuerdo sentada todo el día y toda la noche junto a una única lámpara con un montón de composturas a sus pies. Era una trabajadora habilidosa y responsable y nunca le faltaron clientes. Pero la paga era baja y el trabajo largo y duro. Envejeció prematuramente. —Se volvió a mirar a Judy. Sus ojos estaban húmedos—. Eso, y Maidanek.

Judy permaneció silenciosa, reconociendo que unas heridas sin cicatrizar habían sido abiertas, y calló hasta que él decidiera proseguir.

—Maidanek la había enfermado y envejecido. Al arribar a América, tenía treinta y tres años y todos pensaban que era mi abuela. Crecer con ella fue toda una experiencia. Hablaba incesantemente de mi padre y de mi hermano, a menudo como si todavía estuvieran vivos. No era fácil, los dos solos en un país extraño, y supongo que hablar de sus seres queridos la ayudaba a mantenerse en su sano juicio. Era una madre excesivamente afectuosa y abrumadora. Me asfixiaba con su amor y su preocupación. Y no puedo culparla. Yo era lo único que tenía.

La cara de Ben se retorció en una sonrisa sarcástica.

—Recuerdo que yo nunca podía mantener atados los cordones de mis zapatos. ¿Qué niño puede hacerlo? Pero con ella era un problema. Se molestaba mucho y amenazaba con cosérmelos a los pies: «David —me decía—, si pisas esos cordones y te rompes la cabeza, estaré sola. ¿Es que no quieres a tu madre?». La pobre vivía con el constante temor de perderme. Incluso me sorprende que me dejara ir al colegio.

—Puedo comprender sus sentimientos —dijo Judy con tacto—. Pero ¿por qué lo llamaba «David»?

—¿Qué? —Él levantó la cabeza—. No lo hacía. Quise decir Benjy. Ella me llamaba Benjy.

Judy se aclaró la garganta y se deslizó hasta el borde del sofá.

—Es tarde, y tengo que irme.

—Oh, claro.

Ella se levantó y miró a su alrededor buscando su bolso.

—Gracias por la pizza —le dijo con voz tensa—. Fue muy amable por su parte.

Ben fue a buscar su jersey, que estaba ahora caliente y seco. Mientras la ayudaba a ponérselo, dijo:

—La avisaré tan pronto como reciba el manuscrito número seis.

—Muy bien.

Ben abrió el armario de los abrigos y sacó su chaqueta.

—La acompañaré hasta su coche. Nunca se sabe quién hay por ahí a estas horas.

Bajaron las escaleras y salieron a la calle en un sombrío silencio. Judy empujaba hojas marrones con los pies al caminar, sintiéndose como si hubiera pasado algo más que una noche con Ben Messer. Junto al coche, se detuvieron, rodeados por una tenue neblina, para despedirse. No había sido una visita intrascendente, se habían contado muchas cosas, muchas cosas habían salido a la luz. Ahora Judy Golden compartía los secretos de Ben; ya no se hallaba en la periferia de su vida.

Él era una cabeza más alto que ella y en consecuencia tuvo que bajar la mirada para sonreírle. Las gotas se estaban acumulando en sus gafas, obscureciendo su visión, pero vio cómo le devolvía la sonrisa. Entre sus ojos pasó una comunicación especial.

Finalmente ella susurró:

—Buenas noches —y entró en el coche.

Ben se retiró un poco mientras ella calentaba el motor, y luego le dijo adiós con la mano. Mirando sus faros traseros desaparecer entre la oscura calle, Ben musitó:

—*Shalom*.

Y regresó, paso a paso, hasta su apartamento.

9

Ben se encontraba fatal cuando despertó a la mañana siguiente. Después de que Judy se hubiera marchado, se había sentado y terminó con lo que quedaba del vino. Luego había ocultado su rostro entre las manos y había llorado durante largo tiempo. Cuando se le ocurrió, poco después de medianoche, que no había derramado una lágrima en diecisiete años y que aquel día, sin embargo, había llorado dos veces, Ben cayó en un sueño intermitente. Volvieron a asaltarle sueños extraños. Guiones en los que representaba diversos papeles: primero, él mismo, luego David, más tarde, su padre muerto. Al fin su hermano muerto. Recuerdos cada vez más espantosos se amontonaban. Cuanto más recordaba, más cosas le perseguían. Todo aquel enterrar y alejar su doloroso pasado era, de repente, inútil.

Por algún motivo, Ben no conseguía evitar que el pasado regresara.

Su clase de las diez era una lección sobre griego clásico como ayuda para el arqueólogo. Ben mostró diapositivas y discurseó monótonamente. La mayor parte del tiempo estaba ido. Seguía pensando en David a los pies de Eleazar, en el porche del Templo de Salomón, en David acarreando el agua para la viuda, en el profundo afecto de Eleazar por su alumno más joven, en Rebeca...

Ya en su despacho, con la puerta cerrada y la llave echada, Ben meditó entre una nube de humo de pipa, ajeno al paso del tiempo y a las realidades del presente.

Hacía unos veintidós años, un día que caminaba por el fango marrón de Brooklyn, los hijos adolescentes de unos inmigrantes polacos les habían gritado a Ben y a Salomon: «¡Os cogeremos, asesinos de Jesús!».

Aquella noche, mientras tomaban una comida sencilla en la mesa de la cocina, Ben le preguntó a su madre qué habían querido decir los chicos polacos. Rosa Messer dejó su cuchillo y su tenedor y miró cansadamente a su hijo.

—Los *goyim* adoran a un judío muerto, Benjamin, y dicen que nosotros le matamos.

—¿Dónde fue eso? ¿En Polonia?

Una seca sonrisa arrugó el rostro de ella.

—No, Benjamin. En Polonia fueron los judíos quienes fueron asesinados por los *goyim*. El hombre del que hablan vivió hace muchos siglos. Lo romanos le crucificaron por hablar contra el César. Pero, por algún motivo —sacudió tristemente la cabeza—, a lo largo de los años, la historia se distorsionó y echaron la culpa a los judíos.

Ben nunca había oído antes la historia de Jesús, y se preguntaba qué tendría para que millones de cristianos creyeran en ella. Los conocimientos de Rosa Messer eran escasos, y tenía una visión parcial. Dado que Ben carecía de amigos no judíos, y que sus propios amigos ignoraban igualmente el relato, había acudido a otra parte en busca de respuesta.

—No deberías corromperte, Benjamin Messer, escuchando las palabras de los *goyim* —le advirtió uno de sus maestros en la *yeshiva*—. Basta con saber que ellos profanaron la Alianza de Abraham y establecieron su propia falsa alianza. La manera de combatir las mentiras de los *goyim* es estudiar la Torá y guardar sus leyes.

Ben no había podido satisfacer en ninguna parte su deseo de saber más sobre el Jesús de los cristianos, y por ello decidió leer sus palabras. En un rincón tan oculto como pudo encontrar, lejos de la vista de cualquier judío, Ben se había sentado en la biblioteca pública con el Nuevo Testamento abierto ante sí.

Sus profesores y su rabino le habían enseñado que la forma de defender la Torá contra los *goyim* era aprenderla de memoria, practicar rigurosamente sus leyes y evitar la contaminación de las palabras cristianas. Pero esto no convencía a Ben, cuya curiosidad le había impulsado a cometer un acto que habría horrorizado a sus mayores. Ben había vislumbrado en su corazón que, para defender la Torá contra los *goyim*, tenía que saber qué decían y en qué creían. El enemigo también tenía que ser estudiado.

Así que Ben, en su curiosidad y en su deseo de comprender qué apartaba a los judíos de los cristianos, leyó en un frío día el Nuevo Testamento.

Hubo una llamada a la puerta y una voz familiar.

—¿Doctor Messer? ¿Está usted ahí?

Él se puso en pie de un salto y le abrió la puerta a Judy Golden.

—Doctor Messer. Son las dos y cuarto. Pensé que tal vez estuviera usted aquí...

—¿Qué? —miró el reloj—. Oh, Jesucristo, ¿dónde he estado?

—Todo el mundo le está esperando en clase...

—Vámonos.

Agarró su cartera y salieron corriendo por el vestíbulo.

Después de profusas disculpas a los estudiantes, Ben se lanzó torpemente a dar una clase. No estaba en absoluto preparado, pero, gracias a su ingenio, pudo ofrecer cierta apariencia de una clase organizada. Sus ojos se posaron a menudo en Judy Golden, quien no le quitaba ojo de encima. Y, mientras hablaba, Ben era consciente del tiempo.

Pronto repartirían el correo. El manuscrito número seis llegaría y estaría aguardando en la oficina de correos a que lo reclamara con la papeleta amarilla. David Ben Jonah le hablaría una vez más.

«David Ben Jonah.» Ben había soñado mucho con él la noche anterior. Soñó que él era David, allá en Jerusalén, y que caminaba por las calles con Saúl y Rebeca. Había soñado en las cálidas tardes de Magdala, con Rosa Messer friendo pescado sobre una hoguera. En el sueño, tenía muchos hermanos y hermanas, y una infancia feliz. De hecho, tan agradable era el sueño de David Ben Jonah, que, al despertarse aquella mañana, Ben se había entristecido al descubrir que se trataba sólo de un sueño.

La clase terminó por fin, después de luchar durante dos horas con su capacidad de concentración. No fue fácil, pues Ben se descubrió una vez más sumido en sueños sobre David, su madre o su infancia en Brooklyn. Ben tuvo que hacer un verdadero esfuerzo para permanecer en el presente. Y cuando al final todo terminó, cogió su cartera y salió rápidamente antes de que nadie se hubiera puesto ni siquiera en pie.

Así que Benjamin Messer, a los 14 años, en un intento de comprender la razón de que los *goyim* le odiasen sin conocerle, había leído el Nuevo Testamento.

Al principio, estaba confuso, pues los cuatro primeros libros, llamados Evangelios, no coincidían exactamente. Advertía muchas discrepancias entre ellos. La parte denominada «Los hechos de los Apóstoles» le había parecido un relato interesante de la historia. Pero las cartas subsiguientes no facilitaban mayor información acerca del hombre llamado Jesús. Y así, Ben tuvo que basarse únicamente en los cuatro Evangelios y, a pesar de haberlo intentado con la mayor seriedad, no alcanzó a ver en ellos los fundamentos de una de las mayores religiones del mundo.

Que Jesús había sido un buen judío, era obvio. Que probablemente era un rabino, evidente. Pero que el proceso de su juicio se realizara tal como se describía allí se le antojaba, en cierto modo, incomprensible. Algunas circunstancias le habían parecido incorrectas al joven Ben: la reunión del Sanedrín por la noche, el que un procurador romano recurriera a una multitud para tomar una decisión, y el castigo de la crucifixión en lugar de la muerte por lapidación. Leyó y releyó aquellos Evangelios muchas veces y comenzaba a sabérselos de memoria. En su esencia, se imaginaba Ben, estaba la génesis del antisemitismo entre los cristianos. Pues, según estos libros sagrados, los judíos eran culpables de la muerte de su Cristo.

Y, sin embargo, podía no ser así. El joven Ben había percibido lo ilógico del juicio y de la sentencia de muerte, pero, con todo, no era capaz de definir los problemas. Ben no lo comprendió hasta años más tarde, en la universidad.

En realidad, era muy simple. El relato del Evangelio estaba plagado de errores y de malas explicaciones. Ante todo, estaba el problema de la reunión del Sanedrín durante la noche, cosa que no se hacía nunca. En segundo lugar, si los líderes judíos acusaron y condenaron a Jesús por blasfemia (como hicieron según Marcos 14:64), entonces el castigo hubiera sido la muerte por lapidación. En tercero, parecía que la acusación de Pilatos contra él era de carácter político, no la misma que la del Sanedrín (Marcos 15:1-2). Cuarto, se sabía bastante acerca del carácter de Pilatos por los historiadores antiguos, y que un hombre tan terco y arrogante consultara a una multitud judía en sus decisiones, que apareciera como débil ante ellos, era el colmo del absurdo. Y, quinto punto, la crucifixión era un castigo romano, practicado sólo por los romanos, y la pena por el crimen de traición; clavada al madero, sobre su cabeza, se hallaba la descripción del crimen de Jesús: afirmar ser el rey de los judíos. Claramente un acto de traición.

Ahí radicaba el problema: «¿Cómo es que los judíos dieron muerte a Jesús?».

Ben permaneció sentado en su coche mucho después de que el motor se hubiera apagado y miró a la oscuridad del garaje. Si buscaba la solución en los Evangelios, no estaba allí, pues sólo ofrecían contradicciones ilógicas y confusas. La respuesta la encontraría al comparar el relato del Evangelio dentro del marco de la historia.

El Evangelio de san Marcos fue escrito poco después de la destrucción de Jerusalén, cuando en Roma había un intenso sentimiento antijudío. Incapaz de convertir a los paganos al nuevo cristianismo si era un gobernador romano quien había matado a su Mesías, Marcos sencillamente había traspasado la culpa de Pilatos a los judíos, una solución simple para que su Evangelio fuera aceptado en Roma.

Mientras Ben salía del coche, sacudió tristemente la cabeza. ¡Así se escribió la historia de los asesinos de Jesús!

Un pedazo de papel pegado a un sobre grande y maltrecho sobresalía de su buzón, y sobre él vio una apresurada nota de su vecino. El cartero había vuelto a pasar con otra carta certificada, y a punto había estado de dejar una papeleta amarilla en el buzón de Ben en el preciso instante en que el músico acertó a pasar por ahí. Había vuelto a firmar el recibo del sobre.

Ben cogió el sobre con inmensa gratitud; iba a comprarle a aquel muchacho la botella de vino más cara que pudiera encontrar.

Subió las escaleras tan aprisa como pudo, entró corriendo en la casa y se precipitó a su estudio, donde procedió a rasgar el sobre. Encontró la habitual nota mal escrita a máquina de Weatherby, y dentro, otro sobre sellado. Era grueso y parecía contener muchas fotografías. Dejando a un lado la carta de Weatherby, Ben rasgó el segundo sobre y sacó cuidadosamente las fotografías.

Ante él se hallaba la familiar caligrafía de David Ben Jonah.

> Rebeca era una muchacha recatada y silenciosa, que a menudo se escondía tímidamente tras su velo en mi presencia. No sé cuándo empecé a quererla, pero fue un sentimiento creciente y gradual. No sé qué sentía Rebeca por mí, pues bajaba a menudo los ojos cuando la contemplaba. La comparaba a un pájaro pequeño y frágil, delicado, precioso... Tenía las manos y los pies diminutos, y pequitas en la cara. Siempre que me miraba con aquellos hermosos ojos verde pálido, yo creía ver alegría.
>
> Hubiera debido ser feliz en mi amor por la dulce Rebeca; sin embargo, no lo era, pues pensar en ella hacía a menudo que me fuera difícil concentrarme en mis estudios. Eleazar se dio cuenta de ello y me ofreció un sabio consejo. Pero no era fácil de seguir. Yo tenía diecisiete años y me hubiera gustado tomar a Rebeca por esposa. Y sin embargo, ¿qué tenía para

ofrecerle? Era pobre. Como estudiante de la Ley, tenía que vivir modestamente y alegrarme del honor de recibir las enseñanzas del rabino. Mis ropas eran bastas y sencillas. Siempre que la veía, intentaba cubrir los bordes deshilachados de mi manto u ocultar los parches. A Rebeca parecía no importarle mi pobreza, pero no sé si hubiera sido mi novia bajo tales circunstancias.

Me quedaban todavía varios años por delante con el rabino Eleazar antes de ser libre, e incluso entonces, una vez fuera doctor de la Ley, me llevaría tiempo ganar el dinero y el prestigio necesarios para ofrecérselos a Rebeca.

Te cuento todo esto, hijo mío, porque tiene relación directa con lo que ocurriría después, el momento más crucial de mi vida. Y habiendo hecho que aquello sucediera, condujo también inadvertidamente a lo que aconteció más tarde, el suceso sobre el cual debes saber la verdad, la verdadera razón por la que escribo estos manuscritos.

Pero por ahora debo contarte lo que mi amor por Rebeca y mi pobreza provocaron.

Durante nuestro tiempo libre, que Eleazar nos concedía ahora, Saúl y yo llevábamos una vida despreocupada. Cada semana quedábamos libres de nuestros estudios una tarde y una noche, y, por consiguiente, comenzamos a pasear por las calles de Jerusalén, explorando los jardines que había al otro lado de las murallas de la ciudad, o visitando las casas de nuestros amigos. Mientras nos abríamos camino a través de la multitud que atestaba el mercado, olíamos los intensos aromas de las comidas exóticas, de los caros perfumes, del cuero curtido y del sudor de los hombres. Echábamos miradas a imágenes extraordinarias; el mercado de esclavos, las puertas que veían diariamente la llegada de forasteros, hermosas paganas en sillas de mano, encantadores de serpientes, músicos callejeros y soldados romanos de rojo manto.

Jerusalén, con sus muchos rostros, voces y colores, nunca cesaba de entretenernos. Y sin embargo, en su mayor parte, mis pensamientos estaban dedicados a Rebeca. La visitaba tanto como podía, sin escandalizarla, pues no estábamos prometidos. Y Eleazar me decía a menudo:

—David Ben Jonah, no debes dejar que este encaprichamiento te aleje de la Ley. Si vacilas una vez en la práctica de la Ley de Dios, si te alejaras alguna vez de ella de tal modo que la deshonrases, sería como si hubieras escupido en el santuario. Pues el doctor de la Ley está en este aspecto por encima de todos los hombres: se encuentra en la tierra para proteger la Alianza de Abraham y para asegurarse de que el Pueblo Elegido nunca se apartará de Dios. Si, por tu encaprichamiento de Rebeca, le fallaras a la gente, le habrías fallado a Dios, y eso es imperdonable.

—¿Pero qué puedo hacer, rabino? Ella está siempre en mis pensamientos. Y cuando estoy a su lado siento una extraña debilidad en los genitales.

—Todos los hombres de Dios son tentados muchas veces en su vida, y deben luchar contra ello. Guardar la Ley de Dios no es tarea fácil, y, por lo tanto, estamos por encima de los otros hombres. Por nuestro ejemplo, ellos seguirán la Ley. Y la Ley ha de ser lo primero, David. Si la abandonaras por esa muchacha, sería mejor que no hubieras nacido.

Así que la lucha se libraba dentro de mí. No había compromiso. Debía aplicarme en mis estudios y olvidar a Rebeca. Sin embargo, era insoportable. Y una noche, hijo mío, la carne venció sobre mi espíritu.

Saúl y yo habíamos comido aceitunas en uno de los jardines al otro lado de las murallas, en casa de un hombre que vivía solo y que gustaba de nuestra compañía. Cuando el sol comenzó a ponerse, nos rogó que nos quedáramos un poco más, pues estaba solo, y nos ofreció un poco de su mejor vino. Saúl y yo habíamos bebido muy poco vino en nuestras vidas, pues Eleazar nos recordaba siempre la debilidad de Noé. Nos quedamos y bebimos vino con él, pensando marcharnos al cabo de poco tiempo. No obstante, una vez el vino nos hubo calentado la sangre, pareció que la resistencia se había más que duplicado. Y, en consecuencia, nos quedamos y disfrutamos con el viejo comerciante de aceitunas.

Cuando al fin nos fuimos, yo me encontraba bastante ebrio y no tenía demasiado control de mí mismo. Saúl, por su parte, tan grande y vigoroso, daba la impresión de haber sido escasamente afectado por el vino. Cantábamos mientras recorríamos serpenteando nuestro camino por las estrechas calles de Jerusalén, y llegamos finalmente, por casualidad, a una conocida taberna. Ninguno de nosotros había estado antes en una, así que nuestra curiosidad aumentó a sus puertas; veíamos las luces de su interior y oíamos alegres voces. Fue

Saúl quien sugirió que entráramos a ver, y yo accedí de buen grado.

Al principio fuimos una novedad, pobremente vestidos como íbamos y con nuestras largas barbas negras y nuestros tirabuzones a ambos lados de la cabeza. Al ver claramente estudiantes rabínicos entre ellos, los paganos nos pidieron que nos sentáramos con ellos a charlar. Nos pagaron jarras de vino sin aguar, que al principio intentamos rechazar, pero, a la postre, bebimos. Mientras lo hacíamos, miramos abiertamente a unas jóvenes muchachas que bailaban con el pecho desnudo y que dejaban que los desconocidos las tocaran. Saúl y yo estábamos atónitos, y a la vez hipnotizados. En la atestada taberna se reunían camelleros, soldados romanos y otros hombres por el estilo que tenían un gran conocimiento del mundo. Nos contaron historias sobre gente extraña en los lejanos confines de la tierra, acerca de monstruos marinos y animales míticos, y sobre lugares lejanos que nos dejaron boquiabiertos.

No sé exactamente cuándo conocí a Salmónides; si había estado allí todo el tiempo o si se unió a nosotros más tarde. Todo cuanto recuerdo es que, en cierto momento, para mi estupor, le descubrí sentado junto a mí, con una mano larga y blanca sobre mi brazo. Tenía un rostro extraño y sin edad, el cabello blanco y unos insondables ojos azules. Hablaba el arameo maravillosamente, como si se tratara de su lengua materna.

Debí haberme lamentado por Rebeca y mi pobreza, pues dijo:

—Hay un método seguro de ganarse el corazón de una mujer, y es a través del dinero. No necesitas abandonar tus estudios para asegurarte su promesa de matrimonio. Sólo tienes que demostrar que, cuando llegue el momento de dejar la escuela, podrás mantenerla cómoda y respetablemente. Entonces accederá a esperarte. Me consta, pues las mujeres son iguales en todas partes.

Me esforcé por ver su cara con claridad, pero no pude. A través de mi confusión podía oír a Saúl reír con otros hombres. Nuestra mesa rebosaba de vino, queso y salchichas de cerdo, y estaba todo tan delicioso, que me atiborré. Ebrio de comida y vino, prestaba escasa atención a lo que decía. Debí de haber mencionado mi pequeño escondite de dinero a Salmónides, pues él comenzó a decir:

—El dinero crece al igual que el cerdo y la palma. Planta tus *shekels*, mi apuesto judío, y se convertirán en abundantes sestercios.

—¿Qué eres? —indagué—. ¿Un hechichero?

—Soy un intermediario de Antioquía, en Siria. Hay una flota que parte dentro de un día de Joppa a Egipto. Recogerán grandes cantidades de grano para Roma, y, si todos los barcos llegan hasta Ostia, los beneficios serán grandes.

—¿Qué quieres de mí?

—El capitán de esos barcos necesita dinero para pagar a su tripulación. A cambio, compartirá sus beneficios. Tú, amigo mío, puedes comprar ahora una fracción de esos beneficios. Dame el dinero que tienes y dentro de seis meses te daré a cambio el rescate de un rey.

—¿Y si los barcos no lo consiguen? —aventuré.

—Ése es el riesgo que corren los inversores. Si no lo consiguen, como sucede algunas veces, entonces perderás tu dinero. Por otro lado, si arriban hasta Ostia con el grano...

Si hubiera estado sobrio, hijo mío, me hubiese reído del griego y me hubiera alejado de él. Pero no lo estaba. Tenía diecisiete años y estaba bebido y desesperado por ganarme a Rebeca.

No sé en qué momento me marché de la taberna, pero Saúl no debió de verme, pues dijo después que no se había dado cuenta de mi ausencia. En cualquier caso, encontré el camino de regreso a casa de Eleazar, subí a traspiés hasta mi habitación sin despertar a nadie, desenterré mi pequeña suma de dinero y volví tambaleándome a la taberna. Cuando regresé, el griego ya había redactado una especie de documento, dos copias del mismo, y aunque no lo leí, le puse prestamente mi sello. Salmónides cogió mi dinero y me dio a cambio el pedazo de papel.

Y eso es todo lo que recuerdo de aquella noche.

Al día siguiente, Saúl me dijo que había levantado la vista y me había visto dormido sobre la mesa, solo. En consecuencia, se despidió del grupo con el que había estado y me llevó a casa, cargado sobre sus anchos hombros, y me acostó. El día siguiente fue el peor de mi vida.

La vergüenza era mayor que cualquier peso que hubiera cargado nunca. Me humillé ante Eleazar y le abrí mi corazón.

Mientras yo hablaba, con los ojos fijos en el suelo, él escuchaba en solemne silencio. Le expliqué mi borrachera en público, el haber estado en compañía de muchachas desnudas y de infames paganos, el haber comido libremente cerdo y, por último, haber entregado todo mi dinero a Salmónides.

Cuando terminé, Eleazar permaneció sentado en silencio durante unos segundos, y luego profirió un grito tal, que me asustó. Se golpeó el pecho y se mesó los cabellos y gritó:

—¿Qué he hecho yo para merecer esto, oh Señor? ¿Dónde he fallado? ¿No era éste el muchacho en quien vi la mayor de las promesas y que me hubiera sucedido como el más grande rabino de Judea? ¿Qué he hecho yo para merecer esto, oh Señor?

Eleazar cayó de rodillas e hizo grandes demostraciones de infelicidad. Se culpó a sí mismo por mi fechoría, afirmó que no había sido un maestro lo bastante bueno y gritó que había defraudado a Dios dejando que su mejor alumno fuera por el mal camino.

Yo lloré también con él, lloré hasta que las lágrimas empaparon mis ojos y hasta que no pude llorar más. Cuando todo lo que salía de mí eran secos sollozos, miré a Eleazar y vi en su rostro cuán grande era su dolor.

—Has contaminado la sagrada Ley de Dios —dijo severamente—. David Ben Jonah, por tus propias acciones has escupido sobre la Alianza de Abraham y has avergonzado a todos los judíos ante Dios. ¿No te había yo enseñado bien? ¿Cómo has ido por el mal camino de este modo y te has permitido caer tan bajo?

Saúl, que no se había emborrachado, que había rechazado el cerdo y que no había perdido dinero a manos de un griego, estaba igualmente en desgracia con Eleazar; sin embargo, no era lo mismo. Eleazar no estaba tan orgulloso de Saúl como lo estaba de mí; no había visto en Saúl al sucesor de su propio y noble oficio y al continuador de su tradición. Y por todo ello, Saúl se salvó de ser expulsado de la escuela.

No fue así en mi caso. Eleazar veía mis abominables pecados como afrentas personales contra él. Le había defraudado, y había mancillado la Ley de Dios. No había perdón para mí.

Eleazar me echó de su casa aquel día, e hizo votos de no volver a pensar en mí como hijo suyo. Yo recogí mis escasas y pobres posesiones y salí a la calle sin idea de adónde ir o qué hacer.

Cuando la puerta de Eleazar se cerró violentamente detrás de mí, fue como si el propio Dios me hubiera dado la espalda. Sin Eleazar y sin la escuela, con aquella vergüenza, y a sabiendas de que ya no era digno de Rebeca ni de vivir entre judíos, me planteé quitarme la vida.

Ben sintió algo en su mejilla y, al frotársela, notó que era una lágrima. El impacto de las palabras de David, el profundo efecto que tenían en él mientras las leía, dejó atónito a Ben. Como si, uniéndose a la desesperación del antiguo judío, Ben se sintiera mal en su interior, y terriblemente desdichado. Tenía que continuar. Tenía que leer los dos últimos fragmentos del manuscrito número seis. Pero su visión la nublaron las lágrimas. Necesitaba un pañuelo.

Ben se levantó de la mesa impulsivamente, y exclamó:

—¡Jesucristo!

Angie estaba de pie en la puerta.

—Hola, Ben —balbuceó.

—¡Vaya! ¡No te acerques a mí tan sigilosamente! —Se puso una mano en el pecho.

—Lo siento. Pero llamé una y otra vez. Tu coche está abajo, así que imaginé que estarías en casa. Entré con mi llave.

—¿Cuánto tiempo has estado ahí?

—Lo bastante para aclararme la garganta unas cuantas veces y no obtener respuesta.

—Vaya... —repitió, sacudiendo la cabeza—. Por un momento volvía a estar en Jerusalén... —Ben cogió la hoja de papel en la que había garabateado su traducción—. Ni siquiera haber escrito esto. Todo lo que recuerdo es estar en Jerusalén...

—Ben.

Él se volvió hacia ella.

—Ben. ¿Dónde estabas la noche pasada?

—¿La noche pasada? —Se frotó la cara. ¿Cuándo, la noche pasada? ¿Cuánto tiempo hace? ¿Cuántos días, semanas hace...?— Déjame ver... La noche pasada. Estuve... aquí... ¿Por qué?

Angie se apartó de él y entró en la oscura sala de estar. Una noche sin luna brillaba a través de las cortinas abiertas, y todo alrededor era un glacial silencio.

Cuando Ben comenzó a seguirla, se sintió arrastrado nuevamente al estudio, y, al mirar de reojo, vio, bajo la luz, la parte del manuscrito número seis que quedaba por traducir. Tenía frío y se sentía interiormente abatido, deprimido por las palabras de David. No quería pelearse con Angie. Tenía que volver a Jerusalén.

—Ben. —Angie giró sobre sí misma—. Ayer por la noche te llamé, y una voz femenina contestó al teléfono.

—¿Qué? Eso es imposible. Debiste de marcar un número equivocado.

—Contestó al teléfono diciendo: «Residencia del doctor Messer». ¿Cuántos doctores Messers supones que hay al oeste de Los Ángeles?

—Pero eso es una tontería, Angie... —Se detuvo en seco y frunció el ceño—. Espera un minuto. Ya recuerdo. Era Judy...

—¡Judy!

—Sí. Salí a buscar una pizza...

—¿Judy qué? —Angie levantó la voz.

—Una estudiante mía llamada Judy Golden que vino a pasarme unas cosas a máquina.

—Qué bonito.

—Oh, déjalo ya, Angie. Los celos no son propios de ti. Me pasó unas cosas a máquina y eso es todo. No tengo que dar cuenta de mis actos ni a ti ni a nadie.

—Así es, no tienes que hacerlo. —Aunque no podía ver su expresión en la oscuridad, podía imaginársela por el tono de su voz. Ella estaba temblando, se esforzaba por mantener la calma. La buena y vieja Angie desapasionada y siempre dueña de sí misma.

—¿Has venido a pelear? ¿Es eso?

—Ben, he venido porque te quiero. ¿Es que no te das cuenta?

—No te pongas tan melodramática. Viene una estudiante a pasarme unas cosas a máquina y ya tenemos que darnos pruebas de amor el uno al otro. Jesús, Angie, ¿no puedes creerme y ya está?

Un aturdido silencio cayó sobre ellos. Angie estaba confusa, perpleja. En el pasado, Ben había sido siempre muy predecible. Ella sabía siempre cómo iba a reaccionar y qué iba a decir. ¿Por qué eran ahora las cosas tan diferentes? Con voz abatida, dijo:

—Has cambiado, Ben.

—Y tú tienes el don del *non sequitur*. —Se rió nerviosamente—. Si alguien ha cambiado, muñeca, has sido tú. Antes nunca tenía que darte explicaciones. Nunca hubo necesidad de grandes declaraciones de amor. ¿Qué mosca te ha picado de repente?

—No es qué mosca me ha picado a mí —dijo ella lentamente—. Es qué mosca te ha picado a ti. O, mejor dicho... —Sus ojos se apartaron de la cara de él y se fijaron en un punto por encima de su hombro—. Más bien... quién te ha picado a ti. —Una pequeña arruga apareció entre sus cejas al fruncir el ceño—. No has sido el mismo desde el descubrimiento de esos manuscritos. Hace casi tres años que te conozco, Ben, y creo que te conozco mejor que nadie. Pero en los últimos días has sido como un extraño. Te estoy perdiendo, Ben. Te estoy perdiendo rápidamente, y no sé cómo recuperarte.

Al ver las lágrimas en sus ojos, Ben tomó de pronto a Angie entre sus brazos y apretó el rostro de ella contra su cuello. Un extraño temor le invadió en ese momento, y se sintió como si estuviera al borde de un abismo grande y negro. Miró hacia abajo pero no pudo ver nada, salvo profundidades y más profundidades oscuras. Aferrándose a Angie, se sentía como un hombre que se ahoga. Era un hombre suspendido entre el juicio y la locura, entre la realidad y la pesadilla, y Ben sabía, en aquel momento, en el mismo instante en que se agarraba a Angie para sobrevivir, que estaba resbalando, acercándose cada vez más al abismo.

—No sé lo que es, Angie —murmuró apresuradamente entre su perfumado cabello—. No puedo arrancarme este asunto de los manuscritos. Es casi como si... como si...

Ella se liberó y levantó los ojos para mirarle con lágrimas deslizándose por sus mejillas.

—¡No lo digas, Ben!

—Tengo que decirlo, Angie. Es casi como si David Ben Jonah estuviera llamándome.

—¡No! —gritó ella—. Puedes escapar de ello. Tú puedes, Ben. Déjame ayudarte.

—Pero es que no quiero, Angie. ¿No te das cuenta? Desde el mismísimo principio, ha estado llamándome. Y ahora me tiene. No quiero huir de él, Angie. Ahora él está aquí y no puedo escapar. He de averiguar qué quiere comunicarme.

El negro abismo se abría ante Ben, y él presentía que caería en el instante siguiente.

—No voy a luchar más contra él, Angie. Debo entregarme totalmente a David. La respuesta está en esos manuscritos, y tengo que encontrarla.

Mientras Ben caía en el olvido, dejando muy atrás la realidad, oyó la voz de Angie llamándole desde lejos.

—Te quiero, Ben. Te quiero tanto, que podría morir de amor. Pero te estoy perdiendo y no sé siquiera a manos de qué. Si fuera otra mujer, como esa tal Judy, sabría cómo defenderme. ¿Pero cómo se puede luchar contra un fantasma?

Él se apartó de ella, atraído por el magnetismo de las restantes fotografías. Tenía que volver con David.

—¡Por favor, no me dejes! —imploró ella.

Ben estaba asombrado de sus acciones. Era como si no tuviera control sobre su propio cuerpo. Por primera vez en su relación, Angie estaba mostrando una auténtica emoción. La visión de sus labios pálidos, temblorosos y de sus ojos sin maquillar, le sorprendió. Nunca había visto a Angie hacer tal exhibición. Nunca había atisbado que fuera capaz de ello. Y, sin embargo, ahí estaba ahora, suplicándole, derrumbándose, y a pesar de que debería haber conmovido a Ben, no lo conmovió.

—No puedo evitarlo, Angie —se oyó decir a sí mismo—. No puedo explicar qué es, pero ya no hay lugar en mi vida para nada a excepción de los manuscritos. He de leer las palabras de David. Él me llama.

—Y yo te llamo, Ben. Dios mío, ¡qué te pasa!

Pero tuvo que apartarse de ella. Había dejado a David Ben Jonah al borde del suicidio, en las profundidades del sufrimiento y la desesperación. Ben tenía que volver con él. La necesidad de leer más y más de las palabras de David estaba descontrolándole. Era prisionero del poder de David.

Mientras volvía a sentarse en su escritorio, con los ojos ya fijos en el alfabeto arameo, Ben no oyó a Angie abandonar en silencio el apartamento.

Al principio de la fotografía siguiente decía: «Las palabras no pueden describir mi desdicha». David pasaba a describir su soledad y desesperación mientras recorría solo las calles de Jerusalén, sin un amigo, sin un lugar adonde ir, y, lo peor de todo, abandonado por Dios. Cuando leyó las palabras «Por un momento de debilidad, perdí todo aquello por lo que había luchado, atraje la vergüenza sobre mí y sobre mi familia; perdí a la mujer que amaba; y fui abandonado por Dios. ¿Puede haber una criatura más miserable y despreciable que yo?». Cuando leyó estas palabras, Ben apoyó la cabeza sobre sus brazos y lloró. Lloró como si hubiera sido él quien vagara solo por las calles de Jerusalén sin familia ni amigos; como si hubiera sido él quien había deshonrado el nombre de su padre y vuelto a sus seres queridos contra él, como si él, Ben Messer, hubiese hecho que el amor de Dios se apartara de él.

Le arrancó el corazón y el alma del cuerpo, le hizo sentirse mal y tener frío y sentirse destrozado. Asumía las penas de David Ben Jonah. Benjamin Messer revivía aquel abominable día de hacía dos mil años.

Y al final, incapaz de soportar ya la carga de la culpa de David, Ben se puso en pie de repente y se tambaleó a ciegas hacia el teléfono. Marcó sin pensar, y cuando ella respondió, dijo con una voz que no era la suya:

—Judy, ven. Te necesito...

10

Las palabras no pueden describir mi desdicha. ¿Ha habido alguna vez una criatura tan vil como yo, deshonrada entre los hombres? En mi momento de ebriedad, volví la espalda a la Torá y profané sus leyes. Así que ahora era justo que Dios me diera la espalda. Anduve por las calles como un hombre aturdido, apretando mi pequeño fardo de pertenencias contra mí. Estaba conmocionado y no sabía adónde ir. No podía incrementar la vergüenza de mi familia regresando a Magdala, pues no ignoraba que mi padre me echaría de su casa. No me atrevía a ir a casa de mi hermana y acarrear la vergüenza a su familia. No tenía dinero para tomar una habitación en una posada, ni la suma para salir de Judea. Carecía de formación u oficio con que mantenerme. No podía volver a mirar a la dulce Rebeca. Y lo peor de todo, había sido abandonado por Dios. Por un momento de debilidad, perdí todo aquello por lo que había luchado; atraje la deshonra sobre mí y sobre mi familia; perdí a la mujer que amaba; y fui abandonado por Dios. ¿Puede haber una criatura más miserable y despreciable que yo?

Todo lo que me quedaba era quedarme en la ciudad y pedir limosna o marcharme al campo y esperar ganar un poco de pan a cambio de trabajo. Ninguna de las perspectivas era alentadora, y deseé amargamente no haber nacido.

Caminé durante todo el día, vagando por calles extrañas y aventurándome en partes desconocidas de la ciudad. Al anochecer, exhausto de caminar, me arriesgué a descansar junto a un pozo donde varias mujeres sacaban sus últimas jarras de agua. Al verlas rememoré la época en que había llenado las cisternas de Eleazar y cómo, al mismo tiempo, había ideado una manera de acarrear el agua de la viuda hasta su casa. Los *shekels* que ella me pagó se encontraban entre los que neciamente había entregado a Salmónides la noche anterior. Y su recuerdo me produjo una amarga angustia.

Sentado en el borde del pozo, miré hacia abajo, y vi la respuesta a mis problemas en su oscuro fondo. Morir sería tan simple, tan fácil... Dado que no había ya razón para vivir, hallaría una escapatoria en la muerte. Y todo lo que tenía que hacer era saltar, caer...

Pero la voz de una mujer que había cerca me impidió ir más allá. Había sacado su agua y estaba lista para marcharse, pero se quedó atrás para mirarme. Dijo:

—Buenas noches, hermano, ¿estás bien? Pareces cansado.

Miré primero por encima de mi hombro para ver con quién estaba hablando, y al no ver a nadie más, la miré sorprendido. Era una mujer mayor, quizá mayor que mi madre, y sin embargo muy bella y bien vestida. Se acercó a mí.

—¿Te encuentras bien? —se interesó.

Entonces me di cuenta de que no había motivo para sorprenderme de que me hablara, puesto que, al fin y al cabo, ¿cómo podía conocer mi vergüenza?

—No me siento bien —dije—. Estoy muy cansado.

—¿Tienes también hambre? —Había mucha amabilidad en su voz.

—Antes de apiadaros de mí, señora, es justo que os advierta de que soy un hombre deshonrado, un proscrito entre mi propia familia. No hay ningún hombre que me llame amigo, ninguna mujer que me llame hermano.

Pero ella dijo:

—Lo que hayas hecho no me interesa, estás cansado y hambriento. En mi casa tenemos mucha comida y un lecho libre para dormir. Serás bienvenido.

Yo protesté por segunda vez.

—Soy un hereje, señora. Meteríais a un hombre maldito en vuestra casa.

—Juzgarte corresponde a Dios, no a mí.

Y yo protesté por tercera vez.

—¿Meteríais una víbora en vuestra casa?

Ella sonrió:

—Incluso la víbora reza a su modo.

Demasiado agotado para seguir con la discusión, y atraído por el ofrecimiento de comida, fui con la mujer hasta su casa. Allí conocí a varias personas que me aceptaron como uno de ellos y compartieron conmigo el pan. Eran judíos piadosos que vestían túnicas inmaculadas y llevaban un *tfilim* en la frente y en las muñecas. Aquella noche me ofrecieron un catre para dormir, y me animaron a quedarme tanto como quisiera. Y, en todo el tiempo que estuve allí, jamás me hicieron ni la menor pregunta.

No me quedé mucho tiempo en casa de Miriam —tal era el nombre de la buena mujer—, pues eran personas reverentes que rezaban hasta que se les endurecían las rodillas, y temí que mi presencia les contaminase. Ni una sola vez preguntaron acerca de la abominación que había cometido, ni me trataron como a un extraño en ningún sentido, sino que parecían únicamente preocupados por mi salud. Cuando, dos días después, anuncié que debía marcharme, no me interrogaron, sino que, en su lugar, me bendijeron y pusieron unos cuantos *shekels* en mi bolsa.

Así fue cómo renací a la vida, pues una vez en casa de Miriam, no volví a considerar el acto del suicidio. Aunque en modo alguno me sentía digno ante Dios o de vivir entre judíos, las pocas horas de descanso y los platos de buena comida me habían dado fuerza y me habían decidido a enfrentarme a mi incierto futuro.

El día en que me marché de casa de Miriam, se me ocurrió una idea. Con un *shekel*, compré una hoja nueva de papiro y me fui con ella al mercado. Allí, extendí mi manto sobre el polvo y anuncié a quienes pasaban que era un escritor de cartas. La paga era escasa, y las horas que permanecía sentado, largas y agotadoras, pero ésta fue la manera en que logré sobrevivir en Jerusalén después de mi expulsión de la casa de Eleazar. Con los *shekels* de Miriam compré papiros, y con mi educación escribí cartas. Así fue cómo, durante las semanas siguientes, pude obtener un cuarto en una posada próxima y pagarme una comida al día.

Y, sin embargo, seguía siendo desgraciado. Descuidé mi cabello y dejé que mis ropas se convirtieran en harapos. Nunca podría llamar a un hombre amigo ni volver a mirar a la mujer que amaba. Viviría como un desdichado escritor de cartas entre el estiércol y las moscas del mercado, perdería mi identidad y me sumaría a la masa de criaturas sin rostro que habían sido también abandonadas por Dios.

Una mañana, cuando estaba sudando al sol mientras la mugre se secaba sobre mi piel, vi la orilla de un manto familiar aparecer ante mi vista. Al alzar la vista no pude dar crédito a mis ojos, pues era Saúl, y me sonreía.

—Por favor, márchate —le grité, e intenté ocultarme a sus ojos. Pero Saúl se arrodilló entre la suciedad y me miró seriamente y así me habló:

—Querido hermano, he explorado una y otra vez esta ciudad en tu busca. No ha transcurrido un día en que no haya escudriñado las caras de los que había a mi alrededor, esperando ver a mi dulce David. ¡Cuánto te he echado de menos!

Cuando me hubo abrazado, le aparté, diciendo:

—No te contamines con mi presencia. Déjame en paz y sigue tu camino. He rezado para que me olvidaras y que mi familia me creyera muerto. ¡No les digas, Saúl, que me has encontrado!

—De hecho, creen que estás muerto, pues nadie te ha visto ni ha oído hablar de ti en tres meses. No te vemos por las calles ni te hallamos en el Templo para el culto. Hoy, por casualidad, he bajado la vista y he reconocido a mi hermano —su voz era triste.

—No puedo ir al Templo, Saúl, profanaría el lugar sagrado de Dios. Dime, ¿qué piensa mi padre?

—Se entristeció enormemente por lo que pasó, David, y, no obstante, reza todos los días para que vuelvas con él.

Irónicamente, no era la opinión de mi padre la que pesaba en mi corazón.

—¿Y Eleazar? —pregunté.

—El día en que te marchaste, Eleazar se mesó los cabellos y vistió ropas de luto. Las ha llevado hasta hoy, y no ha pronunciado tu nombre ni una sola vez. Pero escucha, David: ahora reza dos veces más, y se le oye llorar entrada la noche. Desde que te marchaste, la casa en que vivimos es una casa de tristeza. David, te quiero como a un hermano, no puedo vivir sin ti. ¡Por favor, vuelve!

Sin embargo, sabía que no podía, pues Eleazar era un hombre orgulloso y yo había mancillado su Ley.

Antes de que Saúl se marchara, le hice prometer que no le mencionaría a nadie ni a mí ni esta visita; y que no volvería nunca. Me lo prometió.

Pasó un mes antes de que recibiera una segunda visita. Rebeca, que también había estado registrando la ciudad en mi busca, me encontró entre los vendedores ambulantes, los asnos y los mendigos, y se arrodilló ante mí para rogarme que volviera.

—Te quiero, David Ben Jonah, y no puedo soportar verte así. Ven a mi casa, mi padre te acogerá.

Sin embargo, yo sabía que no podía, pues era en Eleazar en quien pensaba, y él era un hombre orgulloso y yo había mancillado su Ley.

Tan destrozado me había quedado por la visita de Rebeca y al ver las lágrimas en sus bellos ojos, tan desdichado me sentí, que dejé mi buen puesto en el mercado y fui a sentarme al otro lado de las murallas donde no podría ser hallado, pero, ay, los clientes eran allí más escasos.

Llegó la ocasión en que, mientras estaba sentado en el polvo con las moscas zumbando a mi alrededor y yo mordisqueaba un poco de queso duro, un hombre se paró ante mí vestido con ropas modestas. Se detuvo con el sol a su espalda de manera que era sólo una silueta para mí, y preguntó:

—¿Cuál es tu tarifa?

—Un *shekel* por el papiro y por escribir, y dos *shekels* para el jefe de la caravana.

—¿Hasta dónde puedes mandar la carta? —preguntó.

—Estoy en contacto con hombres que van a Damasco, Alejandría, e incluso hasta Roma. Para mandar una carta más lejos, como a las Galias o Bretaña, debéis buscar a otra persona.

—Mi carta no va tan lejos —dijo—; y es una carta muy corta.

—Seguirá siendo un *shekel* —repliqué.

Escupí sobre mi amasijo de tinta y la mezclé con la punta de mi cálamo. Luego posé la mano sobre el papiro, listo para escribir.

—Es para mi hijo David, que vive en Jerusalén —dijo en voz baja—. Quiero decirle: «Hijo mío, me he equivocado. He sido un hombre vanidoso y blasfemo, he atraído el juicio de Dios sobre mí. No era cosa mía juzgarte, sino de Dios, y sin embargo, en mi orgullo, te juzgué. Te quería más que a mi propio hijo, pues eras muy ingenioso y manifestabas una pasión única por la Ley. Yo era un hombre egoísta, que sólo pensaba en cómo ibas a glorificar mi nombre una vez que entraras en el Templo como escriba. Cuando cometiste aquellos pecados, me los tomé como una afrenta personal, no como una afrenta hacia Dios. Y éste fue un gran error. He sido un hombre débil y engreído que he hecho sufrir a mi familia por mi amargura egoísta. Y, a causa de mi indignación, te he apartado del Templo y obligado a dar la espalda a Dios. Ahora te ruego que vuelvas a mí, David, y que perdones a un viejo maestro su orgullo».

Levanté la vista y miré a Eleazar en atónito silencio. Recortada su silueta contra el sol, parecía más delgado que antes, y frágil. Su voz era temblorosa, sus ojos miraban hacia el cielo.

Cuando hube besado la orilla de su túnica, Eleazar se inclinó y me hizo levantar, y luego nos abrazamos como lo harían un padre y un hijo. Era ahora muy pequeño en mis brazos, y muy bajo. Nunca me había dado cuenta antes de la estatura de Eleazar, o de que yo fuera más alto que él.

—Debes volver al Templo conmigo —me dijo con lágrimas de alegría en los ojos—. Y volver a ser mi alumno.

Pero yo respondí:

—Volveré al Templo contigo, rabino, pero sólo como un miembro de la congregación, no como tu alumno. Lo que se ha hecho no puede deshacerse. Aquella desafortunada noche de mi caída, hace seis meses, me abrió los ojos y me demostró que no soy digno de ser un estudiante de la Ley. Comí cerdo y me regocijé con la desnudez de unas muchachas jóvenes. Me olvidé de Dios y de Israel por mi avaricia de dinero, y ello nunca podrá enmendarse. Saúl es un buen alumno, y ama la Ley. Nunca se permitiría la imprudencia en que caí, pues es un hombre más fuerte que yo. Haz de él tu mejor discípulo, Eleazar, pues sería digno de vosotros dos.

Permanecimos así durante largo tiempo, junto a la puerta, y lloramos el uno sobre el hombro del otro. Posteriormente, cuando llegamos a casa, hubo mucho regocijo entre su familia y los demás alumnos. Después de haberme puesto ropa limpia y de haber lavado los pies de todos los presentes, el rabino Eleazar nos contó la historia del hijo pródigo.

Al día siguiente vi a Rebeca.

Judy tuvo que llamar varias veces antes de que Ben abriera la puerta. Se sorprendió al verla.

—¿Qué pasa? —preguntó ella—. ¿Está usted bien?

—Yo... sí, estoy bien. —Se restregó la frente y frunció el ceño—. ¿Qué puedo hacer por usted?

Judy se alarmó al ver cuán ojeroso estaba, cuán agotado y cansado.

—Me llamó hace más o menos una hora. Me pidió que viniera.

Ben levantó las cejas.

—¿Sí? —volvió a restregarse la frente—. ¿Lo hice...?

—¿Puedo entrar?

—Oh, ¡claro! ¡claro! —intentó desesperadamente reorganizar sus pensamientos mientras ella pasaba junto a él y él esperaba para cerrar la puerta. «¿No estaba aquí Angie hace un minuto?», pensó.

—¿Qué hora es? —masculló.

—Son las diez. Vine tan deprisa como pude... —Su voz se extinguió. Judy vio los oscuros círculos bajo sus ojos, vio que no llevaba sus gafas, que su cabello rubio estaba revuelto en su cabeza—. ¿No recuerda haberme llamado?

—Yo... —Ben se colocó las yemas de los dedos en las sienes—. Sí... ahora lo recuerdo. Pero Angie estaba aquí. No, espere, se marchó. Nos peleamos y se marchó. ¡Pero eso fue hace horas! Oh, Jesús.

Ben fue derecho a la cocina, donde comenzó a llenar de agua la cafetera. Sintiendo la presencia de Judy en la puerta y sus ojos sobre él, dijo:

—No puedo decirle cómo me perdí en ese último manuscrito. Es como si no estuviera aquí, sino como si hubiera retrocedido dos mil años y reviviera la vida de David...

—¿Recibió hoy otro manuscrito?

Levantó la vista hacia Judy. Parecía que hacía años que la había visto desde su clase en la escuela. Y, sin embargo, había sido esa misma tarde. Habían pasado muchas cosas desde entonces. David había perdido su dinero y caído en desgracia, vivido como un mendigo entre la chusma de Jerusalén...

—Sí, hoy he recibido el número seis...

—Es..

Ben se miró las manos temblorosas.

—Oh, Señor, ¡qué me está pasando! No puedo creer que me afecten tanto esos manuscritos, que esté reaccionando de este modo. Jesús, tengo que recuperarme.

—¿Por qué no se sienta, y yo prepararé el café?

Ben se fue de la cocina y desapareció unos cuantos minutos. Cuando volvió, tenía en las manos los papeles sin orden ni concierto en los que había escrito su traducción. Los observó ceñudo.

—No recuerdo haber escrito esto. Así que ayúdeme, Judy, no recuerdo haber escrito nada de esto. Y, sin embargo, aquí está el manuscrito número seis, traducido en su integridad.

Ella le cogió las hojas de la mano y echó una ojeada a la errática caligrafía. Apenas era legible.

—Nunca me había visto inmerso de esta manera —prosiguió—. De una manera en que ni siquiera soy consciente de leer nada, sino que vivo realmente los acontecimientos que estoy leyendo.

Cogieron su café y las hojas de la traducción y ocuparon sus lugares habituales sobre el sofá. Judy se quitó los zapatos de una sacudida y recogió sus pies bajo su cuerpo, poniéndose cómoda para la larga y difícil lectura. Mientras lo hacía, Ben la miraba. Tenía una ligera sensación de seguridad con ella a su lado, algo que nunca había experimentado con Angie. Judy Golden tenía la extraordinaria capacidad de comprender de verdad lo que él estaba pasando, y ahora Ben la necesitaba.

En cuanto ella empezó a leer, quedaron suspendidos en un lugar entre el tiempo y el espacio. Fue un momento irreal porque Ben sabía que en aquel instante, mientras los ojos de ella descifraban las palabras que él había escrito, Judy se encontraba allá en Jerusalén.

Ella dejó caer los papeles en su regazo mientras miraba directamente ante sí y musitaba:

—Es fantástico... ¡Absolutamente fantástico!

Ben recogió las hojas con cuidado y las puso ordenadas sobre la mesa de café.

—¿Entonces también usted ha tenido esa sensación?

Judy se volvió hacia él. Sus ojos estaban dilatados.

—¡Sí! ¡Qué se puede hacer, sino sentirla! Es como si dos mil años no existieran en modo alguno entre nosotros.

—¿Vio usted Jerusalén? ¿Sintió Jerusalén?

Los ojos de Judy se posaron en la cara de Benjamin Messer, y por un momento parpadearon con perplejidad. Por vez primera desde que había empezado a visitarle, observaba en él algo diferente.

—¿Qué ha visto usted al leer esas palabras? —indagó ella, estudiando su rostro.

—Lo mismo que ve usted. Las calles atestadas de la vieja Jerusalén, las murallas de ladrillos de arcilla y los altos edificios. Veo un arco iris de forasteros en el activo mercado. Las refinadas calles de la élite romana, el escuálido barrio de los pobres. Puedo oír el parloteo de muchas lenguas y oler los olores de mil cosas. Siento el calor del sol de Judea sobre mi cuello, y camino entre el polvo de las callejas de Jerusalén.

Mientras hablaba, Ben volvió a la vida. Su cara resplandecía y sus gestos eran vivos. Judy escuchaba la excitación de su voz y miraba la luz que resplandecía en el fondo de sus ojos, y comenzó lentamente a percibir un extraño matiz... un matiz desconocido.

Por sus movimientos y expresiones, Ben Messer hablaba como un hombre que vuelve a casa tras un largo viaje.

Judy cogió su taza y la sostuvo largo tiempo contra sus labios. El cálido aroma del café le calentaba el rostro y llenaba su nariz con un delicioso olor. Y medio escuchando a Ben hablar de Jerusalén, medio reflexionando sobre las palabras de David Ben Jonah, se fue dando cuenta de que el hombre que se hallaba sentado junto a ella había sufrido un cambio.

—¿En qué está pensando? —preguntó él de pronto.

Sí, ciertamente un cambio. Su forma de hablar estaba algo alterada...

—Sólo me estaba imaginando el cuadro que usted pinta de Jerusalén. Ciertamente lo hace usted vivir.

—Lo ha hecho David, no yo. Él me hace ver las cosas tal como son en realidad —soltó un largo suspiro y luego se volvió a sonreírle—. ¿Sabe qué me gusta de usted? Es una buena oyente. No, es más que eso. No parece importarle que se esté conversando o no. Yo podría sentarme aquí en silencio si quisiera y usted se quedaría sentada pacientemente conmigo. Y si yo decidiera hablar, usted escucharía. Ésa es una rara cualidad, sabe.

Judy desvió la mirada. No estaba habituada a los cumplidos. Los halagos la hacían sentirse incómoda.

Ben se puso a estudiar su perfil durante un momento, y se preguntó si no estaría viéndola por primera vez. Judy Golden no era exactamente una chica bonita, pero tenía una cara interesante. Unos ojos grandes y pensativos con largas pestañas negras; una nariz recta y puntiaguda y una boca pequeña; un cabello negro y liso que estaba siempre limpio y brillante. Judy era una chica callada, casi misteriosa. Y Ben se alegraba de que estuviera allí.

—Sabe... Me pregunto... —su voz se extinguió.

—¿Qué se pregunta?

—Si, en el fondo, mi familia procede de la tribu benjaminita. Tal vez fuera por eso por lo que me bautizaron como Benjamin, y no por mi tío.

—Es posible. Las tribus continúan hoy en día en los Levi, en los

Cohen y los Reuben. Si es así, está usted en buena compañía. El primer rey de Israel, Saúl, fue un benjaminita.

Ben asintió.

—Saúl... —pronunció lentamente, imaginándose al amigo de David. ¡Qué similar era la relación de ellos dos a la suya con Salomon! Descubrió muchos paralelismos: Salomon era más alto que el pequeño Ben; Salomon, el de la abierta sonrisa y despreocupadas maneras que tan fácilmente le ganaban amigos; Salomon, que había permanecido en la escuela rabínica mientras que David la había dejado...

—Tan parecidos... tan parecidos... —repitió Ben.

—¿Perdón?

—Me acordaba de un amigo que tuve en mi adolescencia, un muchacho llamado Saúl Liebowitz. Nuestra relación era muy parecida a la de David y Salomon. —Ben sacudió de repente la cabeza—. No, quiero decir: David y Saúl. Salomon era mi amigo.

Ben se puso a mirarse las manos, pensando en la decisión que David había tomado de abandonar el estudio de la Ley. Revivió su última visita a Salomon en Brooklyn, cuando había intentado manifestarle su necesidad de escapar de la ortodoxia.

—Sabe —dijo en voz alta, pero hablando para sí—, en aquellos tiempos, cuando tomé la decisión de venir a California e ir a la universidad, esperaba seguir siendo judío. Supongo que entonces simplemente me engañaba. O tal vez temía ser franco conmigo mismo y con mis amigos. Pero prometí a Salomón que, aunque ya no estaba interesado en el rabinato, seguiría siendo judío. Y, sin embargo, no era verdad. Fue una farsa. Mirando atrás, ahora veo que no tenía intención de seguir en el judaísmo. De hecho, no podía huir de él lo bastante aprisa.

Miró a Judy con ojos nublados.

—¿Sabe una cosa? Siempre he estado secretamente contento de no parecer judío.

—Oh, por favor...

—Es verdad. Y ninguno de mis amigos sabe que soy judío. Es como tener un esqueleto en el armario. Un esqueleto corrompido y en desintegración que hiede cada vez más. Oh, Dios —se levantó bruscamente y se metió las manos en los bolsillos—. ¡Es demencial! Escúcheme, le estoy confesando mis más profundos y oscuros secretos. Puedo imaginarme qué piensa.

—No, no puede —dijo ella con suavidad.

Ben bajó los ojos y la contempló. Ahí estaba de nuevo aquella extraña necesidad de tener a esa chica a su lado; un sutil y efímero concepto que se le escapaba de manera que no podía agarrarlo y comprender así el carácter de su necesidad. ¿No había jurado en el pasado que no le contaría nada acerca de los manuscritos siguientes? ¿No había decidido firmemente que no volvería a hacerle esas confidencias? Sin embargo, se preguntaba ahora, qué era, qué ansia sin nombre dominaba su proceso racional y le hacía llamarla tan repetidamente junto a sí.

Ben sacudió de nuevo la cabeza. Antes de que pudiera entenderlo había desaparecido. Tenía algo que ver con David...

Ben se apartó de ella y empezó a pasear por la habitación a grandes pasos. Caminaba arriba y abajo ante ella como un abogado ante un jurado, con la mente de un pensamiento a otro. Estos rápidos cambios de humor eran incontrolables, impredecibles. Aunque Ben no era consciente de ello, otros lo eran, como Judy, que le observaba borrar de su cara su antigua preocupación y adoptar ahora una expresión ceñuda al sumirse en nuevos pensamientos.

Algo nuevo apareció en la mente de Ben y se reflejó en su rostro con malestar.

—Sabe, he tenido las pesadillas más increíbles desde que empecé a traducir los manuscritos. Y durante las horas en que estoy despierto, no puedo controlar mis pensamientos —se detuvo donde estaba y miró.

Ella se levantó para mirarle de frente.

—Tal vez los manuscritos le hacen revivir cosas...

—¡Pues claro que me hacen revivir cosas! —le espetó—. ¡Mire todas esas malditas coincidencias!

—Bueno, hay...

—Sé que parece una locura, Judy, pero no puedo librarme de la sensación de que... que... —la miró con ojos extraños y su boca se torció con una mueca.

—¿Librarse de qué sensación?

Él se mordió el labio inferior. Luego dijo:

—La sensación de que David Ben Jonah me está hablando realmente.

Los ojos de Judy se abrieron como platos.

—¡Sé que es una locura, pero lo creo! Es como si David todavía existiera, como si me mirara mientras estoy traduciendo.

Ben se volvió y caminó airadamente arriba y abajo por la habitación como un animal enjaulado.

—Y lo que es aún peor, ¡no lo controlo! Por mucho que lo intente, no puedo quitarme a David de la cabeza. Me descubro pensando cosas que podría haber pensado él. Recuerdo Magdala como mi propia infancia. Sueño despierto con Rebeca y los veranos de Jerusalén. Tengo pérdidas de memoria. No soy consciente de haber escrito las traducciones. A menudo se me olvida qué hora es.

De pronto se detuvo en seco.

—Usted piensa que esto es un disparate, ¿no?

—No, no lo pienso.

—Entonces dígame qué piensa.

—¿Francamente?

—Francamente.

—Bueno, pues que en cierto modo los manuscritos le hacen rememorar su pasado. Recuerdos que usted prefiere olvidar y que ha logrado mantener enterrados hasta ahora. Quizás incluso sentimientos de culpa...

—¡Culpa!

—Me ha pedido que fuera franca. Sí, culpa.

—¿Por qué?

—El total rechazo de su pasado y de su herencia. De niño le inculcaron la ortodoxia judaica, y, al crecer, de repente la abandonó. Llegó tan lejos, que casi considera a los judíos como otra especie de animal en vez de su propio pueblo. ¿No se ha preguntado nunca por qué ha tenido toda su vida esta ambición de traducir antiguos textos sagrados? Está usted buscando sus raíces. Al estudiar manuscritos hebreos, tal vez busque su judaísmo perdido.

—¡Vaya estupidez!

—Bueno, cuando se apartó del judaísmo, no lo dejó del todo, ¿no es cierto? En cambio, lo abordó desde un ángulo distinto. Ahora es usted el científico desinteresado que lee textos antiguos, en lugar del Talmud. De una forma retorcida, ha cumplido la ambición que su madre albergaba para usted, convertirse en un rabino. Haciendo lo que hace, sirve a dos identidades simultáneamente, al judío y al gentil.

—Eso es ir demasiado lejos. Estudio manuscritos antiguos porque tuve una buena formación en la *yeshiva*. Hubiera podido entrar en otro campo, pero eso hubiese sido desperdiciar unos buenos fundamentos. Sigue sin responder a mi cuestión. ¿Culpa, por qué?

—Muy bien pues, por su madre tal vez, por el propio judaísmo.

—¡Oh Dios, mi madre! ¡No tiene ni idea de lo que fue ser educado por ella! Que te dijeran todos los días que los judíos somos los santos del mundo. Que los *goyim* son malvados. Por el amor de Dios, los judíos no tienen el monopolio de la persecución. No fueron los únicos enviados a los campos de concentración. ¡Los polacos, los checos y todos aquellos que los alemanes creían inferiores fueron exterminados! ¿Por qué tenemos que ser nosotros los malditos sufrientes siervos de Dios?

Ben había gritado esto último con tanta fuerza, que se le hincharon las venas de la frente y del cuello. Luego se quedó de repente en silencio, respiró rápidamente y miró a Judy.

—Lo siento —se excusó con un murmullo.

Enfiló hacia el sofá y se dejó caer fatigadamente en él.

—Nunca había estado antes así. David debe de estar desenterrando todas las frustraciones reprimidas que hay en mí. Lo siento de veras, Judy.

Ella se sentó junto a él.

—No importa.

—Sí, importa —Ben le cogió las manos y las estrechó fuertemente—. La llamo tarde por la noche y luego le grito como un loco. De verdad que no sé lo que me pasa. Debo de ser un loco de verdad.

Judy miró las manos de ambos y sintió que la invadía un extraño calor.

—Estoy obsesionado —dijo él—. Lo sé. Pero no puedo luchar contra ello. David no me dejaría.

Sueños extrañísimos y horribles pesadillas atormentaron nuevamente a Ben. Encarcelado en su sueño, fue obligado a presenciar el tremendo horror del campo de concentración, de la ignominiosa muerte de su padre, de las torturas a su madre. Toda la noche fue víctima de siglos de persecución de los judíos. Presenció vandalismos medievales y pogromos. Vio asesinar a los judíos en maniacas erupciones de fervor cristiano.

En cierto momento, se despertó temblando, ardiente y frío al mismo tiempo. Su ropa de cama estaba suelta y retorcida. Fue tambaleándose hasta el vestíbulo, subió el termostato y luego volvió a meterse en la cama y se cubrió con las sábanas. Sudaba profusamente y temblaba con tal intensidad, que la cama se agitaba.

—Oh Dios —gimió—. ¿Qué me está pasando?

Cuando volvió a sumirse en la inconsciencia, fue para sufrir más pesadillas. Se vio a sí mismo de pie sobre una horca y a sus pies una multitud que profería insultos. Junto a él, un hombre sin rostro decía:

—¿Tiene alguno de vosotros algo que alegar en favor de este hombre?

Y la gente vociferó:

—¡Que su sangre caiga sobre nosotros y sobre nuestros hijos!

Mientras el verdugo colocaba el dogal alrededor de su cuello, Ben gritó:

—¡No, lo habéis entendido mal! Sólo fue un invento para convertir a los romanos al cristianismo. ¡Los judíos no fueron los responsables!

Pero la multitud respondió:

—Que su sangre caiga sobre nosotros y sobre nuestros hijos —y expresó con gestos su vehemente deseo de que muriera.

Al oído de Ben, el hombre sin rostro murmuró:

—Capítulo 27, versículo 25.

De inmediato la cuerda se tensó y Ben sintió ceder el suelo.

Se incorporó bruscamente en la cama con un grito sofocado en su garganta. Goteaba sudor por todas partes y las sábanas estaban empapadas.

—Siglos y siglos de sufrimiento —murmuró en la oscuridad—. Todo a causa de esa única frase. Oh Dios, ¡podría haberse evitado! —y se cubrió la cara con las manos y lloró.

Al amanecer estaba agotado y se sentía como si no hubiera dormido nada. Los recuerdos de las pesadillas le obsesionaban mientras trataba de refrescarse y prepararse para el día. Bajo una ducha caliente e intensa, reflexionó acerca del simbolismo de sus sueños y se preguntó por qué, después de todos esos años, volvían ahora a él.

Ignoró el estado de desorden del apartamento, ignoró la solicitud de comida de Popea, y se sentó en trance ante una taza de amargo café. Ante él danzaban escenas de los sueños, secuencias de muerte raras y extrañas, mutilación y barbarie. Le hicieron enfermar, experimentar tristeza y frío por dentro. Se sintió como si, por el espacio de una noche, hubiera sufrido personalmente todo el dolor, toda la agonía y el envilecimiento de todos y cada uno de los judíos durante dos mil años de historia.

—Todo a causa de una frase en un libro —murmuró ante el café—. ¿Por qué me estás haciendo esto, David? ¿Por qué he de ser obligado a sufrir de este modo?

Ante su mirada abatida y apagada se hallaba la imagen de David Ben Jonah, un judío moreno y guapo de ojos penetrantes y pensativos. No era un espectro sólido, sino una forma borrosa como un espejismo en el desierto. Ben le miró sin emoción. Habló sin sentimiento.

—Si tan sólo supiera por qué me has elegido, podría aceptarlo. Pero no lo sé, y creo que me estoy volviendo loco.

Ben se puso lentamente en pie y entró arrastrándose en el salón. Se tumbó en el sofá y dobló los brazos bajo la cabeza. Quizá a la luz del día dormiría mejor.

Pero no durmió mejor. En cuanto se dormía, los sueños le acosaban, tan vívidamente como si ocurriesen en realidad. Ben volvía a estar en Brooklyn con su madre y vomitando en el cuarto de baño. Ella había comenzado de nuevo a hablar del campo de concentración, una y otra vez, al igual que una perturbada. Explicaba sin cesar las atrocidades que el Ben de catorce años no se veía capaz de asumir. No era la primera vez que devolvía de ese modo. Y, todo el tiempo, Rosa Messer gimoteaba:

—Debes hacerte rabino por tu pobre padre, Benjamin. Murió luchando por los judíos. Ahora tienes que ocupar su lugar y combatir contra los *goyim*.

Que su madre se había trastornado en Maidanek, Ben lo adivinó pronto. Y que con cada año que pasaba se perturbaba cada vez más, también lo había notado. Pero por qué él mismo había reaccionado tan violentamente ante su llanto como lo había hecho, por qué le había arrojado su precioso judaísmo a la cara, no lo había comprendido nunca.

—Sabes, Benjy —dijo Salomon Liebowitz durante su última visita—. Sencillamente no tienes claro por qué rechazas el judaísmo.

—No he dicho que lo rechace. Seguiré siendo judío.

—Pero no eres ortodoxo, Benjy, y eso es no ser judío. Has renegado de la Torá y la sinagoga, Benjy, y, en rigor, no comprendes por qué.

Ben había sentido aquella peculiar frustración en su interior. ¿Cómo podía explicarle a su mejor amigo, cómo podía hacerle saber a Salomon que, para escapar de la infelicidad de su pasado, tenía que escapar también del judaísmo? Porque para Ben estaban irremediablemente entrelazados el judaísmo y la infelicidad.

—Matarás a tu madre —le advirtió Salomón.

—Ha pasado por cosas peores.

—¿De verdad, Benjy? ¿De verdad?

Aquella separación final de Salomon fue uno de los momentos más dolorosos en la vida de Ben. Y ahora, mientras agonizaba en el sofá bajo el violento ataque de una pesadilla tras otra, todos aquellos dolorosos recuerdos de Rosa Messer y Salomon Liebowitz se agolpaban en su desvarío.

En el último sueño, Ben era interpelado por David. El guapo judío, luciendo barba y elegantemente vestido, dijo en arameo:

—Tú eres judío, Benjamin Messer, un miembro de los elegidos de Dios. Fue un error por tu parte renegar de tu pueblo por cobardía. Tu padre murió luchando por la dignidad de los judíos. Y, no obstante, tú huiste de ello como si fuera una cosa sucia.

—¿Por qué me persigues? —gritó Ben en sueños.

—No te persigo. Eres tú quien se persigue a sí mismo. Capítulo 27, versículo 25.

Se despertó al sonar el teléfono. Contestó confuso. Al otro lado, la voz del profesor Cox llegó seca y clara. Era por la tarde y Ben no había aparecido para dar su clase. Era la tercera vez. ¿Qué sucedía?

Ben se oyó a sí mismo murmurar una excusa acerca de una enfermedad; luego accedió a ver al profesor Cox en su oficina a las cinco. Si había problemas personales, si era preciso un sustituto, cosa muy impropia de Ben...

—Sí, sí. Gracias. Le veré a las cinco.

Ben colgó y se apartó del teléfono. Un dolor le rondaba por la cabeza y otro mayor por el estómago. Sin percatarse de ello, se dirigió a la cocina y buscó algo que comer. Dio con una lata de sopa, la vertió en un cazo, colocó éste sobre la cocina y salió.

Se encontraba peor que en toda su vida. Era más que una molestia física, pues se trataba de una náusea que tenía sus raíces en la boca de su alma. Ben se sentía enfermo de parte a parte, contaminado por las horripilantes pesadillas que acababa de sufrir.

Dejándose caer en el sofá, se quedó aturdido. Estaba cansado hasta más allá de lo creíble. El reloj de la pared de enfrente indicaba una hora más o menos antes del reparto del correo, una hora más antes de reintegrarse en Jerusalén, llevando la vida de David, lejos del presente. Una dolorosa hora de espera le aguardaba hasta el próximo manuscrito, si había un próximo manuscrito. ¿Habría llegado Weatherby al final?

Ben se restregó los ojos con los puños. En algún momento de la semana anterior Weatherby le adelantó que había descubierto cuatro más. ¿Cuándo había sido eso? ¿Los había leído realmente Ben?

—Oh Dios, por favor, no —se lamentó—. No dejes que los manuscritos se me acaben antes de que pueda leerlos todos. He de saber qué intenta decirme David. Tengo que saber por qué me escogió a mí.

La hora transcurrió entre sueños de la antigua Jerusalén. Con los ojos cerrados y reclinando la cabeza hacia atrás, Ben se sintió suavemente arrastrado a otro mundo. Al oeste de Los Ángeles caía una lluvia gris, pero en Jerusalén hacía calor y lucía el sol. Las calles estaban polvorientas, llenas del constante zumbido de las moscas. Los perros dormían en retazos de sombra, y los mendigos no se veían por ninguna parte. Ben caminaba con su amigo David hacia la puerta que conducía a los jardines del otro lado de la ciudad. Tomarían la ruta de Betania, cruzarían el Kedron y visitarían al viejo mercader del monte de los Olivos. Tal vez beberían un poco de vino bajo la sombra de un árbol y pasarían tranquilamente riendo las horas de ocio. Era una sensación agradable, pasar una tarde con David, y Ben era reacio a abandonar su ensueño.

Lo hizo sólo por una razón. Pronto pasaría el cartero.

Volviendo repentinamente a la vida, Ben se precipitó al armario de los abrigos y sacó una chaqueta de un tirón.

—Muy bien, David, amigo mío. Esperemos que no me hayas fallado.

Bajó a saltos las escaleras y se detuvo bruscamente frente a los buzones. Una rápida inspección le indicó que el correo no había llegado todavía, así que se sentó en el frío y mojado escalón a esperar.

Pasaron quince minutos. Ben estaba fuera de sí por la impaciencia. Comenzó a pasear arriba y abajo a lo largo de la brillante acera, sin hacer caso de la llovizna que caía sobre él. Cuanto más se acercaba el momento de leer el manuscrito, más insoportable le resultaba. Y mientras caminaba arriba y abajo, con las manos entrelazadas a su espalda, era consciente de la presencia que se hallaba junto a él.

Era David Ben Jonah. Y vigilaba para ver si el manuscrito siguiente llegaba sin novedad.

Cuando llegó el cartero, Ben casi le atacó.

—¿Messer? ¿Apartamento 302? Déjeme ver. —El hombre rebuscó entre el legajo de sobres que tenía en sus frías manos—. Debe ser un cheque, ¿verdad? Parece que los únicos que rondan los buzones están esperando cheques —llegó al final del montón—. Nada. No hay carta para Messer. Lo siento.

Ben casi chilló.

—¡Tiene que estar ahí! Vuelva a mirar. Un gran sobre marrón.

—Mire, señor, puede ver por sí mismo que aquí no está.

—Oh, Cristo, ¡tiene que estar! ¿Y en su bolsa? ¡Mire ahí!

—Aquí dentro no hay nada para esta dirección.

—¡Es un certificado! —gritó—. ¡Un sobre certificado!

El cartero levantó un dedo.

—Certificado, dice usted. Sí. Aquí tengo uno para este edificio. El tipo no está nunca en casa para firmar. Déjeme ver... —rebuscó en un bolsillo lateral de su bolsa de cuero—. Aquí está. Bueno, maldita sea. Es para usted. ¿Quiere firmar aquí, por favor?

Ben subió las escaleras de dos en dos y de tres en tres, casi se mató. Una vez en el apartamento, apoyándose contra la puerta, respiró jadeante y miró el sobre. Un brote de emoción recorrió su cuerpo. Una mezcla de alegría, aprensión y exuberancia le hizo estremecerse.

Era la familiar letra de Weatherby, y Ben musitó:

—David. Oh... David...

11

Aunque Eleazar insistía en que continuara viviendo en su casa, yo no podía. Era el hogar de una gente buena, de judíos piadosos, y yo ya no me reconocía como uno de ellos. Tenía que reconciliarme con Dios y forjarme una vida nueva por mí mismo. Cuando Eleazar me ofreció entrar como aprendiz en su tienda de queso, lo rechacé. Cuando mi padre me pidió que volviera a Magdala y gobernara mi propio barco de pesca, también lo rechacé.

Un día, salí de la ciudad y me fui a casa del mercader de aceitunas cuyo vino había bebido con Saúl. Le conté todo lo que había sucedido en esos seis meses. Y le hice una proposición. Dado que era viudo y sin hijos, y que tenía un huerto y una almazara que mantener, yo trabajaría para él por un salario bastante inferior al salario normal de cualquier trabajador. Se alegró de mi oferta, pues sentía un pequeño aprecio por mí y recordaba las ocasiones en que alivié su soledad. Pero no me pagaría un salario de esclavo. Fuera lo que fuese lo que hubiera hecho, hecho estaba. Los pecados del pasado habían desaparecido. No miraríamos atrás.

Y así fue como dejé apenado la casa de Eleazar y me fui a vivir a la humilde morada del mercader de aceitunas. Veía muy poco a Rebeca, pero soñaba con ella todas las noches. En una ocasión, estábamos a solas y me atreví a tomar sus manos entre las mías, le juré mi amor y le prometí que amanecería el día en que sería un marido adecuado. Pero, hasta entonces, tenía que demostrar que era digno ante Dios y ante los hombres. Tenía que llegar a ser apto para vivir de nuevo entre judíos.

Veía a Saúl a menudo. Él acudía a la almazara y comía conmigo pan y queso. Sus palabras sobre Eleazar y la escuela me causaban un gran dolor en el corazón, y era como un cuchillo retorcido en mi pecho. Y, sin embargo, no le hacía callar, pues oírle era mi castigo. Llegaría el momento en que Saúl recibiría el título de doctor de la Ley y caminaría con la cabeza alta entre los hombres. Le envidiaba y le quería por ello.

Aún consideraba a Eleazar como mi propio padre. Sólo a él le amaba yo por encima de todos los hombres, pues era sabio, justo y piadoso. Continué estudiando la Ley por mi cuenta, pues sabía que la Ley era para los judíos el medio de heredar la tierra. Cuando tenía preguntas iba a la ciudad, me sentaba a los pies de Eleazar y escuchaba sus exhortaciones.

Estaba triste y contento al mismo tiempo. Sudaba bajo el sol en el huerto de los Olivos. Comía pescado y queso por la noche. Las noches eran agradables, templadas, y suspiraba a menudo por la dulce Rebeca. Posiblemente, podría haberme sentido satisfecho el resto de mi vida, pero no había de ser así.

Te cuento esto, hijo mío, para que sepas que tus mejores planes son fácilmente desbaratados por el viento. Dios establece nuestro destino, no está bajo nuestro control. Hay un dicho que reza que la vida es como un río, siempre fluyendo, y que no puedes hundir dos veces la mano en el mismo sitio.

Una vez más, iba a cambiar mi vida. Ocurrió algo que no fue más que otro paso hacia el inevitable momento del que pronto te hablaré. El crimen que al final cometí, del que indudablemente habrás oído hablar, fue el resultado de muchos de los giros y cambios de mi vida. Ninguno de mis planes ni todo mi esfuerzo hubieran podido impedirme actuar en aquella hora final.

Del mismo modo que mi vida se vio alterada cuando mi padre me envió desde Magdala a estudiar en Jerusalén, del mismo modo que caí en desgracia y fui expulsado de la escuela, un tercer incidente me devolvió a mi destino.

Llevaba aceite de nuestra prensa para venderlo en el mercado. Cinco burros cargados de recipientes, y yo mismo a pie, esperábamos pacientemente en la fila que cruzaba la puerta de Gennath. Y mientras permanecía al sol, alcé la vista por casualidad y vi una cara familiar entre la multitud.

Era Salmónides, el griego.

Sonó una llamada a la puerta.

—¡Cristo! —gritó Ben a la vez que se ponía apresuradamente en pie. Abrió la puerta de par en par—. ¡Judy!

—Hola, sólo...

—¡Me alegro de verla! —dijo, y la cogió de la mano y la atrajo al interior—. ¡Ha encontrado a Salmónides!

—¿Qué?

—¡David encontró a Salmónides! Vamos, ¡podemos leerlo juntos! —arrastró a Judy al estudio y le sonrió con una sonrisa de oreja a oreja—. ¿Puede usted creérselo? ¿Qué piensa que hará ahora David? ¡Espero que le dé al griego una buena tunda!

—Espere un momento... —y ella retiró su mano.

Ben se detuvo cuando vio la seriedad de su expresión. Luego, se percató del periódico doblado en su mano.

—¿Qué es eso?

—¿No lo ha visto todavía?

—¡Verlo! ¿Ver qué?

Con cierto nerviosismo, Judy extendió el periódico y se lo tendió a Ben. Él miró incrédulamente el titular de la primera página. Decía: «¿HALLADOS MANUSCRITOS DE JESÚS?».

—Qué demonios... —se lo arrancó de la mano—. ¡Manuscritos de Jesús! ¡Qué endemoniada broma es ésta!

—No es una broma...

—¡Manuscritos de Jesús! ¡Manuscritos de Jesús! ¡Por el amor de Dios! —sostuvo el periódico a la distancia del brazo, lo miró y luego se echó hacia atrás en la silla—. ¡Hallados manuscritos de Jesús! ¡Y además con signo de interrogación! Dios, ¡qué mal gusto!

Bajo el titular había una fotografía de la agencia UPI, del profesor John Weatherby en pie al borde de la excavación. Sostenía entre sus brazos una de las grandes vasijas. El pie de la fotografía rezaba: «El arqueólogo John Weatherby, del sur de California, sostiene una vasija que contenía uno de los manuscritos hallados en Jirbet Migdal».

Ben miraba fijamente el periódico como si hubiera sido fulminado por un rayo. Sus ojos mostraban la clásica mirada de incredulidad.

—Lea el artículo —le aconsejó Judy. Despejó un espacio sobre la mesa. Su rostro estaba pálido y triste; detestaba haberle traído esta noticia.

—Es desastroso —murmuró Ben—. ¡No puedo creerlo!

—Bueno, era posible que pasara. No se puede esperar que algo como esto sea un secreto durante mucho tiempo.

Ben leyó fragmentos del artículo.

—Escuche bien: «Que esto va a ser mucho más trascendental que el descubrimiento de los manuscritos del mar Muerto, ha sido manifestado hoy por un arqueólogo que se hallaba en el lugar. Sus palabras textuales fueron: Va a ser más importante que el descubrimiento de los manuscritos del mar Muerto». —Ben levantó la vista para mirar a Judy—. Dios, ¿qué clase de periodismo es éste? —Continuó leyendo—. «El profesor John Weatherby no quiso hacer por ahora comentarios respecto de los manuscritos, alegando que el texto sería hecho público cuando la labor de traducción hubiera finalizado. Los manuscritos están siendo traducidos en estos momentos por tres expertos paleógrafos de América del Norte y Gran Bretaña. Hasta la fecha, no se puede más que especular a propósito de su contenido.»

Ben arrojó el periódico al suelo.

—«Especular», sí, pero, por el amor de Dios... ¡Manuscritos de Jesús!

—Esto vende periódicos, Ben...

—Sé que vende periódicos. ¿A quién se lo cuenta? Es por ello por lo que el titular no dice: «HALLADOS MANUSCRITOS DE DAVID BEN JONAH». ¿Quién ha oído hablar alguna vez de David Ben Jonah? Todo el mundo ha oído hablar de Jesús. Oh, por el amor de Dios. ¿Ha leído cómo se lanzan sobre nombres como Galilea y Magdala? *«Tiempos de Cristo...»* ¡Qué demonios hizo Jesús que lo hizo tan condenadamente importante!

Judy estaba consternada al ver a Ben tan disgustado. Sabía el dolor que le causaba la prostitución de sus preciosos manuscritos; mostrar a David Ben Jonah ante el público como un fenómeno. También a ella le dolía, en menor medida.

—Después harán una película en Hollywood —prosiguió él—. Con un par de ídolos sexuales en los papeles de David y Rebeca. Madison Avenue fabricará camisetas y pegatinas para los parachoques. Lo capitalizarán tanto como puedan. Oh, Judy... —sacudió la cabeza como si fuera a llorar—. No soporto que le hagan esto a David. Ellos no le comprenderán, al menos no como le comprendemos nosotros.

—Lo sé.

Calmado ya, Ben, recogió el periódico del suelo y lo volvió a examinar. Qué ignominioso espectáculo iba a dar la prensa. Se arrojarían sobre las pequeñas minucias y las exagerarían hasta alcanzar proporciones desmesuradas. El hecho de que el autor de los manuscritos fuera un judío amable y piadoso que tenía una confesión que hacer a su hijo sería ignorado. En cambio, resaltarían el detalle de Galilea, lanzarían palabras como «Magdala» y «Tiempos de Cristo».

—Está bien, vende periódicos —murmuró tristemente—. Supongo que Weatherby no tuvo elección.

—Estoy segura de que no la tuvo.

—Mire esto. —Golpeó ligeramente la página con un dedo—. Mencionan la maldición. La maldición de Moisés, como si fuera un maldito truco publicitario original y gracioso. Ya verá, el titular de mañana dirá algo sobre la maldición. Se las arreglarán para descubrir a alguien que haya resultado herido o haya enfermado durante las labores de excavación, y le echarán la culpa a la maldición. Oh, David, ¡cómo pueden hacerte esto!

Ben levantó los ojos y miró a Judy cansado.

—No lo soporto. Ayer pasé una noche terrible. Fue la peor de mi vida. Francamente, pensé que me moría.

—¿Más pesadillas?

Él asintió.

Cuando ella estaba a punto de añadir algo, sonó el teléfono. Ben pareció no oírlo. Al quinto timbrazo, Judy lo cogió.

—¿Diga?

Era el profesor Cox. Judy puso la mano sobre el teléfono.

—Dice que tenían ustedes una cita a las cinco.

Ben miró su reloj.

—Oh, Dios mío. No puedo ir. Ahora, no. Escuche, cuéntele... que ha habido una muerte en la familia, que estoy destrozado y voy a marcharme de la ciudad y necesitaré un sustituto para mis clases...

Judy le miró con la boca abierta.

—Vamos. Cuéntele eso. Prométale que me pondré en contacto con él dentro de unos días y que lo siento muchísimo.

Ella volvió a vacilar, insegura de qué hacer. Finalmente, al no tener realmente otra opción, Judy le ofreció al profesor Cox su mejor representación de lo que Ben había dicho, colgó y volvió a mirarle.

—¿Qué pasa?

—Sus clases...

—No puedo ir, Judy. Ahora, no. Usted lo sabe. No puedo dejar a David solo ni un minuto, o, mejor dicho... él no me dejará solo a mí. Me asedia, me obsesiona y no me dará respiro hasta que haya leído toda su historia.

Sin ningún otro pensamiento, Ben se apartó de ella y abordó el siguiente fragmento de papiro. Mientras él comenzaba a leer, Judy le observó con atención, estudió sus ojeras, las profundas líneas grabadas alrededor de su boca. Ben había envejecido en los últimos días, había envejecido mucho.

Por último, tras cierta deliberación, ella posó una mano afectuosa sobre su hombro y dijo:

—¿Ben? —Él no pareció oírla—. ¿Ben?

—¿Hum? —y levantó la vista.

—¿Cuándo comió por última vez?

—¿Comer? No lo sé. No hace mucho, supongo. Justo la otra... justo la otra... —Sus cejas se unieron en una expresión ceñuda—. No me acuerdo.

—No me extraña que tenga pesadillas. Se está muriendo de hambre. Voy a ver si puedo prepararle algo en la cocina.

—Sí, sí. Eso estaría bien.

Cuando abandonaba el estudio, Judy se dio cuenta de que en el apartamento hacía mucho calor. Bajó el termostato, echó una mirada al dormitorio y vio la devastación que reinaba en la cama, y un rastro de ropa sucia que conducía al dormitorio. En el salón, las hojas de la traducción del manuscrito número seis estaban desperdigadas; había cojines por todas partes, tazas de té medio vacías y ceniceros rebosantes. La cocina estaba peor. Encontró incluso un cazo con una sopa fría, sin preparar, sobre la cocina.

Acurrucada en un rincón se hallaba Popea Sabina, enojada y desconfiada de Judy. Había buscado refugio ante los gritos y chillidos, y la observaba malhumorada ante un plato de comida vacío.

Antes de nada, Judy dio de comer a la gata. Luego, limpió su caja de excrementos, que estaba tan rebosante como los ceniceros. Y, a continuación, se aprestó a componer una especie de comida. Pero los armarios estaban vacíos.

Cuando oyó sonar de nuevo el teléfono, se quedó helada. Sonaron tres timbrazos y luego la voz sofocada de Ben. Posteriormente, le oyó gritar: «¡Dejadme en paz!», a lo cual siguió un fuerte estrépito.

Judy entró corriendo en el estudio y encontró al hombre tranquilamente sentado, leyendo el manuscrito.

—¿Qué ha pasado? —preguntó sin aliento.

—Nada.

—¿Pero qué ha sido...? —la pregunta fue contestada antes de que acabara de formularla. Contra la pared de enfrente y en el suelo yacía el teléfono, allí donde Ben lo había arrojado después de arrancarlo de la pared.

—Evita descolgarlo todo el tiempo —murmuró Judy mientras salía del estudio y volvía a la cocina.

Convencida de que ni el más suntuoso de los festines tentaría a Ben a comer, Judy decidió guardar la sopa para más tarde. Mientras tanto, como no quería perturbar su trabajo con el manuscrito número siete, se ocupó en limpiar el apartamento.

Después de que hubiera pasado una hora y de que ningún sonido hubiese brotado del estudio, se aventuró a mirar al interior. Ben seguía inclinado sobre el papiro, su mano derecha garabateaba en el cuaderno, sus ojos pegados al arameo. Pero había algo más en el cuadro que ofrecía, algo que fascinó a Judy. A sólo unas pulgadas de él, Judy posó sus ojos en el rostro de Ben y se quedó perpleja por lo que vio.

Sus facciones estaban retorcidas en una expresión extraña, una expresión que emanaba espiritualidad. Parecía estar totalmente en trance, como un hombre que está experimentando una profunda revelación espiritual. Su pálida piel estaba tensa sobre su cráneo, haciendo visibles las venas azules en sus sienes y en su cuello. Su boca era una línea apretada y fina, blanca y sin color. Los ojos azules de Ben, fijos y vidriosos, brillaban extraordinariamente, como si ardieran, muy similares a los ojos de una víctima de la fiebre.

Apenas respiraba. No se movía en absoluto. El único sonido que se oía era el roce de su pluma sobre el papel mientras su mano garabateaba líneas invisibles. Ni una vez miró el cuaderno, ni se apartó en modo alguno del papiro. Era un hombre congelado en el tiempo, atrapado en otra dimensión y en otro mundo. Judy no había visto nunca nada semejante y sólo podía maravillarse ante aquello.

Al cabo de un rato —ella no tenía ni idea de cuánto tiempo se había quedado mirándole— salió del estudio y fue a sentarse en el salón. De inmediato, Popea estuvo en su regazo, ronroneando y dispuesta a ser objeto de atención. Judy sonrió a la gata. La pobre Popea Sabina ni sospechaba lo que le estaba sucediendo a su dueño.

—Yo tampoco le comprendo —musitó Judy mientras la gata apretujaba su cara contra su largo cabello—. Le conozco desde hace poco, pero me doy cuenta de que ha cambiado. O tal vez está cambiando. ¿Ha pasado algo, o está pasando? Y, en ese caso... ¿qué está pasando?

Cuando Ben salió del estudio, tenía la cara de un hombre que acaba de sufrir una transfiguración espiritual. No era bajo ningún concepto el mismo hombre que se había sentado hacía dos horas a terminar de leer el manuscrito, aunque los cambios eran sutiles. Era —discurrió Judy— como si, cada vez que leía uno de aquellos manuscritos, cambiara un poco.

—Me alegro de que esté todavía aquí —dijo él.

Como si, con la lectura de cada manuscrito, un poco de Ben Messer se perdiera y un poco de no se sabe qué ocupara su lugar.

—No podía dejar el manuscrito número siete sin traducir —dijo tranquilamente. Sí, había cambios, conforme. Las alteraciones en su forma de hablar eran ahora más pronunciadas si cabe.

Tomó asiento frente a ella, en la mesilla de café, y la miró fijamente con sus brillantes ojos azules.

—Gracias por estar conmigo.

—¿Está ahora dispuesto a comer?

—Todavía no. Lea esto primero. —Le entregó los papeles en los que había garabateado la traducción—. Mi letra está empeorando.

Al cogerlos y echarles una ojeada, le vio abrir la boca para decir algo más.

—¿Qué iba usted a decir?

Ben vacilaba.

—Hay un nuevo hecho en este manuscrito, Judy. Un hecho que me temo va a causar problemas.

—¿Problemas?

Él soltó un suspiro.

—No sé cómo piensa David que vamos a reaccionar ante esto, pero preveo que será un desastre si los periódicos se enteran. Habrá una estampida hacia Magdala.

Luego Ben hizo una cosa curiosa. Tan pronto como hubo afirmado esto, inclinó la cabeza a un lado como si escuchara a alguien. Sus ojos estaban fijos en la pared que había detrás de Judy, pero parecían estar centrados en algo. Ben sonrió y meneó la cabeza.

—David no va a darnos ninguna pista de lo que hay en el próximo manuscrito.

—¿David?

—Supongo que tendremos que enterarnos de las cosas por la vía difícil.

Judy se estremeció involuntariamente. La voz de Ben tenía un tono peculiar ahora, y le hizo sentir frío de pronto.

—En cualquier caso, lea lo que he escrito y dígame qué piensa.

> Ni siquiera mientras miraba a Salmónides pude encontrar mi voz para gritar, de tan asombrado que estaba. Aquella noche, hacía ya ocho meses, la noche de mi vergonzosa caída, se me antojaba ahora un sueño. Nunca había esperado coincidir

de nuevo con aquel griego falto de escrúpulos; de hecho, había destruido el contrato por el que tan estúpidamente le había entregado todo mi dinero. Verle de pie en la puerta de Gennath, tan real como si le hubiera visto ayer, me dejó tan mudo, que me faltó el habla.

No tuve que hablar. Para mi gran sorpresa, tan pronto como Salmónides me vio, su rostro se iluminó y se acercó a mí como si fuéramos unos amigos que hubieran perdido el contacto hacía largo tiempo.

—¡Salve, maestro! —me gritó con los brazos abiertos.

De forma refleja, di un paso atrás.

—Perdóname, maestro —dijo—. En mi alegría por verte he olvidado que eres un judío muy devoto y que el contacto con un pagano es repugnante para ti. Pero, por los dioses, ¡me alegro de verte!

—¿Por qué? —pregunté al fin estúpidamente.

—¿Por qué? Porque he revuelto esta ciudad en tu busca, maestro. Te traigo buenas noticias y beneficios.

—¿Qué? —dije, todavía sin comprender.

—Los barcos llegaron a Ostia sin novedad, sin haber perdido ni un grano. Los *shekels* que plantaste se han convertido de verdad en sestercios.

Me quedé nuevamente mudo. Salmónides no sólo se había mantenido fiel a nuestro trato, sino que estaba también deseoso de pagarme. Tenía en mente entrar, tal vez, de inmediato, en una segunda inversión y por ello había estado tan ansioso por encontrarme. Dejando mis asnos al cuidado de un amigo, fui con Salmónides a la calle de los banqueros, donde, al presentar su orden por escrito, recibió doscientos denarios. Desde allí acudimos a los cambistas de dinero que había en el Templo, donde, bajo el ojo atento de mi compañero griego, las monedas romanas fueron pesadas, inspeccionadas y cambiadas en *zuzims* sirios. Le di cinco de ellos a Salmónides, quien al punto, con un gesto de disculpa, los cambió por dracmas.

De allí fuimos a una taberna, donde nos sentamos a la sombra y hablamos de la economía del Imperio. Que yo ignoraba tales cuestiones resultaba muy evidente para Salmónides; sin embargo, fue paciente conmigo.

—Atesoras una rara cualidad, mi joven maestro, que un hombre astuto como yo reconoce con facilidad. Posees una mente rápida y agilidad con los números. Mira lo fácilmente que comprendes los conceptos financieros que te he expuesto. La mayoría de los hombres son lentos y se aburren con rapidez. Pero tú estás profundamente interesado en lo que digo y lo retienes sin dificultad. Estás en la profesión equivocada, mi joven maestro. Deberías ser comerciante, no maestro de la Ley.

Así que pasé a explicarle a Salmónides lo que había sucedido después de la noche de mi vergüenza y se asombró de que Eleazar hubiera sido tan duro conmigo.

—Con más razón —dijo—, eres indebidamente severo contigo mismo. ¿Qué hombre joven no pasa una noche como lo hiciste tú? De hecho, muchas veces más. ¿Y tan grande fue tu crimen, una pequeña borrachera? Deberías visitar Roma si quieres ver el auténtico pecado.

Pero yo levanté la mano.

—No es lo mismo para los judíos —objeté—, pues nosotros somos el Pueblo Elegido de Dios. Dado que debemos dar ejemplo al resto del mundo, tenemos que ser celosos en nuestra observancia de la Ley. ¿Qué líderes seríamos si también nosotros cediéramos a la borrachera, a las prostitutas y a actos vergonzosos?

Salmónides era escéptico, lo sé, como tantísimos paganos, pero es porque no creen todavía que Dios nos haya elegido para heredar la tierra.

Aquella tarde le di a Salmónides cien *zuzims* y firmé con él otro contrato. Era para la adquisición de una cosecha de cebada que había de recogerse pronto. Si la cosecha era fructífera, se vendería con beneficios. Si no tenía grano, mi dinero se perdería. Por este motivo, le entregué sólo la mitad, y guardé la otra para futuras necesidades.

Aquella noche le pregunté a Eleazar sobre la ética y la moralidad de mis ganancias.

—¿Pueden ser tan honradas como el dinero ganado con el trabajo? —pregunté.

Y él contestó que yo estaba igualmente trabajando, si no con las manos, con la mente. No ganaba el dinero ilícitamente. Y no lo obtenía de otros judíos. Por estos motivos, mis acciones estaban justificadas.

A la mañana siguiente, volví de nuevo a la ciudad con el propósito de un único cometido. En los ocho meses transcurridos desde mi deshonra, no había olvidado ni por un momento a la mujer llamada Miriam, a quien conocí junto al pozo y quien me llevó a su casa para alimentarme y darme cobijo. Unos ocho meses atrás, por piedad y amor al prójimo, me había dejado partir con el estómago lleno y unas monedas en el bolsillo. También me había desviado del camino del suicidio. Hoy regresaba a su casa para recompensárselo.

Me reconoció de inmediato y me arrastró al interior. Una de las muchas mujeres que vivían en la casa me lavó los pies y me ofreció pan y queso. Cuando le manifesté mi sorpresa por este trato, Miriam dijo:

—Siempre damos la bienvenida a un hermano que regresa.

—¿Soy yo tu hermano? —pregunté.

Y, como respuesta, me besó en la mejilla.

Cuando le di la bolsa con 25 *zuzims*, la aceptó modestamente y dijo que serviría para alimentar a muchos.

—¿Tan grande es tu familia? —pregunté, pues en su casa vivía mucha gente.

—Todos los que esperan el regreso del Maestro son mi familia.

Cuando la interrogué de nuevo, ella me interrumpió y me rogó que me quedara un rato, pues a esa hora habría un hombre que contestaría a mis preguntas.

Y así fue cómo por cuarta vez mi vida dio un giro. Esperé en casa de Miriam hasta que regresó un hombre llamado Simón.

Judy dejó caer los papeles y mantuvo su mirada en la de Ben. No dijo nada, no hizo un movimiento, no emitió un sonido. Toda la comunicación estaba en sus ojos.

—No podemos ocultar esto a la prensa, ¿verdad? —se resignó él.

—Una vez que se sepa...

—¡Oh Dios! —gritó Ben de pronto—. ¿Por qué tiene que ser así? ¿Por qué ha tenido que surgir esto? —Ben se puso en pie de un salto y apretó los puños—. ¡Es parte de tu plan, David! ¿Es que no ves cómo me atormenta esta historia?

Ben calló y desvió la vista a la pared de enfrente. Respiraba jadeante. Había algo frenético en sus ojos, una mezcla de confusión y enojo. Después de mirar por un momento al muro vacío, Ben Messer dejó caer repentinamente la cabeza como si estuviera en actitud de rezar, o tuviera remordimientos.

Cuando finalmente se enderezó y se obligó a mirar a Judy, dijo con voz apagada:

—Yo puedo verle... pero usted no.

Judy volvió a mirarle, inquieta, con cierto nerviosismo.

—Sí, está aquí, conforme. David Ben Jonah. En realidad, lleva algún tiempo aquí, aunque yo no me di cuenta hasta ayer. No se manifestó hasta que estuvo seguro de que yo comprendería por qué está aquí.

Los ojos de Judy recorrieron el muro vacío, probando de ver al fantasma que sólo Ben Messer veía.

—¿Cómo puede ser...?

—No lo sé, Judy. No lo tengo claro. Todo cuanto sé es que el espíritu de David Ben Jonah está aquí, a mi lado, y por algún motivo —su voz se estranguló—, por algún motivo, ha vuelto para perseguirme.

Judy se puso en pie de un brinco.

—¿Por qué?

—No lo sé. —La voz de Ben se hizo grave. Hablaba en un tono monocorde y regular—. Por algún motivo, David quiere que conozca su historia, que sepa lo que le sucedió. ¿Qué sé yo? Tal vez sea la maldición de Moisés. Tal vez sea porque su hijo no leyó nunca los manuscritos. ¿Qué sé yo? Todo lo que sé es que me ha elegido a mí.

«Oh, Ben —pensó Judy frenéticamente—. ¡No es la maldición, no es su hijo, no es David en absoluto! ¿No lo ves? ¡Es tu propio pasado el que te persigue!»

Los ojos de Ben se reflejaron en los de Judy por un tiempo interminable, a través del silencio, como si, en aquel momento, estuviera hipnotizado. Del exterior llegaba el sonido del tráfico que circulaba por la calle; sonó el timbre de una bicicleta, voces de niños que se llamaban unos a otros. Pero ni Ben ni Judy lo oyeron, pues ellos pertenecían a otro tiempo y se hallaban en otra realidad.

Al fin, con voz débil, Ben dijo:

—No me cree, ¿no es así?

Ella contuvo la respiración un instante, luego murmuró:

—Sí, le creo.

Él suspiró del mismo modo que si le hubieran quitado un gran peso de los hombros.

—Gracias a Dios —dijo mientras se dejaba caer en el sofá—. Supongo que es por ello por lo que estás aquí, porque David sabía que te necesitaría.

Intentando parecer tranquila y no mostrar su alarma, Judy recogió las hojas de la traducción y leyó unas cuantas líneas en voz alta. Quería devolver a Ben a su sano juicio, deseaba romper aquel inquebrantable período de tiempo.

—Me pregunto qué harán los periódicos cuando lean esto.

—Bueno —dijo Ben mecánicamente—. Miriam y Simón eran nombres corrientes en el antiguo Israel. No hay nada que indique que fueran María y Pedro.

—Pero el beso en la mejilla... Ésa era únicamente una práctica de los primeros cristianos, los otros judíos no lo hacían.

—Sí... lo sé. Las Epístolas de Pablo. Así que cree usted que esta Miriam es la misma María cuya casa era el centro de la iglesia nazarena en Jerusalén; la madre de Marcos.

—¿Y por qué no?

—Porque es ridículo. Por el amor de Dios, los manuscritos de un seguidor de Jesús... —Ben se pasó una mano por la cara—. Las probabilidades adversas son, bueno... me niego a creer que tengamos un documento cristiano en nuestras manos.

«Es irónico por su parte —pensó Judy—. Se niega a aceptarlo y, sin embargo, está convencido de que le persigue un hombre que lleva dos mil años muerto.»

Estudió el rostro de Ben. No, ese espacio de tiempo no sería roto. No podía apartarse de su preocupación. Donde fuera que su mente se hubiera plantado, quería seguir allí, y por motivos que sólo su cerebro conocía.

—Déjeme calentar ahora esa sopa.

Él no respondió.

—Ben, ¿por qué me hizo mentirle al profesor Cox?

—Porque no quiero ir a la facultad hasta que esto haya terminado. David no me deja. Tengo que quedarme aquí.

—Entiendo.

Era una idea inquietante: Ben se aislaba del mundo, se retiraba cada vez más hasta que un día ya nunca sería devuelto al presente.

Parecía que temiera que el contacto con la realidad rompiera el fino hilo que le unía a David.

12

La obsesión aumentó. Dondequiera que Ben mirara, allí estaba David Ben Jonah. El antiguo judío permanecía en la periferia de sus sueños, observando como un espectador desinteresado. Mientras Ben volvía a luchar contra el pasado en extraños sueños a Maidanek y de su infancia en Brooklyn, David Ben Jonah se hallaba ociosamente allí, como midiendo los límites de la resistencia de Ben.

—¡Vaya sueños! —murmuraba Ben a la mañana siguiente, inquieto y ojeroso una vez más—. ¿Por qué he de sufrir estos sueños? ¿No es ya bastante que, después de todos estos años, mi pasado retorne, que no pueda alejarlo ya de mi mente? ¡No comprendo por qué he de tener esas violentas pesadillas!

Anduvo lentamente por el apartamento con pies pesados, con el nebuloso espectro de David a su lado. Ben no tenía ganas de comer. Tampoco tenía ganas de hacer nada salvo leer el siguiente manuscrito. No llegaría hasta las cuatro de aquella tarde, y a Ben le horrorizaban las horas de espera.

Pensando que podría ayudarle a dormir, Ben se sirvió un gran vaso de vino, se lo bebió de golpe sin respirar y se tumbó exhausto en el sofá.

Judy no tuvo que llamar a la puerta esta vez, pues, para su sorpresa, estaba abierta de par en par. Eran las ocho de la tarde y el coche de Ben estaba en su plaza del garaje, pero no había luces en el apartamento.

Asomó cautelosamente la cabeza al interior.

—¿Ben? ¿Está despierto? Soy yo.

Su única respuesta fue el silencio.

—¿Ben? —entró y cerró la puerta tras de sí, sin hacer ruido.

El apartamento estaba oscuro y helado. En el aire flotaba un olor a alcohol claramente perceptible. Judy abrió más los ojos, esforzándose por ver. Cuando algo caliente le tocó de pronto la pierna, lanzó un grito sofocado.

—¡Oh, Popea! —dijo—. Me has asustado. —Con la gata en brazos, Judy se internó en el apartamento.

Halló a Ben inconsciente en el suelo del salón. Una botella de vino y otra de whisky yacían en el suelo. Un vaso, volcado, había vertido una mancha carmesí en la alfombra.

Arrodillada a su lado, Judy dijo suavemente:

—¿Ben? Ben, despierte. —Le sacudió el hombro.

—¿Hum? ¿Eh? —su cabeza se bamboleaba de un lado para otro.

—Ben, soy yo, Judy. ¿Se encuentra bien?

—Muy bien... —murmuró— ...toy bien.

—Ben, despierte. Es tarde. Vamos.

Él levantó una mano poco firme y la dejó caer sobre su frente.

—Me siento fatal... —musitó—. Me muero...

—Eh —murmuró ella—. No, no se muere. Pero tiene que levantarse. ¡Vaya desorden ha organizado!

Por fin, él abrió los ojos.

—Fue culpa de David, shabe —dijo pronunciando mal—. Él me empujó... Esperé junto al buzón durante dos horas, ¡y el manuscrito no llegó! Lo hizo a propósito. Me observa, Judy. Todo el tiempo. Haga lo que haga, ese maldito judío está siempre ahí.

—Por favor, levántese.

—Oh, ¿para qué? No hay manuscrito. ¿Cómo voy a sobrevivir esta noche y mañana?

—Lo hará. Yo le ayudaré. Vamos. —Deslizó un brazo bajo sus hombros y le ayudó a sentarse. Mientras lo hacía, Ben vio su cara muy próxima a la suya y murmuró:

—Sabe, no pensaba que fuera bonita. Pero ahora lo pienso.

—Gracias. ¿Cree que puede tenerse en pie?

Él se agarró la cabeza con las manos y gritó:

—David Ben Jonah, ¡eres un maldito imbécil! Sí... creo que puedo tenerme en pie.

Judy gruñó al ayudar a Ben a ponerse en pie, dándose cuenta entonces de que la parte posterior de su camisa estaba empapada en vino. Sin casi ningún esfuerzo, logró llevarle al cuarto de baño, donde, parpadeando bajo la brillante luz, le ordenó que se metiera en la ducha. Por extraño que parezca, Ben no protestó, sino que procedió a obedecer servilmente. Mientras él empezaba a desnudarse, Judy abrió el agua, y luego le dejó solo. En el dormitorio encontró una muda completa, se la pasó a través de la puerta del baño y gritó:

—¡Tómese su tiempo! —después, volvió al salón y lo limpió lo mejor que pudo.

Cuando Ben salió media hora más tarde, parecía estar algo mejor. No dijo ni una palabra, avanzó hacia el sofá, se sentó y comenzó a beber el fuerte café que ella le había preparado. Pasó un intervalo de cinco largos minutos antes de que finalmente la mirara.

—Lo siento —dijo en tono quedo.

—No se preocupe.

—No sé qué me está pasando. Nunca había hecho nada semejante. Sencillamente no lo sé.

En tanto permanecía sentado meneando la cabeza, Judy intentó imaginarse aquello por lo que él estaba pasando. Vio la cara envejecida, su palidez y la barba de varios días, y se preguntó cómo debía sentirse un hombre cuando le arrebataban de repente su identidad y se quedaba sin nada. Nada, es decir, a excepción de unos horripilantes recuerdos.

—Recuerdo... —dijo él con voz abatida—, recuerdo que mi madre y yo solíamos sentarnos en la oscuridad todos los días de *Shabbath* y ella me decía una y otra vez: «Benjy, tu objetivo en la vida es ser un líder entre los judíos. La única razón de tu existencia es convertirte en un gran rabino y enseñarles a los judíos cómo usar la Torá como escudo».

Lanzó una risa seca y forzada.

—Siempre quiso ir a *Eretz Israel*,* pero tuvo que venir, en cambio, a los Estados Unidos. Siempre hablaba de ir un día a Israel con su hijo, el famoso rabino. —Miró pensativo su café—. Seguramente dejé la alfombra hecha una pena, ¿no?

Judy miró la gran mancha de vino que estropeaba la alfombra.

—Debería quitarse con cualquier detergente.

—Da igual, porque en realidad no me importa —Ben volvió sus ojos azules hacia Judy y ella vio cuán llenos de preocupación estaban—. Ya no me importa. Sencillamente sucedió. ¿Quién sabe por qué? Tal vez sea la maldición de Moisés. Pero no me importa. David está aquí a mi lado, ahora mismo, escuchando mis palabras. No sé a qué espera, pero supongo que, cuando suceda, lo sabré.

Ben tomó un poco más de café, con la mirada de nuevo fija en la mancha de la alfombra. Por último, apartó su taza y lanzó un largo y profundo suspiro.

* En hebreo en el original, Tierra de Israel. (*N. de la T.*)

—Oh, David... —sus ojos estallaron en lágrimas—. ¿Qué te pasó hace tantos años? ¿Cómo moriste? ¿Y cómo sabías que ibas a morir? Una vez consideraste quitarte la vida cuando no podías soportar seguir adelante. ¿Es eso lo que sucedió al final? ¿Esperabas encontrar solaz en el suicidio?

Judy se inclinó hacia él y puso una mano sobre la suya. Permanecieron así sentados, con la mirada perdida, durante horas.

Ella volvió al día siguiente a primera hora de la tarde. Tras marchar del apartamento de Ben a medianoche habiendo procurado que se fuera a dormir un rato, se fue a casa y arregló las cosas para que alguien cuidara de su perro *Bruno*. Judy tenía el ligero presentimiento de que llegaría un momento en que pasaría largo tiempo fuera de casa.

Luego, asistió a sus dos clases matutinas en la UCLA, se detuvo en un supermercado y cruzó el portal de la casa de Ben a las tres. Para su sorpresa, había salido.

La cama estaba cuidadosamente hecha; el salón, arreglado; y las tazas de café, lavadas. Sin embargo, en el estudio, Judy descubrió el caos habitual. Sobre la desordenada superficie del escritorio, yacía el correo del día anterior, y entre el mismo había una carta sin abrir de Joe Randall, el hombre que esperaba una traducción del códice de Alejandría.

Había también un pedazo de papel de notas floreado encima de todo el desorden, y en él se apreciaba una breve carta escrita por una mano femenina. Era de Angie. Le ofrecían un trabajo de modelo en Boston, estaba pensando en aceptarlo. Ello significaría estar fuera durante algún tiempo. Si Ben quería hablar de ello, estaría en casa hasta mañana por la noche; después se marcharía.

Un trozo de cinta adhesiva en el reverso indicaba que Ben debía de haber encontrado la nota pegada a su puerta.

Judy le dio a Popea un poco de comida, guardó el resto de los comestibles y fue silenciosamente al lugar donde sabía que encontraría a Ben.

—Hola —dijo al bajar las escaleras.

Estaba sentado en el último escalón, vigilando los buzones.

—Hola —dijo con voz apagada.

—¿Durmió un poco mejor la noche pasada?

—No. Me atormentaron los mismos horrores. La imagen de la tierra en movimiento bajo mis pies. Asesinatos en masa y persecuciones. Dios, ¡por qué me está haciendo esto David!

—Vi la carta de Randall. ¿Ya no le interesa el códice?

Ben negó con la cabeza. Judy se sentó junto a él y asintió. A ella tampoco.

—¿Y la nota de Angie?

Ben no contestó.

El cartero llegó unos cuarenta y cinco minutos después, y Ben cuando hubo firmado el recibo, volvió a subir volando las escaleras, sin esperar a Judy. Rasgó el sobre mientras entraba en el apartamento, sacó las fotografías y tiró el resto al suelo.

Cuando Judy entró en el estudio, le vio despejar un espacio en la mesa con uno de sus brazos, arrojándolo todo al suelo. Luego, se sentó de inmediato a leer el manuscrito. Su rostro estaba rojo de entusiasmo, sus ojos, dilatados y protuberantes. Se lamía los labios como si estuviera a punto de devorar un festín.

Judy recogió un papel del suelo.

—Es una carta de Weatherby. ¿No quiere leerla?

Él negó violentamente con la cabeza. La pluma ya trabajaba rápidamente sobre un folio limpio. Ben había comenzado ya.

—Informa de que, después de éste, sólo queda otro manuscrito más.

—Bueno, bueno —dijo él impacientemente—. Eso significa que todo esto habrá terminado mañana.

—Y dice... —Judy se detuvo en seco. En el momento siguiente decidió no contarle a Ben el resto de la carta, todavía no, porque ahora estaba delirantemente feliz y se hallaba de nuevo allí donde deseaba desesperadamente estar.

> Simón era uno de esos piadosos ascetas que viven en una comunidad junto al mar de la Sal,* no lejos de Jericó. Usaba una túnica blanca inmaculada y practicaba esas extraordinarias proezas curativas por las que se conoce a los esenios. Quedé de inmediato impresionado por él, pues, a pesar de que su voz era suave y su forma de hablar comedida, sus palabras eran profundas y todo lo que decía tenía gran valor.
>
> Cuando Miriam nos presentó, Simón me besó en la mejilla y me explicó que éste era su saludo, que significaba: «La paz sea contigo, hermano».
>
> Luego, se lavó las manos y los pies, y compartió su pan conmigo.
>
> En Jerusalén, no es extraño ver a hombres que pertenecen

* El mar Muerto. (*N. de la T.*)

a varias sectas religiosas, desde los fanáticos nazarenos que siguen el ejemplo de Sansón, a los zelotas armados con espadas que alimentan la Torá con la sangre de los enemigos de Israel. Y, sin embargo, durante los años que pasé en Jerusalén, había estado tan ocupado con Eleazar y nuestro estudio de la Ley, que nunca tuve ocasión de conversar con uno de los nobles esenios.

—Esperamos la hora final —me dijo Simón—, que estará sobre nosotros en cualquier momento. Y mientras algunos de mis hermanos permanecen en el monasterio del desierto y en otras comunidades aisladas, mis amigos y yo vamos entre la gente y predicamos la Segunda Venida.

Prosiguió explicando la filosofía de su secta, que consistía en mantener pura la Ley de Dios y ser ritualmente puro para el retorno del próximo rey de Israel. Para Simón y sus muchos amigos, ese retorno era inminente, apremiantemente inminente, y lo tendríamos encima antes de que nos diéramos cuenta.

Hablaba con claridad e inteligencia, y mostraba un extraordinario conocimiento de la Ley y de los profetas.

—¿Eres un rabino? —le pregunté.

—Sólo soy un miembro de los Pobres, los hijos de la luz que heredarán la tierra.

La mayoría de los judíos esperan el momento en que Dios nos envíe a su emisario para establecer la supremacía de Israel sobre todas las demás naciones. Y Simón no era una excepción. En muchos sentidos, me recordaba a Eleazar, que era fariseo y también esperaba al Mesías.

Sin embargo, diferían en este aspecto: mientras que Eleazar hablaba de una época por venir, Simón afirmaba haber conocido ya al nuevo rey.

—¿Dónde está? —pregunté—. ¿Cómo se llama?

—Está fuera, preparándose. Su nombre no tiene importancia. Pero es de sangre real, el último de la línea de los hasmoneos y descendiente de David. Cuando vuelva le conocerás.

Simón y yo conversamos hasta bien entrada la noche, y me marché de la casa de Miriam, situada en la parte alta de la ciudad, con sentimientos confusos. No podía llegar a aceptar la profecía de Simón —que nuestro reino se establecería en cualquier momento— y, no obstante, había hablado tan convincentemente, que no pude pensar en nada más en los días siguientes.

Eleazar me sorprendió al desechar las creencias de Simón.

—Los monjes son hombres buenos y mantienen pura la Ley. Pero, en su celo por ver el reino de Israel nuevamente establecido, se han convertido en fanáticos. Son hombres que se precipitan, David, y se equivocan en sus predicciones. Todo el mundo sabe que no queda sangre de la línea de los hasmoneos, pues el último fue ejecutado hace años por Roma.

—¿No puede haber otro, escondido? —aventuré.

—Si hoy viviera un aspirante legítimo al trono, oiríamos hablar de él, pues todos los judíos se unirían en su apoyo. Como te digo, el último fue crucificado justo antes de que tú nacieras.

Creí a Eleazar; ahora bien, aunque las palabras de Simón no me convencían, me intrigaban, y volví a la casa de Miriam.

Una noche llevé conmigo a Rebeca y ella se convirtió de inmediato. Simón convenció a mi amor de que el Mesías había caminado ya entre nosotros y que pronto regresaría.

Le pregunté a Simón:

—¿Si estuvo aquí en el pasado, por qué se marchó?

—Porque la primera vez vino para anunciar su propia venida. Vino para darnos tiempo de prepararnos. Cuando vuelva a caminar por las calles de Jerusalén, vendrá como emisario de Dios, y todos los que no estén preparados caerán al borde del camino.

—¿Adónde se fue? —quise saber.

Y he aquí la sorprendente respuesta que me dio Simón:

—Nuestro maestro fue muerto en un árbol romano y fue resucitado por Dios, para demostrar que era en verdad nuestro nuevo rey.

Mientras que Rebeca aceptó esto por entero y se unió a la nueva secta que se llamaba a sí misma «los Pobres», yo no pude. Y, por ello, hablé una segunda vez con Eleazar, que me aleccionó así:

—Esos hombres están equivocados, David. Su guía no murió en el árbol, estuvo allí colgado sólo unas cuantas horas. Todo el mundo sabe que se tarda días en morir en la cruz. Fue librado de allí por hombres con túnicas blancas, a quienes testigos ignorantes llamaron ángeles, y se lo llevaron a su monasterio junto al mar de la Sal. Has visto las maravillas que realizan en las curaciones, como han venido haciendo durante cien años, y que su nombre, esenio, significa «curador». No me cabe duda de que su líder está hoy vivo y en el desierto.

»Son fanáticos, David, que están desesperados por librarse del yugo de la opresión romana y se aferran ciegamente a un milagro que jamás tuvo lugar.

Por segunda vez me convenció Eleazar y me fui convencido de que Simón era un buen judío, pero que estaba equivocado.

Por la fiesta del Pan Ácimo, en lugar de unirme a Eleazar y a su familia, como era mi costumbre, llevé a Rebeca y al mercader de aceitunas, para quien trabajaba, a casa de Miriam. Lo hice por dos razones: era el deseo de Rebeca, y yo sentía curiosidad por la observancia ritual de unos hombres religiosos que habían abandonado el culto en el Templo.

Al principio, había escasa diferencia y Simón recitó «las Cuatro Preguntas» durante el primer *Seder.** Pero entonces la fiesta cambió y se convirtió en la tradicional fiesta del Amor de los esenios, que ellos habían venido practicando durante cien años, y en la cual se comparten el pan y el vino en espera de que serán compartidos con el nuevo rey de Israel. Aunque su Pascua era esencialmente la misma que la de cualquier buen judío, difería en el aspecto del Mesías simbólico entre nosotros.

Me acerqué por tercera vez a Eleazar, y me di cuenta de que se estaba impacientando conmigo. Le dije:

—Ese hombre, Simón, habló de las profecías de Isaías y Jeremías y contó que su maestro era el cumplimiento de esas profecías.

Pero Eleazar contestó:

—Usan a Isaías para demostrar sus falsas prédicas. El Mesías de Israel no ha venido todavía, pues todavía no somos dignos.

—Pero ellos están intentando ser dignos —sostuve yo—, y ayudan a los demás a entrar en el estado de pureza. Son judíos excepcionales, rabino, tal vez deberíamos escucharlos.

Eleazar se enfadó.

—No son tan estrictos en su observancia de la Ley como

* Comida tradicional, con una prescrita lectura ritual de las *Haggadah* —recitación ritual del Éxodo—, observada en los hogares judíos la primera noche o las dos primeras noches de Pascua. (*N. de la T.*)

yo, y, sin embargo, yo no soy todavía digno de recibir al Mesías.

Por vez primera noté un matiz de orgullo en su humildad, como si Eleazar se vanagloriara de su humildad.

—Pero son hombres realmente modestos —repliqué—, y sin tacha como judíos. No viven sólo en la Ley, Eleazar, sino más bien para la Ley, y así es como lo querría Dios.

Eleazar calló en este momento, y así fue cómo le dejé aquel día.

Desde entonces, seguí visitando la casa de Miriam hasta un día en que también yo me convencí. Como parte de mi iniciación en los Pobres, fui sumergido por completo en una piscina de agua. Ellos lo llamaban «bautismo», y lo habían practicado durante aproximadamente un siglo. Aunque no me convertí en esenio, ni llevé túnicas blancas ni aprendí su arte de curar, fui introducido en los Pobres y tratado de «hermano» por todos. Al mismo tiempo, accedí a compartir mis bienes terrenales con mis nuevos hermanos y hermanas, a ayudarlos en todo momento de necesidad y a mantenerme puro en la Ley para estar dispuesto cuando regresara el Maestro.

Y así, hijo mío, entré en la Nueva Alianza y me uní a los más piadosos de los judíos. No pasó ni un día sin que no pusiera en duda mi merecimiento.

Llegó el día en que Salmónides volvió a buscarme para pagarme los beneficios de la cosecha de cebada. Le di unos buenos honorarios, compartí la riqueza con Miriam y los Pobres, le di algo al mercader de aceitunas para el que trabajaba e invertí una fracción, bajo el sabio consejo de Salmónides, en una caravana que partía hacia Damasco.

Cuando, dos meses después, el mercader de aceitunas murió y me legó todas sus posesiones a mí, a quien «quería como a un hijo», de repente me convertí en un hombre modestamente acomodado.

Y así fue cómo me sentí apto para tomar a Rebeca como esposa.

Me senté bajo el baldaquín en casa de Miriam mientras todos nuestros nuevos amigos se reunían y festejaban y nos deseaban lo mejor. El Maestro pronto llegaría, tal vez mañana, y yo quería tener a Rebeca a mi lado. Como marido y mujer, recibiríamos al nuevo rey a las puertas de Jerusalén.

Eleazar no me hablaba. Era como si yo hubiera desaparecido y ya no existiera. A sus ojos, había cometido una afrenta terrible contra Dios, pero, a mi juicio, me purificaba ante Dios. Eleazar era un rabino conservador, un rabino que vivía en el pasado y para la vieja Ley. No podía convencérsele de que éstos eran en verdad los últimos días profetizados por Isaías y Daniel, y que, aunque el viejo mundo necesitaba la vieja Ley, la nueva era requería una nueva Ley. Ésta era la Nueva Alianza, el Nuevo Testamento, que no abolía la Torá, sino que la hacía realidad. En lugar de abandonar la Ley de los libros de Moisés, éramos todos más celosos en su observancia. Con todo, no observábamos dos preceptos: ya no considerábamos necesario el Templo para mantener sagrada la Alianza del Señor, pues ahora cumplíamos con el culto en nuestras propias casas; y teníamos un segundo día sagrado además del *Sabbath*, un día en el que celebrábamos nuestra fiesta del amor y nos sentábamos a escuchar a Simón o a uno de los Doce hablar del rey que vendría.

Me apenó separarme de Eleazar, pero era un dolor distinto del que me había empujado a considerar el quitarme la vida dos años antes. En aquel oscuro día, Eleazar me había expulsado en desgracia. Esta vez, yo le dejaba por una misión más sagrada que la suya.

Seguí siendo amigo de Saúl. Aunque no estaba de acuerdo en absoluto con mis nuevas creencias —dado que se hallaba todavía bajo la influencia de Eleazar—, respetaba mi derecho a observarlas. Y yo le prometí a Saúl que, aunque no se convirtiera en un miembro de los Pobres, el día que nuestro Maestro regresara a Jerusalén, hablaría en su favor y daría fe de su merecimiento.

Todo ello tuvo lugar dieciséis años antes del momento que debo contar. Y aunque sucedió mucho antes del día que ha de serte contado, tuvo una enorme influencia en los acontecimientos que tuvieron lugar. De hecho, sin todo esto, el día de la infamia nunca hubiera llegado.

Iba a producirse otro vuelco en mi vida que me pondría en camino hacia mi inevitable destino. Y ahora creo, hijo mío, que, incluso pese a los hechos antes referidos, si hubiera podido evitar este nuevo cambio, tal vez no estaría ahora sentado en este lugar de Magdala esperando mi última hora.

Pero no había forma de evitarlo, pues, como simples hombres, no podíamos ver el futuro. Y, por lo tanto, no teníamos manera de saber que aquella noche de verano, mientras yo me hallaba sentado en mi casa, entre mis olivos, mi destino iba a fijarse. Aquella noche, Saúl me trajo a Sara.

Terminaron el manuscrito a medianoche. Judy leía la traducción de Ben a medida que él la escribía. Ella acercó una silla hasta allí y se sentó junto a él, ansiosamente inclinada sobre el cuaderno. Cuando la última línea hubo sido escrita, Ben dejó caer su pluma y se agarró la muñeca, repentinamente consciente del acostumbrado calambre del escritor.

Al cabo de un rato, Judy y él se giraron para mirarse el uno al otro, sus rostros iluminados por la brillante lámpara de alta intensidad. Por vez primera, ambos habían pasado una noche juntos en la antigua Jerusalén, y el darse cuenta de ello —de que Judy había compartido las mismas experiencias simultáneamente— hizo que Ben se sintiera más próximo a ella de lo que jamás se había sentido antes.

—Yo tenía razón —murmuró al fin—. David era un hombre culto y rico. Lo supe desde el principio. Su riqueza aumentará, lo sé. En el siguiente manuscrito nos hablará de beneficios cada vez mayores...

Ben se puso cómodo y se reclinó en la silla. Hizo una mueca a causa del dolor producido por la tensión en la parte baja de su espalda.

—¿No dijo usted algo... una carta de Weatherby?

Judy no contestó. El momento era demasiado hermoso, demasiado frágil para hablar de malas noticias.

—Entonces ése era el fin. David revelará la horrible cosa que hizo y será el fin de la historia. Y entonces se alejará de mí y me dejará en paz.

Mientras Ben hablaba, Judy sintió que su estómago comenzaba a encogerse. Un horrible presentimiento la atenazó, diluyendo la euforia en la que había estado inmersa al visitar la antigua Jerusalén. Una corazonada de que las cosas iban a ponerse mucho, mucho peor.

—Déjeme preparar un poco de café —dijo por fin—. Creo que deberíamos comer algo.

—No tengo hambre —dijo Ben sin expresión.

—Está adelgazando.

—¿De veras? —Ambos se pusieron en pie y vacilaron un momento ante la última fotografía. Era difícil arrancarse de Jerusalén, alejarse de unos judíos que se querían los unos a los otros, apartarse del beso de paz y de las tranquilas noches de verano.

—Y ya estaba delgado desde el principio —dijo Judy. Luego le cogió la mano—. Vamos.

Le condujo al salón, le dejó allí y entró en la cocina. Pero no pudo moverse. De pie ante la pila, casi suspendida sobre ella, Judy no consiguió que sus músculos respondieran. En su mente, imaginaba el bello rostro de David y la dulzura de Rebeca. Era casi como si los conociera personalmente. Evocó la reunión en casa de Miriam, la partición del vino y el pan de los esenios, la esperanza acumulada de mejores días por venir.

Cuando sintió la presencia de él en la puerta, Judy levantó la mirada hacia Ben. Se miraron a los ojos.

Ben dijo sosegadamente:

—David era un cristiano, ¿no?

—Supongo que sí.

Él se apartó bruscamente y regresó al salón.

Siguiéndole, Judy dijo:

—¿Qué tiene de malo? ¿Por qué no puede aceptar esta posibilidad...?

—Oh, no es eso, Judy. Es por otra cosa. Algo que no le he contado.

Ella esperó tras sus palabras. El apartamento estaba oscuro y frío, pero ninguno de los dos se sentía inclinado a encender la calefacción ni ninguna luz.

—¿Qué otra cosa puede ser? —murmuró.

—En aquella época florecían cientos de cultos extraños.

—Pero ninguno al que un judío devoto como David se hubiera convertido. ¿Y qué me dice del líder que fue crucificado por Roma y que luego se creyó había resucitado de entre los muertos? ¿Y quiénes eran los Doce que David mencionaba?

—Muy bien. Era un cristiano. O, mejor dicho, un nazareno, como solemos llamarlos. Los cristianos se hallaban en Roma y Antioquía, los nazarenos, sólo en Jerusalén. Había una diferencia.

—Creo que sé algo acerca de eso. Una iglesia de Jerusalén y una iglesia de Roma. —Judy se sentó en el sofá junto a Ben. Se sentó cerca de él casi apoyándose y prosiguió con sosiego—: Después de la destrucción de Jerusalén, sólo sobrevivió la Iglesia de Roma.

—Así es, básicamente. Así... que David era uno de ellos.

—¿Qué tiene eso de malo? De hecho, yo creo que es fantástico. Estos manuscritos llenarán muchos vacíos en la historia, demostrarán que muchas teorías son ciertas, y refutarán otras. Aclararán los oscuros comienzos de la Iglesia. Piense en la ilustración, Ben, ¿qué tiene de malo?

—Nada —fue todo cuanto él dijo.

Judy reflexionó un momento.

—¿De qué tiene tanto miedo? ¿De que estos manuscritos demuestren la existencia de un hombre que había creído falsamente durante largo tiempo?

Ben se volvió de repente hacia ella.

—¡Oh, no! ¡En absoluto! Y yo nunca he creído que Jesús fuera ficticio, porque está claro que tenía que haber una cierta base para los Evangelios. No, Jesús vivió, pero no fue lo que todo el mundo dice que fue. Fue simplemente un judío itinerante que tenía carisma. Pero, aun así, David no va a decirnos nada que no sepamos ya. No hay duda de que hubo un movimiento mesiánico antes del 70 n.E. y de que los esenios y los zelotas podrían haber estado implicados en él. David ha confirmado esto, nada más.

—¿Qué le molesta, Ben?

—¿Qué me molesta? —apartó los ojos de ella y suspiró profundamente—. Cuando yo tenía 14 años, sufría una curiosidad insaciable. Tenía también la mala costumbre de preguntarlo todo. Mi madre y mis maestros se referían a la Torá como un escudo contra la contaminación de los *goyim*. «¿Pero qué tipo de contaminación? —me preguntaba yo—. ¿Y por qué ellos nos llaman asesinos de Jesús?» Bueno, una cosa llevó a la otra, hasta que acabé por querer averiguar qué era lo que nos separaba de los *goyim*. Oh, sabía que nosotros teníamos la Torá y ellos no. Pero eso no era suficiente para el pequeño Benjamin Messer. Yo quería saber qué era lo que tenían los cristianos, si no era la Torá, y qué tenía de malo.

Permanecieron sentados en la oscuridad durante varios largos minutos; Ben revivió el terrorífico pasado, y Judy esperó pacientemente a que continuara.

—Empecé a ir a la biblioteca a leer el Nuevo Testamento. Me intrigaba. No me lo creía en absoluto, pero me intrigaba. Lo leí una y otra vez, buscaba alguna pista que me aclarara qué era lo que hacía que la gente creyera en él. Hice esto mientras pude, hasta que un día, imprudentemente, me llevé un ejemplar a casa. Lo tuve escondido en mi habitación durante aproximadamente una semana antes de que mi madre lo encontrara. Y, Judy... —hizo una pausa—. Me dio una paliza. Quiero decir que me apaleó hasta dejarme a un milímetro de la muerte. No recuerdo ni la mitad de las cosas que me dijo, tanto como temí por mi vida. Pero era un mujer perturbada. Era una completa lunática. Como si las historias de horror de los campos de concentración no hubieran sido bastante, como si la glorificación del heroísmo de mi padre no hubiese sido suficiente, ahora tenía que darme una paliza para meterme un poco de judaísmo en el cuerpo. ¡Oh, Jesús!

Ben dobló su cuerpo y apoyó la frente en sus rodillas.

—Heroísmo. ¡Por el amor de Cristo! ¿Por qué condena todo el mundo a los judíos de Auschwitz por haber ido a la muerte como corderos? ¿Qué demonios hubieran debido hacer? ¿Qué podían haber hecho? Así que mi heroico padre le escupió a la cara a un oficial de las SS y llamó a Hitler *schwein** y fue sentenciado a ser enterrado vivo. Y, por ser la esposa de este «heroico» judío, a mi madre le echaron perros salvajes. ¡Oh, Cristo, qué clase de heroísmo en ése!

Judy puso su mano en la espalda de Ben y esperó mientras él lloraba en la oscuridad. Luego dijo tiernamente:

—Eso sucedió hace más o menos treinta años, Ben.

—Oh, sí. —Él se enderezó y se secó las mejillas—. Y David Ben Jonah vivió hace dos mil años, pero mírelo ahí de pie. ¡Mírelo!

Judy miró furtivamente a la insondable oscuridad de la habitación.

—Yo no lo veo, Ben.

—No, claro que no. Sólo me deja verle a mí. Del mismo modo que usted no puede oír a mi madre decirme lo bastardo asqueroso que soy por leer la Biblia de los *goyim*. ¿Qué podía decirle yo? ¿Cómo podía explicarle que, leyendo la Biblia de los *goyim*, veía su debilidad, no su fuerza?

Ben se limpió la nariz y se tranquilizó.

—Si tenía que luchar contra unos enemigos, tenía que saber algo sobre ellos. Tenía que saber contra quién estaba luchando. Pero mi madre no lo entendió. No se le ocurrió que intentaba ser un buen judío, que quería convertirme en el rabino que ella veía en mí. Pero sencillamente no salió bien. Ella fue demasiado lejos. Algo se rompió dentro de mí aquella noche. Mientras yacía en mi cama, demasiado maltrecho para llorar, sentí como si mis ojos se abrieran por primera vez. Y, Judy... aquella noche, en mi cama, vi lo que el judaísmo puede hacerle a una persona. Vi cómo había matado a millones de judíos en campos de concentración nazis, cómo había destruido a mi padre, cómo había torturado a mi madre. Éramos despreciados porque éramos judíos. No eran los cristianos los culpables. Éramos nosotros, nosotros mismos. Nosotros éramos el problema. Y la única forma de escapar de la miseria, de la tortura y de la demencia de ser judío, era dejar de serlo.

* Cerdo, en alemán. (*N. de la T.*)

—Ben...

—Sé qué está pensando —dijo él—. Está pensando que mi madre no era la única loca de la familia. Tal vez no. Pero, por lo menos, yo soy feliz en mi demencia.

—¿De veras?

—Al menos, lo era hasta hace algunos días. Desde el momento en que dejé el pasado atrás, hace diecisiete años he sido feliz. Y es porque no era un judío. ¿Cómo hubieran sido las cosas si yo hubiera continuado como ella deseaba?

—No lo sé, Ben. —Judy se puso de pronto en pie y encendió algunas luces—. Dígame por qué le disgusta que David fuera cristiano. Sigo sin entender por qué le molesta.

—Porque —comenzó, levantándose también del sofá—, porque hasta ahora sentía una afinidad con David. En los manuscritos tiene ahora diecinueve años, y, hasta que yo tuve esa misma edad, fui judío practicante. Ahora, lo ha estropeado todo. Ha entrado en el mismísimo conflicto que provocó todos mis problemas hace tiempo —el dilema del cristiano *versus* el judío—. Chicos buenos y chicos malos. Uno, puro, el otro, contaminado. Yo buscaba la reconciliación de esa pequeña perplejidad cuando tenía catorce años y casi me mataron por ello. Ahora David, mi dulce David, de hecho se ha unido a ellos. Sólo que ahora es judío y cristiano al mismo tiempo.

—Pero, en tiempos de David, los cristianos eran judíos, no eran distintos.

—Qué poco consuelo.

—¿Puedo prepararle ahora algo de comer?

—Sí... —Ben comenzó a pasear por la habitación.

Cuando Judy llegó a la puerta de la cocina, se detuvo y se volvió.

—A propósito —dijo con precaución—. Por lo que respecta al siguiente manuscrito...

Él cesó de pasear y se quedó parado en medio del salón con los hombros encorvados.

—Gracias a Dios por el próximo manuscrito. —Sacudió fuertemente la cabeza—. Siendo el último, pondrá punto final a todas mis preocupaciones, responderá a todas nuestras preguntas. Y luego todo esto habrá terminado. Dios, no puedo... esperar...

—Ben...

—¿Qué? —la cautela de su voz le alarmó—. Es el último manuscrito, ¿no?

—Bueno, sí. El próximo que recibamos será el último. Pero no porque fuera el último que David escribió...

—¿Qué quiere decir?

El corazón de ella comenzó a latir violentamente.

—Es el último que Weatherby enviará. El último de verdad, el último que David escribió, no pudo ser salvado. No era más que un montón de cenizas.

13

Ben leyó la carta de Weatherby por décima vez, pero nada cambió. La noticia seguía siendo mala. Al igual que el manuscrito número tres, la vasija del número diez estaba muy dañada, con lo que se estropeó el papiro. Dos mil años de deterioro habían hecho su trabajo. El último manuscrito se había perdido.

No podía derramar más lágrimas. Fue el peor día en la vida de Ben. La noche anterior, después de que Judy le hubiera dado la noticia, Ben estalló en una rabia tan violenta, que había arrojado cosas contra la pared y había hecho que Judy se marchara corriendo del apartamento, por miedo. Luego había caído en un profundo sueño sin pesadillas, casi en coma, y se había despertado aquella mañana sintiéndose como si, por un momento, hubiera vivido en el reino de los muertos.

De modo que el manuscrito de David había desaparecido para siempre y no había manera de averiguar qué había escrito en él. Ello significaba que todo dependía del manuscrito número nueve. Ben rogaba desesperadamente que se tratara de un papiro largo y sin dañar, y que David hubiera dicho en él lo bastante para desvelar el misterio. De lo contrario...

Ben miró al fantasma que tenía ante sí, el fantasma de David Ben Jonah.

De lo contrario... tal vez no se fuera nunca. Tal vez no entendería que el último manuscrito no llegaría nunca y por consiguiente seguiría persiguiendo a Ben para siempre.

Judy llamó tímidamente a la puerta, y cuando Ben la abrió, él la atrajo de inmediato entre sus brazos y la besó tiernamente en la frente.

—Siento lo de ayer por la noche —murmuró contra su cabello—. Lo siento mucho, profundamente. Arrojarte cosas, una y otra vez. No sé qué...

—No importa, Ben —dijo ella, con la cabeza enterrada en su pecho. La noche había sido mala también para ella. Y, para tomar la decisión de volver, requirió una gran dosis de valor. Pero el amor la había ayudado a superar su miedo.

—No te habría hecho daño —dijo él.

—Espera —ella puso las puntas de sus dedos sobre su boca—. No hables de eso. No vuelvas a mencionarlo. ¿De acuerdo?

Él asintió abatido.

—Vine a esperar contigo el siguiente manuscrito.

Preparó un guiso para los dos, que comieron sin hablar ni una sola vez, y luego intentaron ordenar el estudio. Muchas hojas de traducción yacían desperdigadas por todas partes. Había que reunirlas, ordenarlas y pasarlas a máquina para Weatherby. El hecho de que él estuviera probablemente recibiendo traducciones actualizadas de los otros dos paleógrafos no se le había ocurrido a Ben. De hecho, el que un gran equipo de arqueólogos trabajase con las hojas de papiro auténticas en Jerusalén tampoco se le pasó por la cabeza. Para Ben y Judy, éste era un encuentro personal, un encuentro que les implicaba únicamente a ellos y a David, de modo que el que cientos de otras personas trabajaran en los manuscritos de Magdala había desaparecido de sus pensamientos.

Ben insistió en que bajaran a los buzones a las dos, a pesar de que el correo solía llegar siempre a las cuatro. Se sentaron en los escalones con antelación y cada uno rezó, por motivos distintos, para que ese último manuscrito llegara.

Cuando llegó, Ben casi estaba muerto de tensión. Temblaba con tal intensidad, que Judy tuvo que firmar el recibo, además de ayudar a Ben a subir las escaleras y a entrar en el apartamento.

—Estás sudando —le dijo una vez en el interior—. Y ahí fuera hacía frío.

—Pensé que no iba a llegar nunca. Pensé que no iba a llegar nunca.

—Ahora está aquí. El último manuscrito. Vamos a leerlo, Ben.

Ninguna carta acompañaba las fotografías, y, para la alegría sin límite de Ben, un rápido examen les mostró que el papiro era extenso y estaba en bastante buenas condiciones.

—Probablemente podremos adivinar con bastante exactitud lo que estaba escrito en esos bordes rotos de aquí. El problema es cuando faltan pedazos enteros. Ahora, leámoslo. Oh Dios... pensé que no iba a llegar nunca —tomó a ciegas la mano de ella y la apretó ligeramente—. Reza, Judy, reza porque este manuscrito termine con todo esto.

Rebeca y yo llevábamos un mes casados, disfrutábamos de la felicidad y de los descubrimientos propios entre los recién casados. Ella era una esposa dulce y me adoraba, como una niña silenciosa en mis brazos, y daba gracias a Dios diariamente por su fortuna. Asimismo, yo expresaba mi contento al Señor y pensaba que podía seguir así para siempre, con la recatada Rebeca a mi lado y nuestros olivos siempre dando fruto.

Pero, luego, una noche, después de un mes de casados, Saúl vino a visitarnos y a cenar con nosotros. Yo le había invitado varios días antes, y me había dicho que, cuando viniera, tendría una sorpresa para nosotros.

La sorpresa era que Saúl estaba prometido. Y trajo consigo a su futura esposa.

Hijo mío, no tuve forma de prepararme para ese momento. Ningún hombre la tiene. Exactamente del mismo modo en que un día te sucederá a ti, me sucedió a mí esa noche cuando le abrí la puerta a mi amigo.

Me quedé sin habla desde el principio. Fue como si hubiera sido alcanzado por un rayo. Los ojos de Sara encontraron los míos, y en un instante me atravesaron y me partieron el alma. No puedo comenzar a describir mis sentimientos en aquel momento, pues no hay palabras suficientes. En ese mismo instante, mientras Saúl nos saludaba y nos mostraba orgullosamente a su prometida, me enamoré de Sara. Y cuando sus ojos penetraban en los míos, cuando su expresión se congeló y su boca se entreabrió, supe que Sara se había enamorado de mí.

Eso es lo que nos dicen los mitos y las leyendas y sin embargo nunca esperamos que nos pase a nosotros. Pero me ocurrió a mí, hijo mío, y me alcanzó con tanta fuerza, que supe en ese mismo momento, en ese efímero momento, que mi vida nunca volvería a ser la misma.

Ni Saúl y Rebeca vieron lo que había pasado entre nosotros. Yo lavé las manos y los pies de mi amigo y compartí con él un pellejo de vino aguado mientras Sara y Rebeca se ponían a trabajar en la cocina. Y todo el tiempo, mientras Saúl parloteaba sobre noticias de la ciudad, estuve sordo y ciego para él. Sólo podía pensar en Sara, la visión de belleza y misterio que se aparece a los hombres sólo en sueños.

Esa noche me sentí incómodo, pero Saúl y Rebeca no se dieron cuenta. En la comida hablamos, reímos y disfrutamos de la compañía de una buena amistad. Temía mirar a Sara, pues temía que, si lo hacía, me convertiría en una columna de fuego. Nuestros ojos se encontraron una o dos veces, y se quedaron de inmediato congelados en el tiempo y en el espacio. Ella me miraba directamente, con sus húmedos labios ligeramente abiertos, como intentando decir algo sin hablar.

Cuando por fin Saúl y Sara se marcharon, estaba completamente entumecido. Esa noche no toqué a Rebeca, sino que fingí dormir. Y durante las horas más oscuras, la visión estuvo siempre ante mí: los grandes e inquisitivos ojos de Sara, su boca perfecta, su liso y brillante cabello, su gracioso cuerpo... Era más que una belleza, era una mítica doncella que había venido a atormentarme.

Durante los días siguientes, me fue imposible alejar a Sara de mi mente. Presté escasa atención a mi trabajo y a menudo tuvieron que decirme las cosas dos veces. Si Rebeca se dio cuenta de ello, nunca me lo dijo. Pero Rebeca era una esposa callada y obediente, nunca hubiera criticado mis actos.

Un día no pude aguantar más. En lugar de mandar a mi asistente para tratar con los banqueros como tenía costumbre, fui yo en su lugar y le dejé vigilando el huerto. Vestía la más elegante de mis túnicas y mi mejor manto, me perfumé la barba y partí para Jerusalén con el corazón exultante.

Saúl estaba próximo al fin de sus estudios y, por consiguiente, no vivía ya en casa de Eleazar. Volvía a estar con su padre y viviría aquí con su nueva esposa hasta el momento en que pudiera comprar su propia casa.

Al llegar, Saúl no estaba, pero fui recibido cálidamente por su familia. Cuando regresó del Templo un poco después, se alegró de verme y, en su celo, no se dio cuenta de que una sombra de desilusión cruzaba mi rostro. Sara no estaba con él. ¿Y qué esperaba? Claro que no iba a estar en su compañía con frecuencia hasta que estuvieran casados. Tenía que inventar otra manera.

Lo que se me ocurrió fue lo siguiente: Los invité a los dos a cenar de nuevo la noche del *Sabbath* y les pedí que se quedaran a pasar el día siguiente. Lo planteé así:

—Rebeca está sola en esa casa junto al huerto, pues raramente ve a mujeres de su misma edad. Disfrutará con la compañía de Sara durante ese tiempo.

Y Saúl aceptó de buena gana.

Practiqué el engaño, hijo mío, y utilicé a mi mejor amigo

para mis propios fines, y sin embargo, en mi ardiente deseo de ver a Sara una vez más, nada de esto me pasó por la cabeza. Un hombre impulsado por el amor, por una arrolladora pasión, no es racional. En mi mente, pensé que estaba organizando algo especial para Rebeca.

Cuando Saúl y Sara llegaron antes de la puesta de sol, yo estaba fuera de mí. Me puse en pie para verlos subir por el camino, oí la risa de Sara entre los árboles, vi cómo su magnífico cabello atrapaba la luz del sol mientras flotaba en el aire. Sin embargo, una vez en nuestro umbral, volvía a ser modesta y llevaba velo. No obstante, sus ojos me miraban con intensidad y sentí flaquear mis piernas.

Nadie puede explicar el sentimiento del amor, de dónde viene, por qué existe, qué lo provoca en ciertos momentos. Uno sólo sabe que es la más sublime de las emociones.

«Miel virgen destilan tus pechos, esposa; leche y miel hay bajo tu lengua; y el aroma de tus vestidos es como el aroma del Líbano.»

Comprendo cómo se sentía Salomón cuando escribió este cantar, pues, en presencia de Sara, yo me sentía débil, encendido y consumido por el deseo de abrazarla.

Al día siguiente Saúl volvió a la ciudad para asistir al Templo, pero yo no lo hice, pues era el día después, y no el *Sabbath*, el que nosotros, los Pobres, dedicábamos al culto. Y así me ofrecí a acompañar a Sara a visitar mi huerto, para que viera mis posesiones y sintiera el aire matutino de la falda de la colina. Rebeca prefirió quedarse dentro, y así, Sara y yo paseamos entre mis olivos.

Al principio no hablamos, había un silencio extraño entre nosotros. Pero mientras caminábamos bajo las ramas y nos deleitábamos bajo el calor del día, supe que Sara sentía lo mismo que yo.

Llegamos al último de los árboles y nos detuvimos para admirar una bonita vista. La anémona color rojo sangre estaba en flor, alegrando el campo con su brillo. El aire estaba lleno del aroma del pino de Alepo, y lirios blancos yacían entre la hierba como durmientes palomas.

Al final, ya no pude aguantar más, y le conté a Sara lo que había en mi corazón. Confesé que no me sentía culpable, que era un recién casado y, sin embargo, no podía pensar en mi esposa, y que el fuego que me consumía estaba más allá de mi control de mortal.

Para mi sorpresa y deleite, Sara me dijo las mismas palabras; que desde el momento de nuestro primer encuentro había estado inquieta y había sentido dolor en su corazón.

—¿Cómo puede ser? —preguntó—. ¿Es posible que un amor así florezca en un instante? ¿Pueden dos personas mirarse la una a la otra y quedar atrapados en una pasión tan grande que todas las aguas del Siloé no puedan apagarla?

Le dije que así debía ser, puesto que nos había sucedido a nosotros. La hubiera besado entonces, pero aún conservaba un poco de sensatez. En el quinto libro de Moisés se fija que un hombre debe regocijarse con su novia durante un año. Yo no estaba cumpliendo este mandamiento a la perfección. Y era un hombre de la Ley.

Hablamos tranquilamente en la cima de la colina, y cuando una agradable brisa arrancó el velo de Sara y liberó su cabello, pensé que mi corazón gritaría con su propia voz.

Sentía un gran amor por Saúl. Durante mis ocho años en Jerusalén, desde que abandoné Magdala, Saúl había sido mi hermano y mi amigo. Ante Dios, no había nada que no hiciera por él. Así que fue por este motivo y no por otro por lo que me abstuve de acercarme a Sara. Mi amor por Saúl era lo que me hacía resistirme a mi amor por su prometida. Era un hombre de lealtades.

También era un hombre de la Ley, si bien, irónicamente, no fue la Ley lo que me contuvo ese día. Sabía que el castigo de compartir el lecho con la prometida de otro hombre era la lapidación hasta la muerte; sabía también que, si una muchacha no llegaba virgen a su marido y éste lo descubría en su noche de bodas, podía ser apedreada hasta morir. Siendo como son tan estrictas y severas las leyes del quinto libro de Moisés, mi amistad con Saúl fue mi fuerza de voluntad.

En los días siguientes, fui un hombre distinto. Cuando Salmónides vino a mí con más beneficios y para decirme que los dioses me eran favorables, sus palabras cayeron sobre un sordomudo. Dentro de mi pecho había un dolor que no podía ser aliviado. Mi amor por Sara aumentaba cada hora.

Rebeca y yo seguimos visitando a nuestros amigos en casa de Miriam, en la parte alta de la ciudad, y, dado que eran judíos piadosos, me esforcé al máximo para ser atento.

No te he mencionado todavía a Jacob, a quien conoces. Ahora te hablaré de él.

Jacob era un nazareno, un hombre con las más firmes convicciones y los más fuertes votos. Junto con Simón, ayudaba a dirigir a los Pobres. Eran para ellos días muy ocupados, pues estaban ansiosos por incrementar el número de sus miembros antes de que el Maestro regresara. Jacob decía a menudo:

—Nos encomendaron que fuéramos y reuniéramos a las ovejas perdidas de Israel y que les predicáramos que el reino está cerca.

Por este motivo, Simón y sus seguidores iban por el país predicando su Nueva Alianza y anunciando el regreso de nuestro rey. Dentro de poco, las viejas profecías se cumplirían e Israel ascendería para ser el gobernante legítimo del mundo. Para que esto tuviera lugar, todos los judíos tenían que estar preparados, y era tarea de Simón y Jacob organizar las misiones y procurar que todas las casas de Israel les fueran propicias.

Una vez les pregunté:

—¿Adónde vais, hermanos?

Y Jacob respondió:

—Tenemos que ir a todas y cada una de las ciudades de Israel y hablar con todos los judíos que haya allí. Se nos indicó que evitáramos a los paganos y que no entráramos en la ciudad de los samaritanos. Pues el reino que está cerca es sólo para los judíos.

En este momento, surgió una discusión. Simón y Jacob recibieron cartas de sus hermanos de Antioquía que estaban predicando a los judíos, y decían que otro hombre, un tal Saúl de Tarso, afirmaba haber conversado con el Maestro en la ruta de Damasco y haber recibido instrucciones de predicar a los paganos.

Pero Simón y Jacob, como eran los líderes de los Pobres en todas las cuestiones, les aconsejaron en contra de andar entre los no circuncisos, pues, a menos que se convirtieran en judíos como nosotros —es decir, si se sometían al rito de la circuncisión— y prometieran observar la Torá, los paganos no podrían entrar en la Nueva Alianza.

Una segunda discusión brotó también en este momento, una discusión que no fue seria al principio, pero que en años posteriores creció hasta alcanzar proporciones desmesuradas. Simón fue el mejor amigo del Maestro y su primer discípulo. Jacob era el hermano del Maestro. A causa de ello, surgió una pequeña disensión. Simón y Jacob competían por la supremacía absoluta sobre los Pobres. Si no estaban de acuerdo en algún punto, estallaba un acalorado debate, y cada uno reclamaba el derecho a tener la última palabra. Al principio, no fue un gran problema, pero posteriormente, cuando Simón y Jacob empezaron a discrepar en sus puntos de vista, la lucha por la dirección de los Pobres creció en intensidad.

Y así, sucedía que, en ese momento, Simón y Jacob eran hombres ocupados. El día del regreso estaba próximo. Podía ser mañana, y temían no haber llegado a suficientes judíos antes de que el Maestro cruzara las puertas como rey. Simón y Jacob se resistían a la idea de permitir la entrada de paganos en el grupo, y rivalizaban el uno con el otro por el control absoluto de la comunidad.

Fue también, tristemente, una época en que comenzamos a llevar espadas. Los zelotas de toda Galilea y Judea promovían cada vez más una mayor agitación política con nuestros señores romanos y temíamos que un gran conflicto estallase antes de que nuestro Maestro regresara.

Simón dijo:

—Nuestro Señor afirmó: «Quienquiera que no tenga una espada debe vender su abrigo y comprar una».

No eran tiempos peligrosos, como sucedió en el futuro, hijo mío, y de los que tienes conocimiento. No eran más que las pequeñas semillas de la agitación, malos vientos. Cuando la situación se desbordó, tú fuiste testigo de ello.

Mi amor por Sara creía. No podía controlarlo. Cuando Saúl fue por fin considerado apto para enseñar la Ley, y Eleazar le confirió el título de rabino, Saúl decidió la fecha de su boda. Y ello desgarró mi corazón aún más que si lo hubieran hecho unos leones hambrientos.

Rebeca estaba tan emocionada como si la novia fuera ella, y pasó muchos días preparando cosas con Sara. Ella y Saúl venían frecuentemente a nuestra casa, pues nosotros éramos sus mejores amigos, y yo parecía un cachorro enfermo. Suspiraba por ella. La deseaba como nunca había deseado antes a una mujer. Mi amor estallaba en pasión y en lujuria; por mucho que sudara bajo el sol en mi huerto o rezara hasta tener callos en las rodillas, el intenso deseo de tener a Sara no hacía más que aumentar.

Que ella sufría como yo era evidente en sus ojos. Y una

vez que nuestras manos se tocaron accidentalmente, vi un rubor en sus mejillas. Soñé con ella hasta bien entrada la noche, me agité y revolví como aquejado por la fiebre. Y recé para que, cuando llegara el día de su boda, pudiera purgar mi cuerpo y mi alma de esta obsesión.

Ocurrió que, un día, Rebeca fue a Jerusalén a visitar a su madre y a sus hermanas mientras yo permanecía en la almazara. Yo sabía que Saúl estaba aún en el Templo, buscando alumnos para poner en marcha su propia escuela. Mi ayudante estaba en Jerusalén con nuestro aceite más reciente, y mis escasos esclavos dormían la siesta a resguardo del sol.

Y parece que fue el destino lo que condujo a Sara camino arriba aquel día. Como si nuestras estrellas hubieran sido inevitablemente unidas hacía largo tiempo, en el momento de nuestro nacimiento. Salí de la sombra y me puse al sol, casi sin dar crédito a mis ojos. Era como si se me acercara una visión.

Con un velo sobre el rostro y los ojos bajos, Sara me saludó y me explicó que traía una cesta de pasteles de miel para Rebeca y para mí. Unos pasteles que acababa de hornear y que estaban todavía calientes.

Cuando le dije que Rebeca no estaba en casa y que estaba solo, Sara alzó los ojos, y mi corazón cantó a las colinas.

—Toma un pastel —dijo, sosteniendo la cesta—. Están hechos de miel, algarroba molida y las mejores nueces.

Pero no pude comer. Mi boca estaba seca, y mi garganta, cerrada. Mi corazón latía apresurado como el de un niño.

—Ven y siéntate a la sombra —le aconsejé, y le cogí el pesado cesto.

Caminamos un momento, disfrutando del calor del verano y de la frescura del aire. Nos detuvimos ocasionalmente para mirar los pájaros u oler una flor.

—Hay mucho silencio aquí —dijo Sara al cabo de un trecho—. No es como en la ciudad, que está atestada de gente y es siempre ruidosa. Aquí, entre los árboles, todo está tranquilo.

Decidimos sentarnos un rato a la sombra de un pino, uno cuyas pesadas ramas colgaban bajas y que extendía grandes brazos para besar el cielo. Al sentarnos, vi que nos habíamos alejado de la vista de la casa.

—Ahora Saúl tiene un alumno —dijo Sara con los ojos fijos en el suelo. Se hallaba sentada sobre la cadera con sus pequeños pies modestamente recogidos bajo su cuerpo—. Es el hijo de un comerciante pobre que no podía permitirse mandarlo a un rabino más conocido.

—Todos los hombres famosos tuvieron comienzos humildes. Llegará el día en que Saúl esté tan solicitado como Eleazar —comenté.

Luego permanecimos un rato sentados en silencio.

—¿Cuándo es el día de la boda, Sara? —le pregunté.

—Dentro de dos meses, pues entonces Saúl podrá comprar una casita en la ciudad. Es una casa humilde, pero será nuestra.

«Dos meses —pensé—. ¿Será fácil luchar contra esta pasión una vez esté casada, o no habrá ninguna diferencia?»

Mientras mirábamos jugar unas ardillas, Sara rió, haciendo que su velo cayera hacia atrás. Ver su largo cabello negro entre sus hombros y su pecho aumentó mi ardor.

—Sara —le dije—, es difícil para mí estar contigo de este modo.

—También para mí —contestó.

—Saúl es mi mejor amigo y mi hermano, no puedo traicionarle.

—Lo sé —murmuró.

Y a pesar de ello, no pude evitarlo. Temblé con la batalla interna, luché desesperadamente contra el instinto que me invadía. Y no pude evitarlo. En un impulso, cogí su dulce cabello en mis manos y lo besé.

Cayeron lágrimas de sus ojos. De repente, con voz tensa, dijo:

—Saúl nunca lo sabría.

Me quedé como fulminado por un rayo.

—Pero, mi amor —dije—, debes llegar virgen a tu marido. La Ley es clara. También está claro que, si un hombre encuentra a una doncella en la ciudad y ella está prometida a otro hombre, si él se acuesta con ella, hay que llevarlos a ambos fuera de las puertas de la ciudad y apedrearlos hasta que mueran. La Ley es clara. No es por mí por quién temo, sino por ti, mi amor.

Su mano estaba sobre la mía, y toda lealtad hacia Saúl se desvaneció. Sara se sentó cerca de mí, con su cuerpo temblando, los labios separados.

—También dice el quinto libro de Moisés que si un hombre encuentra a una doncella en el campo y ella está prometida a otro hombre, y si él la fuerza y se acuesta con ella, entonces sólo el hombre que se acueste con ella morirá —le recordé.

—¡No, mi amor! Si nos descubren seremos castigados juntos. Olvida la Ley y la ciudad y el campo. No hay forma de evitarlo. Debemos arriesgarnos. Si nos descubren, será justo. Si no somos descubiertos, deberemos vivir para siempre con nuestras conciencias —fue la respuesta de Sara.

Nadie nos vio ese día, y nunca nos descubrieron. De momento, fue conocer el paraíso. Pero, aquella noche y los días siguientes, fui un hombre empujado a la desesperación. No existía criatura más baja que yo, ni más despreciable en su engaño. Había traicionado a mi esposa Rebeca, a mi mejor amigo, y había traicionado a Dios. No habría excusa para el acto, ni tampoco la busqué. Le había robado a mi mejor amigo lo que era legítimamente suyo. Nunca podría volver a mirarle sin sentir la más profunda vergüenza.

Dos veces en mi vida había profanado la Torá. ¿Cómo podía esperar ser contado entre los elegidos cuando el Maestro regresara, si no honraba la sagrada Ley de Dios? Habría un rey en Sión cualquier día, y yo ya no era digno.

En mi angustia, acudí a Simón en busca de consejo. No le di detalles, sino que meramente confesé que había cometido un acto criminal. Me arrojé sobre mis rodillas y le pedí que me aconsejara. Para mi sorpresa, Simón dijo esto:

—Al buscar purificación, quedas purificado, pues Dios puede ver en tu corazón. Si eres sincero en tu contrición, el perdón es inmediato.

Así que dije:

—No soy un judío apto para recibir al Mesías.

—Recuerda —contestó Simón— la parábola de la fiesta de los esponsales. No te sientes en el mejor lugar, pues puede suceder que el anfitrión haya invitado a alguien más importante que tú y podría decirte: «Por favor, levántate y cédele el sitio». Entonces estarías avergonzado y tendrías que sentarte en un lugar más bajo. En cambio, cuando te inviten, ve y siéntate en el lugar más apartado de modo que tu anfitrión pueda decirte: «Acércate, amigo, y siéntate aquí». Esto te honrará en presencia de los demás invitados. Pues todo el que se engrandezca será humillado. Y quienquiera que se humille, será engrandecido.

Pensé mucho en el consejo de Simón, y aunque creía que podía tener razón, no consiguió calmar mi desesperación.

Y luego mi pena se multiplicó, pues, a pesar de que había recibido el premio que tanto había ansiado, y a pesar de que me sentía un miserable después, aún amaba a Sara con todo mi corazón y toda mi alma.

Ello provocó un cambio en mí, hijo mío. Aunque Simón me aseguró que, dado que no tenía más que diecinueve años, estaba siendo demasiado severo conmigo mismo, y que con el tiempo aprendería a perdonarme a mí mismo, después de aquello nunca pude sentirme seguro de mi valía ante Dios. Y tanto era así, que hice votos: rezar con el doble de frecuencia y el doble de tiempo que la Ley requería; llevar los *tfilim* en la muñeca y la frente; honrar tanto la Vieja Alianza como la Alianza esénica; y redoblar mis esfuerzos para convertirme en un discípulo digno del Mesías.

Sólo de este modo pude vivir conmigo mismo. Seguí amando a Sara secretamente y en silencio, pero también aumentó mi empeño porque Rebeca no sufriera a causa de mi debilidad. Fui constante con Saúl, pero siempre me sentía violento en su presencia, y me esforcé por evitar todo contacto con su esposa.

No asistí a la fiesta de su boda, sino que fingí estar enfermo y mandé a Rebeca con su madre y sus hermanas. Una vez casados, Saúl y Sara estaban demasiado ocupados para visitarnos como al principio. Y yo siempre alegaba excusas para posponer sus invitaciones a su casa.

Después de esto, Salmónides vino a mí con la sugerencia de que comprara la granja vecina, que era pobre e inútil, y la convirtiera en una granja lucrativa. Agradecí el consejo y contraté de inmediato nueva ayuda, compré una prensa para aceitunas más grande, e inventé un mejor sistema de irrigación. Salmónides estaba en lo cierto, pues la granja adyacente pronto comenzó a dar beneficios. Mientras en mis olivos crecían hermosas aceitunas y mi prensa producía el mejor aceite, Salmónides continuó aumentando mis ganancias en inversiones y otras empresas.

Hacia comienzos del año siguiente, después de mi vigésimo cumpleaños, llegó un mensajero de la ciudad con una carta de Saúl. Sara iba a dar a luz a su primer hijo.

Ocho días después, Rebeca y yo asistimos a la circuncisión. Era la primera vez que veía a Sara desde antes de la boda y mi corazón se aceleró al verla. En su palidez y fragilidad —pues él parto había sido arduo— estaba tan hermosa como la recordaba, y mientras el *mohel** realizaba la operación y recitaba las oraciones, yo sólo prestaba atención a Sara.

Llamaron al niño Jonatán, pues Jonatán era el hijo de Saúl. Yo sería su tío y él mi sobrino. Ofrecimos votos por el recién nacido, y yo envidié secretamente a Saúl. Yo todavía no tenía hijos.

Bendije a Jonatán y le deseé larga vida, y luego en silencio —dentro de mi corazón— rogué para que sobreviviera hasta el retorno del Mesías con objeto de que pudiera hacerse un hombre en el verdadero reino de Israel.

Judy dejó a Ben y fue a preparar unas hamburguesas en la cocina. La que realizaba era una tarea mecánica, una tarea que hacía sin pensar, porque, a pesar de que su cuerpo se encontraba en una cocina completamente eléctrica en el siglo XX, su mente seguía en la antigua Jerusalén.

En su mesa, Ben no se movía. Al estar tan inmerso en la lectura del manuscrito y experimentar la vida de David Ben Jonah, el choque de llegar al final del texto lo había dejado suspendido, flotando en el aire.

«No puede ser —rechazó vagamente—. Esto no puede ser todo.»

Ben colocó sus manos, con los dedos extendidos, sobre las fotografías. Permaneció allí sentado, inmovilizado, sintiendo las palabras de David Ben Jonah bajo sus palmas, el cálido verano de Jerusalén y el acto de amor bajo un pino de Alepo; el ruido y la opresión del cosmopolita mercado de Jerusalén; olió el pescado importado de Cafarnaúm, Magdala y Bethesda.

Tocó las sedas de Damasco, el lino de Egipto, el marfil de la India. Percibió los perfumes exóticos, los gritos de los vendedores ambulantes y de los mercaderes. Oyó el sonido metálico de las espadas romanas en sus vainas. Sintió el polvo, los animales, el calor y el sudor de Jerusalén...

—¡Oh, Dios! —gritó Ben, poniéndose en pie de un salto.

En el instante siguiente Judy estaba a su lado, secándose las manos en una toalla.

—Ben, ¿qué pasa?

Él se miró las temblorosas puntas de los dedos.

* Sacerdote judío que practica la circuncisión. (*N. de la T.*)

—¡Oh, Dios! —murmuró de nuevo.

—¿Qué ha sucedido?

—David... —comenzó—. David estaba...

Ella le puso un brazo alrededor de los hombros.

—Vamos, Ben, estás exhausto. Tendré la cena preparada dentro de pocos minutos y luego podremos descansar. ¿Te apetece un poco de vino mientras tanto?

Ella le condujo al salón, pasando junto a la mancha morada de la alfombra y acompañándole hasta el sofá. Tan pronto como se sentó, Popea estuvo en su regazo con la intención de ronronear y restregarse contra su pecho. Pero Ben ignoró a la seductora gata. En cambio, reclinó la cabeza hacia atrás sobre el sofá, con la boca abierta, y miró al techo.

¿Qué acababa de pasar en el estudio? Era algo nuevo, algo diferente. Era como si David estuviera...

—¿Qué te pones sobre la hamburguesa? —quiso saber Judy, asomando la cabeza por la puerta de la cocina.

—¿Eh? —levantó bruscamente la cabeza—. Mostaza...

Ella hizo algunos ruidos; salió al momento con una pesada bandeja. Al colocarla ante él sobre la mesa de café, se le cayó una servilleta en su regazo y abrió de par en par una bolsa de patatas fritas. Las hamburguesas eran gruesas y jugosas.

—Venga, me prometiste que comerías.

—¿De veras...? —Empujó la nariz de Popea fuera de su plato y se llevó la hamburguesa a la boca.

¿Qué era lo que David había intentado hacer en el estudio?

Comieron durante un rato sin decir nada, la monotonía se rompía sólo con el ocasional crujido de una patata, hasta que Ben, a punto de terminar, farfulló:

—Lo que me sorprende es que... David esté todavía aquí.

—¿Por qué te sorprende?

—Pensé que se marcharía cuando no me quedara nada que traducir, pero me equivoqué. ¿Y si me persigue por el resto de mi vida, sin saber que el último manuscrito nunca llegará?

Acabaron con las hamburguesas, se limpiaron las manos y la cara, y se recostaron para beber más vino. Popea ramoneaba entre las migas.

—Qué astuta es —dijo Ben—. Finge ser fina y delicada, pero en el fondo es una lagarta.

—Como su nombre tal vez.

El tiempo pasó lenta, tranquilamente, en el pensamiento. Luego Ben dijo con suavidad:

—Sabes, te está mirando. David te está mirando.

Los ojos de Judy lanzaron una mirada delante de ella y a las oscuras sombras del otro lado de la habitación. No vio más que las formas de los muebles, de las plantas y los cuadros de las paredes.

—¿Por qué crees que lo hace?

—No lo sé. Tal vez le recuerdas a Sara.

Ella soltó una risita.

—¡Difícilmente!

—Oh... No lo sé...

Nerviosamente, Judy dijo:

—Así que los manuscritos están terminados.

—Sí, supongo que sí. —El rostro de Ben regresó a su mirada distante y adoptó una expresión de seriedad—. Y supongo que hemos aprendido mucho. —Su voz era monótona, totalmente sin interés—. David ha ratificado parte de la historia de Jesús, lo cual debería alegrar a todo el mundo. Están, por ejemplo, algunas de las palabras de Simón, la cita de Jacob, la parábola de la fiesta de esponsales...

—No pareces estar contento.

—No lo estoy. No me importa nada salvo David y qué demonios le pasó. —Ben comenzó a abrir y cerrar el puño.

Judy le miró con creciente preocupación. Se había acostumbrado a las impredecibles vacilaciones de su personalidad, y podía reconocer los signos que indicaban que un repentino cambio de humor estaba a punto de tener lugar. Pero no le gustaba. Esta inestabilidad la alarmaba.

—¿Cuál era el gran crimen que quería confesar a su hijo? ¿Era el asunto de Sara?

—No puede ser. En el manuscrito número ocho dice que su día de infamia no llegará hasta dieciséis años después. Sólo se figuraba que el incidente de Sara había contribuido a llevarlo hasta aquel día del 70 n.E.

Ben se estaba poniendo más nervioso. Judy vio que estaba al borde de perder el control.

—Lo cual significa que el último manuscrito, el que nunca veremos, revelaba todo el motivo por el cual escribió su confesión; probablemente explicaba cómo y por qué iba a morir, y también llenaba dieciséis años de...

—¡Ben!

Se había puesto de pronto en pie.

—¡No puedo aceptarlo! No hay manera de que pueda seguir adelante sin saber el resto de la historia de David. Esto me va a volver loco. ¡Él me va a volver loco! —Y señaló al invisible judío que se hallaba ante él—. ¿Piensas acaso que va a dejarme ahora en paz? ¡Míralo! ¡Míralo ahí de pie! ¿Por qué no habla? ¿Por qué no se mueve? —la voz de Ben se volvió fuerte y aguda. Su cuerpo temblaba violentamente—. ¡Por el amor de Dios! —chilló—. ¡No te quedes ahí parada! ¡Haz algo!

Judy buscó a tientas la mano de Ben, intentando hacer que volviera a sentarse.

—Por favor, Ben. Oh, Ben, por favor...

—¡Míralo! Cristo, quisiera que pudieras verle. ¡Ojalá pudiera luchar contra él! ¡Ojalá supiera cómo llegar hasta él! ¡Me está volviendo loco! —las manos de Ben se cerraron convirtiéndose en puños—. ¡Venga, judío maldito! ¡Te desafío! ¡Dime qué buscas!

Y, en aquel instante, Ben calló de repente. Respiraba jadeando y sudaba. Sus ojos estaban dilatados, desorbitados. Cesaron los movimientos nerviosos de sus dedos. Parecía como si Ben fuera un fotograma de un rollo de película congelado por la interrupción del proyector.

Judy le miró, sin habla.

Y luego, muy sosegada, casi imperceptiblemente, Ben comenzó a hablar:

—Espera un momento... creo que ya sé qué es lo que quieres...

14

Si Ben hubiera oído que esto le estaba sucediendo a otra persona, hubiese sugerido que buscara ayuda psiquiátrica. Pero, dado que le ocurría a él, dado que era quien lo estaba experimentando, lo creyó.

Después de que Judy se despidiera, recorrió el apartamento como un hombre a punto de explotar. Gritó incoherentemente, a menudo en *yiddish*, se golpeó la palma de la mano con el puño y arrojó libros contra la pared.

—¡No puede ser el final! —gritó fuera de control—. No he pasado por todo esto, sufrido, sólo para que me dejen colgado. ¡Es injusto! ¡Es francamente injusto!

Poco después de medianoche, cayó exhausto sobre la cama, y pasó la noche en duermevela, nunca en contacto con la realidad, nunca realmente consciente del presente, y, sin embargo, tampoco nunca completamente dormido; se agitó, revolvió y sufrió bajo un desfile de pesadillas e ilusiones. Los personajes eran los habituales: Rosa Messer, Salomon Liebowitz, David y Saúl y Sara.

Dos veces se levantó y deambuló por el apartamento sin reconocerlo, buscando algo que ignoraba. Las oscuras sombras representaban para él el mal y el horror, las frías habitaciones vacías eran los años de su vida. Cuando hablaba, era en *yiddish*, arameo o hebreo. Se retorció y revolvió en la cama, con el cuerpo sudando pequeños ríos, el rostro distorsionado en una sonrisa sarcástica. Muchas veces, sus ojos estaban abiertos, pero no veía. O, si veía, eran imágenes que pertenecían a otro tiempo: nazarenos reunidos en una habitación de techo bajo para esperar a que volviera su Mesías; Rosa Messer que mantenía una pequeña bombilla encendida el *Sabbath*, mientras que el resto de la casa estaba triste y deprimente; Salomon Liebowitz a la hora de entrar en la escuela rabínica; David Ben Jonah de pie en la cima de la colina, esperando a Sara.

Al apuntar el alba y con ella algo de luz en el apartamento, que dispersó las sombras y la oscuridad, Ben se sentía como si hubiera sido sometido a cien torturas. Le dolía cada músculo de su cuerpo. Tenía cardenales en sus brazos y piernas. Descubrió que había vomitado en la cama y que se había acostado pese a ello.

A rastras, refunfuñando en voz baja, Ben se obligó a volver a darle cierta apariencia de orden a su apartamento. Tenía una vaga noción de lo que había sufrido durante la noche, fragmentos y fragmentos de las pesadillas pasaban rápidamente por su mente, y él sabía por qué había sucedido.

—Ahora no hay forma de detenerlo —dijo mientras volvía a hacer la cama—. Si continúo luchando contra ello, me matará y una mañana amaneceré muerto. ¿Por qué no cedo y me ahorro el dolor y la angustia?

Hablaba más en provecho de David que en el suyo propio, porque quería que el judío supiera la conclusión a la que había llegado.

—No soy un rival para ti —dijo Ben—. Si eres inmortal, tú tienes poderes que yo no puedo combatir. Como la capacidad de hacer revivir mi pasado. Fuiste siempre tú, ¿no es así? Fuiste tú quien me hizo empezar a recordar. Incluso antes de dejarte ver, plantaste esos pequeños horrores ineludibles en mi mente. Dios, eres maligno, David Ben Jonah.

Después de esto, Ben decidió salir a dar un paseo y aclararse la cabeza. La mañana gris del oeste de Los Ángeles era fría y acerada; sin embargo, Ben no se puso la chaqueta, pues, cuando salió al exterior y se detuvo en la acera, caminaba por un sendero polvoriento que describía su camino entre viejos olivos. El aire era cálido y denso, lleno de polvo y de zumbantes moscas. Era agradable, porque era el camino que conducía a la ciudad, y en la ciudad podría hallar diversión.

Mientras caminaba por Wilshire Boulevard, Ben saludaba afablemente con un gesto a los transeúntes que encontraba: campesinos que se dirigían al mercado, hombres de la Ley de camino al Templo, soldados romanos que patrullaban las calles en parejas, grupos de niños que iban a la escuela. Se detenía, de cuando en cuando, a admirar la obra de los artesanos que trabajaban en sus rebosantes puestos que daban a la estrecha calle. Se hizo a un lado para dejar paso a la silla de manos de alguien con dinero. Qué sensación tan agradable y libre pasear por la ciudad a voluntad; sentarse junto a un pozo; comer el pan y el queso que había traído; examinar detenidamente el surtido de un mercader de telas para hacer un pequeño regalo a Rebeca.

Ahora su granja era grande y las inversiones, que seguía realizando con acierto, producían buenos beneficios. David se sentía seguro y satisfecho en este momento de su vida, esperaba sólo el día en que Rebeca le daría un hijo, y entonces sería realmente un hombre «a la sombra de su higuera», como dice el refrán. Y, cuando ese día llegara, daría una gran fiesta bajo los olivos e invitaría a tanta gente como pudiera, y contrataría músicos para que todos pudieran cantar y bailar. Sería un día de gran regocijo, y David, el hombre más feliz de la tierra.

Después de que hubieran pasado varias horas, decidió regresar a la granja y revisar el trabajo del día. David era afortunado por tener un ayudante de tanta confianza para vigilar a sus esclavos, y por conocer a Salmónides, un griego honrado, algo poco habitual en aquellos días.

David cruzó la puerta y tomó la ruta de Betania, desde donde se desviaría y se encaminaría a su casa. Por el camino vio a mucha gente en dirección a la ciudad: campesinos y artesanos con artículos para vender; escuadrones de soldados romanos que guardaban sus estandartes con objeto de que la imagen del César no ofendiera a nadie; el hermoso centurión que le saludaba con la mano desde su caballo, pues el oficial reconocía a un judío influyente cuando le veía; y extranjeros originarios de los más lejanos confines del mundo. David nunca dejaba de sorprenderse por la variedad de hombres que Dios había creado, todos diferentes, todos hablando su propia lengua, todos vestidos de manera colorista.

David trepó por el camino y deseó una taza de leche fría a la sombra de una higuera. Tal vez Rebeca hubiera hecho algunos pasteles de miel. Había sido un buen día.

Cuando Ben cruzó la puerta de su apartamento, se quedó instantáneamente desconcertado. Judy se levantó de inmediato del sofá y avanzó hacia él.

—Estaba preocupada. ¿Dónde has estado?

—¿Que dónde he...? —La cara de Ben se arrugó en una expresión ceñuda. Sus ojos estaban perplejos—. Yo... no... lo sé. ¿Qué estoy haciendo aquí? Estaba en el dormitorio...

—No, no estabas en el dormitorio. Habías salido. Yo abrí cuando llegué, tu puerta no estaba cerrada con llave. He esperado durante tres horas.

—Tres horas... —Él se restregó la frente—. ¡Oh, Cristo! ¿Qué hora es?

—Casi mediodía.

Entonces comenzó a recordar. El frío cielo gris del amanecer, la ausencia de coches en la calle, un profundo silencio en todas partes. Y luego, de repente, las atestadas calles de Jerusalén.

—¡Oh, Dios! —gimió—. ¡He debido de estar horas fuera!

—¿Adónde fuiste?

—No lo sé... Cristo, ni siquiera lo sé.

—Ven aquí y siéntate. Oh, Ben, ¡tienes un aspecto espantoso! ¿Cuando te afeistaste por última vez?

Él se pasó una mano por la barbilla.

—Yo... no... ¡Judy! ¡Judy, ha pasado una cosa extraordinaria!

—Eh, cálmate. Estás temblando. Ben, estoy preocupada por ti.

—Escucha, tengo que contarte algo sobre esta mañana. Es realmente extraordinario. —Su voz se redujo a un murmullo hasta que miró hacia delante—. Vaya... debo de haber estado vagando por las calles y hablando solo. Cristo, tengo suerte de que no me hayan detenido.

—Ben...

—Sencillamente no puedo creer lo que me está pasando.

—Ben, escúchame. Quiero que comas algo.

—Luego.

—¡No! No estás bien. Mírate, pálido y tembloroso. Con los ojos hundidos. Por el amor de Dios, tienes un aspecto horrible.

—No puedo creer lo que me está pasando.

—No me ignores, Ben. Mira, he traído una cosa para enseñártela. —En su desesperación por sacarle de su estado de aturdimiento, Judy le arrojó el periódico que no había pensado enseñarle hasta más tarde. Pero funcionó. Tan pronto como vio el titular, Ben volvió en sí. Leyó el titular.

—¿Qué demonios...? ¿Lo dicen en serio?

—Lee el artículo. Voy a prepararte un poco de café.

Ben echó un vistazo al artículo de primera página, estudió las fotos de la excavación y luego tiró el periódico con repugnancia.

—¡Vamos, Judy! ¡Se están pasando! ¡Te consta que se están pasando! —Se dirigió a la cocina, se apoyó en el umbral y la miró llenar la cafetera y enchufarla—. Más periodismo sensacionalista. ¡Cómo demonios se les permite poner puntos de interrogación en los titulares! —Volvió a echar una ojeada al periódico desparramado por el suelo y, desde donde estaba, pudo ver el titular: «¿HALLADO EL DOCUMENTO Q?».

—¡Se están pasando! —repitió a voz en grito por enésima vez—. ¿Cómo puede Weatherby permitirlo?

—No creo que tenga control alguno sobre ello, Ben.

Él meneó la cabeza con asco. Sí, se estaban realmente pasando.

El titular hacía referencia a un documento inexistente que los estudiosos de la Biblia acostumbran creer que circuló en el período siguiente a la muerte de Jesús y antes de que se escribiera el primer Evangelio. Debido a ciertas pistas halladas en Mateo, Marcos y Lucas, se supuso que otra colección de las citas de Jesús debió de haber circulado entre los nazarenos antes de que Marcos apareciera con su Evangelio. Esa supuesta colección de citas fue denominada *Quelle* o «Fuente», por académicos alemanes en el siglo XIX, y hoy en día se abrevia simplemente *Q*. Jamás se ha encontrado rastro alguno de este documento.

—¿Piensa realmente la gente que eso es lo que tiene Weatherby?

—La gente, no, Judy, los periodistas. Y no es eso lo que piensan, es lo que quieren que la gente piense para que compren sus malditos periódicos. ¡Sólo porque él introdujo unas cuantas citas que podrían demostrar que Jesús las dijo realmente! ¡Dudo mucho de que los manuscritos de Magdala fueran la base de Mateo y Lucas!

Judy sonrió. Se alegraba de ver a Ben ser otra vez él mismo, el historiador analítico.

—Sabes —dijo mientras la cafetera comenzaba a filtrar el café—, dudo de que David oyera hablar jamás de un niño nacido de una virgen o de la natividad.

Ben se cruzó de brazos y se apoyó contra el marco de la puerta.

—La mitología vino mucho después. Y Jesús no tenía intención de fundar una iglesia universal. Incluso Mateo, en el capítulo diez, versículo cinco, lo afirma. Si le preguntaras a David Ben Jonah, no sabría qué era un cristiano, ni siquiera la cabeza de una iglesia. Él y todos los demás que esperaban que Jesús regresara eran judíos piadosos que observaban la Pascua, ayunaban en el *Yom Kippur*, se abstenían de comer cerdo y se consideraban a sí mismos como el Pueblo Elegido de Dios. Toda la mitología y el ritual llegaron mucho después, cuando los paganos se convirtieron.

Judy desenchufó la cafetera y sirvió dos tazas de café humeantes.

—Toma. Vamos a sentarnos. Desearía de verdad que el último manuscrito no se hubiera echado a perder. Tal vez podría haber aclarado algunos de los puntos que acabas de mencionar.

Ben le dio un puntapié al periódico antes de sentarse.

—¡El documento *Q*! ¡A quién se le ocurre! ¡Un montón de mierda! ¿Qué sabrán ellos?

Judy bebió lentamente su café, saboreándolo.

—Cuando David mencionaba un monasterio junto al mar de la Sal, estaba hablando de Qumran, ¿no es así?

—El antiguo nombre del mar Muerto era mar de la Sal. Con toda probabilidad, conocía personalmente al hombre que escondió los manuscritos del mar Muerto en aquellas cuevas.

Judy se estremeció involuntariamente.

—Dios, es impresionante. Todo esto es abrumador. —Se volvió hacia Ben—. ¿Qué vas a hacer ahora? ¿Escribir un libro?

Pero él permaneció en silencio. Había una extraña expresión en su rostro, una expresión que inquietó a Judy.

—No ha terminado todavía —dijo distante.

—¿Qué? ¿Cómo lo sabes?

—Es un presentimiento que tengo. Judy, ¿recuerdas la noche pasada cuando estabas en la cocina y yo grité de repente? Tú entraste corriendo. No te dije lo que sucedió. Fue la cosa más extraña... —Los ojos de Ben se nublaron mientras recordaba la extraordinaria sensación de retroceder realmente en el tiempo—. Me faltaban palabras para describirlo. Fue sencillamente... ¡fantástico! Ahí estaba yo, sentado en el escritorio con las manos extendidas sobre las fotografías, cuando de repente noté que se operaba un cambio en mí. Era de lo más extraño... No tenía control sobre ello. Estaba clavado en mi sitio. Y, mientras estaba allí sentado, comencé a sentir... a sentir...

—¿A sentir qué, Ben?

—A sentir que el aire que había a mi alrededor cambiaba. Se convirtió en el aire de otro lugar y de otro tiempo. Luego, desfilaron sorprendentes imágenes ante mis ojos. Cosas que no imaginaría normalmente. Fluctuaban, como una mala recepción en el televisor —ahora claras, ahora borrosas—, hasta que, de repente, todo fue claro. Todo. Y ahí estaba yo sentado, entre los auténticos olores, sonidos e imágenes de Jerusalén. ¡Judy, por un breve instante estuve de verdad en la Jerusalén de David!

Ella le contempló incrédula. La expresión de su cara era feroz, viva. Sus ojos volvían a estar en llamas. Y sus palabras, lo que acababa de decir...

Judy se preocupó. Ben estaba cambiando de humor demasiado fácilmente, se estaba volviendo cada vez más inestable.

—No me crees —dijo abatido.

—No, no te creo.

—Pero lo que vi...

—Has estado antes en Israel, Ben. Has visto Jerusalén muchas veces. Y has leído descripciones de cómo era en el pasado. ¿Fue tu imaginación!

—No, no lo fue. Y esta mañana. Anduve por las calles del oeste de Los Ángeles durante cuatro horas, y todos y cada uno de los segundos de ese tiempo estuve en Jerusalén. ¡No eran imaginaciones!

—Entonces, ¿qué intentas decirme? ¿Que David desea llevarte a Jerusalén con él?

—No —dijo David tranquilamente—. Nada de eso. La noche pasada me enfrenté a David Ben Jonah y le grité. Apreté los puños y le desafié a dar un paso. Bueno —Ben levantó los ojos hasta Judy—, David aceptó mi desafío. Ahora sé qué estuvo haciendo aquí todo este tiempo. No estaba a la expectativa mientras traducía sus manuscritos, como yo había pensado. No, David tenía otra razón para venir aquí: observar y esperar. Aguardaba el momento en que yo me desmoronaría, cosa que finalmente hice ayer por la noche.

—¿Por qué? ¿Qué quiere?

—Me quiere a mí, Judy. O, mejor dicho, quiere mi cuerpo.

Involuntariamente, ella se apartó de él, con los ojos incrédulamente abiertos.

—¡No! —murmuró ásperamente.

—Sí, es cierto. A David no le importo un comino, Judy. Quiere introducirse en mi cuerpo para regresar a Israel.

—Oh, Ben, ¡es una locura!

—Maldita sea, ¡no digas eso! ¡A mí no me pasa nada!

Ella vio las venas de su cuello hinchadas, vio la saliva brotar de su boca mientras gritaba.

—Escucha, Ben, eso no puede ser. David no te haría daño. Él es... tu amigo.

—Oh, ¿pero es que no te das cuenta? No duele en absoluto. En realidad es muy agradable. —Ben sonrió ligeramente—. Me ha mostrado lo ameno que puede ser volver a la antigua Jerusalén.

«Oh, buen Dios», pensó Judy llena de pánico.

—¿Qué harás entonces? —preguntó con voz ahogada.

—No lo sé, Judy. No lo he meditado. Tal vez le dejaré la decisión a David.

—¿Quieres decir... quieres decir que vas a dejarle... que te posea?

—¿Y por qué no?

Judy sintió que el corazón le daba un vuelco.

—Pero, Ben, ¡tú eres libre! ¿Qué será de ti si David se apodera de tu mente? ¿Qué será de Benjamin Messer?

—Por mí, Benjamin Messer puede irse al infierno, juntamente con su lunática madre y su heroico padre. Ya ves, experimenté muchos cambios la noche pasada, después de que te marcharas.

—¿Y?

—David me hizo ver la clase de persona que fui en realidad. La clase de canalla que es Ben Messer, que abandonó a su madre y se avergonzó del recuerdo de su padre. Fui un hijo despreciable desde el principio y un judío aún peor.

—Pero, Ben, no puedes evitar todo eso. La forma en que fuiste educado...

—Creo que seré más feliz con David.

Ella se apartó de él y se retorció las manos frenéticamente:

—¿Y qué me pasará a mí?

—¿A ti? Bueno, te llevaré conmigo, por supuesto.

Judy giró sobre sí misma. Los ojos azules de Ben eran claros y penetrantes. Su rostro estaba ahora relajado, adornado con una natural sonrisa. Estaba como un hombre que prepara una excursión al campo.

—¿Llevarme... contigo?

—Pues claro. Es lo que David querría, y es ciertamente lo que yo quiero —Ben tomó su mano, la envolvió tiernamente en la suya y añadió, cariñosamente—: No creerías que me marcharía sin ti, ¿verdad?

Incontrolablemente, las lágrimas acudieron a los ojos de ella. Hacía tiempo que estaba enamorada de Ben, y estaba abatida hasta la desesperación al ver lo que le había sucedido. Decidió, allí y entonces, no volver a apartarse de su lado. Se mudaría a su apartamento y expulsaría a esa cosa de él. Y, si no tenía fin...

Justo entonces llamaron a la puerta, y Judy sintió que Ben se levantaba del sofá. No vio a la persona que había al otro lado, pero oyó su voz.

—Un telegrama del extranjero para el doctor Messer. De costumbre, llamamos, pero su teléfono no funciona. ¿Lo sabía?

—Sí, sí, gracias. —Ben firmó el recibo del telegrama, le dio propina al mensajero y cerró la puerta—. Es de Weatherby —dijo.

—Probablemente habrá probado de telefonearte y no ha podido. Te apuesto algo a que quiere saber por qué no le has mandado ninguna traducción.

—Sí, tienes razón. —Sin abrirlo, Ben arrojó el telegrama sobre la mesilla de café. Luego cogió la taza vacía de Judy—. ¿Quieres repetir?

—Por favor. Con nata esta vez.

Mientras Ben desaparecía en la cocina, Judy miró el arrugado sobre marrón que se hallaba sobre la mesa de café. Y la invadió una escalofriante sensación de presentimiento. «No —pensó tristemente Judy—. Hay algo más. O Weatherby hubiera enviado una carta normal.»

Con gran aprensión, cogió el sobre y lo abrió. Cuando leyó el breve mensaje que había en el interior, su corazón se paralizó.

—¡Oh, Dios! —musitó, y comenzó a temblar.

Su siguiente dilema era cómo darle la noticia a Ben. O si convenía decírselo. Pero tarde o temprano lo descubriría de todos modos, y era mejor que lo supiera así.

Judy se levantó cansada del sofá. No estaba segura de sus sentimientos en este momento, si estaba contenta, triste o enfadada por la noticia. En cierto modo, las tres cosas.

Ben entró silbando en el salón y, cuando vio la cara de Judy, se detuvo en seco.

—¿Qué pasa?

Dejó rápidamente las tazas sobre la mesilla de café y cogió el telegrama mientras ella decía:

—No sé si gritar o reír o llorar, Ben. El profesor Weatherby ha encontrado tres manuscritos más.

15

Los días que el manuscrito número once tardó en llegar fueron insoportables para Ben y Judy. Ella tardó una hora en ir corriendo a casa, meter unas cuantas cosas en la maleta, dejar a *Bruno* al cuidado de un vecino y volver a la carrera. Si la noticia de que no había más manuscritos había convertido a Ben en una persona inestable, la noticia de que ahora había tres más le desequilibró. Ella le observaba, mientras él se trasladaba adelante y atrás entre tres períodos temporales. En un momento, estaba en el presente —normal y locuaz—; en el siguiente, volvía a estar en Brooklyn como un pobre niño atormentado; a continuación, como David Ben Jonah, disfrutaba de una comida de pescado seco y queso bajo un olivo; y de nuevo, de vuelta en el presente, sin recordar los minutos anteriores.

—¡No tengo control sobre ello! —exclamó desesperado aquella noche—. No puedo combatirlo. ¡Cuando David se apodera de mí, me hace ver lo que quiere que vea!

Y cuando Ben se puso así, Judy le tomó en sus brazos y le meció hasta que se tranquilizó.

Aquella noche, ella disolvió un somnífero en un poco de vino caliente y, en consecuencia, le facilitó su primera noche de sueño reposado en muchos días. Una vez que él estuvo tranquilamente dormido en su cama, con el rostro plácido y la respiración profunda, hizo una cama para sí misma en el sofá con una almohada y una manta, y yació despierta largo tiempo antes de caer también dormida.

A la mañana siguiente, tras una noche sin pesadillas, Ben parecía estar muy mejorado. Se dio una ducha, se afeitó y se puso ropa limpia. A pesar de que estaba en apariencia alegre, Judy vio las subrepticias señales de agitación: bruscos movimientos de las manos, rápidas e intensas miradas, una forzada risa nerviosa. Sabía que Ben estaba ansioso por recibir el siguiente manuscrito, y sabía que su ansiedad crecería día a día.

Ella experimentaba lo mismo. Otro manuscrito... De hecho, ¡tres más! Llenarían los dieciséis años vacíos, los que hablarían del crecimiento del movimiento del Mesías y revelarían el infame acto que David había cometido y por el que iba a morir. Judy estaba también ansiosa, desesperada por terminar con todo esto antes de que Ben perdiera su último fragmento de juicio.

Le mantuvo tranquilo el domingo, interesándole en conversaciones y releyendo todas sus traducciones. Él se sentaba y contemplaba durante horas los caracteres arameos de los papiros, y Judy notaba que se encontraba a dos mil años de ella, disfrutando de un tranquilo día en la vida de David Ben Jonah. Ni siquiera se le ocurrió sacarle de ese mundo, pues tenía el aire de estar en paz consigo mismo y muy contento. Decidió que, por ahora, era mejor dejarle tranquilo en la quietud de la época de David en vez de traerlo de vuelta al turbulento presente. Pues cuando era él mismo y existía en esta realidad, estaba nervioso y caminaba de un lado a otro. Y si regresaba a su infancia y revivía los horrores de estar nuevamente con su madre ida, lloraba y rabiaba en *yiddish* y se agitaba.

Así que Judy lo dejó en el sueño de David, y esperó que permaneciera allí hasta que llegara el siguiente manuscrito.

El lunes recibieron carta de Weatherby. Antes de que llegara, Ben permaneció en el presente durante cinco horas sin trasladarse en el tiempo. Tenía la cabeza clara y total control de sus facultades. Aparte de su gran nerviosismo, estaba casi normal.

Judy tuvo que impedirle atacar al cartero cuando éste subió, y luego tuvo que socorrer a Ben tras la tremenda decepción. Permaneció en el presente el tiempo suficiente para que Judy le leyera la carta.

—Describe el hallazgo de las tres vasijas —resumió ella—. Parece que, después de haberse hecho a la idea de que no había más manuscritos, el suelo de la casa se hundió y quedó al descubierto una especie de vieja cisterna o área de almacenamiento. En ella encontraron tres vasijas más. Weatherby opina que David debió de quedarse sin espacio en su escondite original y por ello puso el resto allí. De todos modos, desde entonces, dice Weatherby, han rastreado toda la zona con una suerte de peine de dientes finos y no han descubierto nada más. No le cabe duda de que éstos son ya los últimos manuscritos.

—¿Explica en qué condiciones están, y cuándo los mandará?

—No, pero dice que está ansioso por tener noticias tuyas.

—¡Ja! ¡Eso es un cambio! —Ben giró sobre sus talones y en un instante David se apoderó bruscamente de él. Aquella mirada flemática que Judy había llegado a reconocer como el viejo pasado cayó sobre el rostro de Ben como una cortina, y él se alejó de ella sin mediar palabra, entró silenciosamente en el dormitorio y cayó sobre la cama.

Mientras lo hacía, Judy decidió emplear constructivamente su tiempo, y, así, instaló la máquina de escribir en el comedor, donde comenzó a copiar las traducciones.

El manuscrito número once llegó al día siguiente. Ben había estado atormentado todo el día, paseando arriba y abajo y nervioso como un animal enjaulado. Ocasionalmente, desde su sitio en la mesa del comedor, Judy oía los coloquios de Ben con David, o con su madre. A veces, podía oírle hablando por lo bajo con Saúl sobre las diferencias entre las enseñanzas de Eleazar y las de Simón, de tal modo que parecía que David deseaba convertir a Saúl al mesianismo. A veces, Ben conversaba con Salomon, que murmuraba sobre cuánto deseaba haber ido a la universidad con él y haberse convertido en rabino.

Judy oyó a Ben gritar a David, diciéndole que se mantuviera lejos de su cuerpo y se llevara consigo sus horribles pesadillas. En otras ocasiones, le oyó llorar y hablar en *yiddish*, así que supo que volvía a estar con su madre.

Presenciar el gradual colapso del juicio de Ben había destrozado a Judy. Dos veces, tras haberle oído gritar cosas sobre Maidanek, apoyó la cabeza en la máquina de escribir y lloró. Pero no podía interferir. La batalla era de Ben. La búsqueda de una identidad era una búsqueda solitaria, y ella intuía que su intervención sólo acarrearía un resultado negativo.

Cuando el manuscrito número once llegó, Ben se lo arrancó al cartero de las manos y desapareció escaleras arriba, mientras Judy se quedaba más atrás para firmar el recibo y disculparse por su comportamiento. Al entrar Judy en el apartamento, Ben estaba ya en su escritorio y escribía en su cuaderno.

> Cuando el verdadero momento de la partida llegó, me entristecí, pero, hasta entonces, había estado emocionado y esperaba mi viaje con mucha alegría. La ilusión de un viaje así pesa siempre mucho más que la idea de dejar a tus seres que-

ridos, o los peligros inherentes a un viaje de este tipo, hasta el mismo momento del embarque, y entonces uno recuerda los meses de soledad que tiene por delante.

Rebeca estaba silenciosamente triste. Ni una sola vez, en todo el tiempo desde que anuncié que me marchaba, había manifestado consternación, pues Rebeca era una esposa recatada y obediente, y sabía que mis decisiones eran para bien. Si abrigaba alguna desgana porque me fuera, o algún mal presentimiento acerca del viaje, no lo dijo. Así de respetuosa era Rebeca con mis deseos.

Sin embargo, hubo muchos que no contuvieron sus lenguas. Saúl fue el más franco. Varias veces vino a nuestra casa a charlar conmigo, durante largas horas por la tarde, para disuadirme de que me fuera. Y le quise aún más por ello.

—Cruzas un mar grande y traidor, que a menudo se lleva muchas vidas. Y si sobrevives a la travesía, ¿qué te salvará de ataques maliciosos en esa pecaminosa Babilonia? Y si por alguna extraña suerte sobrevives a tu visita en ese lugar, queda el viaje hasta el hogar, ¡de nuevo por ese traicionero mar!

—Eres un optimista, hermano mío —dije—, y le obligué a sonreír—. Mira, sabes que tengo intereses económicos allí, y que debo ir al menos una vez en la vida para inspeccionarlos. Tendré conmigo al viejo Salmónides. Él es un veterano viajero y conocedor de la perfidia de tu Babilonia.

Mis otros amigos de los Pobres estaban igualmente contra mí. Temían que el Maestro regresara mientras yo estuviera ausente, y yo comprendía que éste era un riesgo que tenía que correr. Pero mi viejo mentor, Simón, estaba en Roma, y deseaba volver a verle. Y puesto que había oído historias tan atroces a propósito de esta ciudad de un millón de habitantes, quería verla por mí mismo.

De todos los que intentaron disuadirme, sólo una persona lo hubiese logrado. Pero mi dulce Sara mantenía su silencio. Acostumbrado como estaba ahora a estar muy cerca de ella, desde que se había unido a los Pobres, seguía sin dejar de sentir el habitual dolor en mi corazón y la flaqueza en mis rodillas siempre que sus ojos encontraban los míos. Había pasado largo tiempo desde aquella tarde en lo alto de la colina, y sin embargo continuaba amándola y deseándola como si hubiera sucedido ayer.

El día de mi partida, todos mis amigos se reunieron. Mi esposa permaneció a mi lado mientras nuestros hermanos y hermanas de los Pobres me daban el beso de la paz. Sara también tocó mi mejilla con sus labios y musitó:

—El Dios de Abraham te protegerá.

Sin embargo, no levantó los ojos hasta mí. Saúl, que todavía no era miembro de la Nueva Alianza y que no creía que el Mesías volviese cualquier día, me abrazó y dejó a las lágrimas deslizarse libremente por sus mejillas.

El último en desearme suerte fue Jonatán, mi sobrino favorito, a quien quería profundamente. Puso sus brazos alrededor de mi cuello y manifestó su deseo de que no me fuera. Así que le dije:

—Jonatán, eres el hijo mayor de Saúl, exactamente igual que el hijo mayor del primer rey de Israel. Ese Jonatán fue un guerrero famoso y un hombre valiente. ¿Te acuerdas de las alabanzas del David de la antigüedad a su mejor amigo Jonatán? Está escrito que David proclamó: «Saúl y Jonatán fueron hermosos y amables durante su vida. Y tú, mi hermano Jonatán, fuiste amable conmigo, tu amor para conmigo fue maravilloso, ¡mejor que el amor de las mujeres!».

A Jonatán le gustaron estas palabras y se alegró un poco. Así que no le dije que habían sido las lamentaciones de David por la muerte de Saúl y Jonatán en el monte Gélboe. Y dado que también era miembro de los Pobres, pues Sara seguía llevándole a las reuniones a pesar de la desaprobación de Saúl, Jonatán me dio el beso de la paz.

Salmónides y yo partimos aquel día por caravana, y llegamos a Jaffa a la semana siguiente. Desde allí nos aseguramos el pasaje en un buen barco fenicio con destino a Creta. Tuvimos un buen viaje, al bordear la costa. En un puerto no lejos de la ciudad de Lasea, pudimos comprar un pasaje a bordo de un navío romano que era vigoroso bajo su única y pesada vela cuadrada. Nos aseguraron que no podía embarrancar con mal tiempo.

La estación aún era favorable y, en consecuencia, nos pusimos en camino hacia Roma. Durante todo el viaje fuimos ayudados por suaves vientos del sur, y mientras el capitán romano daba gracias a sus deidades, y Salmónides lo atribuía a sus dioses griegos, sólo yo sabía que era la obra del Dios de Abraham lo que hacía el viaje tan agradable.

Vi por primera vez Italia en Regium, donde nos detuvimos para desembarcar a unos pasajeros y recoger a otros. Y desde allí viajamos a lo largo de la costa hacia Ostia, el puerto de Roma.

En aquel momento, alquilamos unos burros y viajamos todo un día hasta llegar a la ciudad, en víspera de una fiesta conocida como las Saturnales. Era también, fortuitamente, el cumpleaños del emperador.

En estos breves manuscritos, hijo mío, no profundizaré en las sorprendentes visiones que encontraron mis ojos, mientras Salmónides y yo entrábamos en la ciudad. Me queda muy poco tiempo, y cada hora que mi pluma cruza este papiro me acerca mucho más a mi muerte. No entraré en el carácter licencioso de Roma, o en el asombroso comportamiento de su populacho, déjame solamente ceñirme a mi propia historia y baste decir que Roma es realmente una Babilonia.

Salmónides y yo tomamos habitaciones separadas en una posada respetable, y al tiempo que le enviaba como mi agente a hacer averiguaciones sobre mis actividades financieras en Roma, yo no tenía más que un propósito: ver a Simón.

Sabes, hijo mío, que Simón había abandonado Jerusalén varios años antes, pero lo que ignoras y lo que no comprenderás hasta que seas un hombre hecho y derecho es por qué Simón abandonó Jerusalén. Recordarás que te hablé de mis diferencias con Jacob y de su lucha por el liderazgo supremo de los Pobres. A medida que el número de nuestros miembros crecía y a medida que pasaban los días y el Mesías no regresaba, más desafiaba Jacob a Simón. Se basaba en que él era el hermano del Maestro.

Y así sucedió que Simón, el mejor amigo del Maestro, sucumbió finalmente a la presión y abandonó Jerusalén con su esposa para predicar la venida del Mesías en otras ciudades. Por qué acabó yendo a Roma, no lo sé, excepto que fue posiblemente debido a la existencia allí de una creciente comunidad mesiánica, ya que deseaba ayudarlos.

En la época de mi primera conversión, como te he contado, había mucha consternación entre los Doce acerca de un hombre llamado Saúl de Tarso que había tenido una visión del Mesías en la ruta de Damasco, pues afirmaba que le había sido ordenado por él convertir a los paganos a la Nueva Alianza. Con el tiempo, tras crear una gran comunidad de los Pobres en Antioquía, este Saúl de Tarso fue a Roma, bajo una acusación criminal, con la intención de defender su caso ante el César. Fue uno de los responsables de la conversión de muchos judíos de Roma a nuestras creencias, así que, cuando yo llegué a la ciudad de las siete colinas en ese decimoquinto día del mes romano de diciembre, no me fue difícil encontrar los hogares de hombres que, como yo, esperaban el retorno del Mesías.

Me recibieron, me dieron el beso de la paz y me llamaron «hermano». Fue la primera vez que escuché la palabra «cristiano» y la misma me desconcertó grandemente. Mis hermanos judíos de Roma hablaban también del Mesías con el nombre de Jesús, que es la latinización de su nombre, y ello también me dio que pensar.

Cuando fui por fin conducido hasta Simón, fue una reunión de abrazos y muchas lágrimas. Estreché al anciano contra mí como si no fuera a soltarle nunca, y él lanzó tal alud de arameo, que tuve la sensación de que ansiaba hablar en su lengua. Luego, nos sentamos ante una comida de queso fuerte, pan y olivas y hablamos del pasado.

Me preguntó:

—¿Ha hecho Jacob una buena labor?

—Sí —contesté—, pues es influyente. Ahora tenemos a miles de personas en nuestra comunidad, todas esperando el regreso del Maestro. Con sentimiento de rebelión contra Roma, todos están de acuerdo en que los últimos días están sobre nosotros y que éstos son los tiempos de los que hablaba el Maestro. Estará a las puertas mañana.

Entonces miré a mi alrededor las caras que había en nuestra reunión, y vi los collares que llevaban y supe que eran paganos. Así que dije:

—Cuando vuelva el Maestro, el reino de Dios en Israel será establecido en Sión, y el Pueblo Elegido gobernará el mundo.

Ahora Simón posó una mano sobre mí.

—Sé lo que tienes en el corazón, hijo mío, y me gustaría disipar tu consternación. Cuando nuestro Maestro dejó esta tierra hace treinta años y volvió a nacer, yo era un hombre joven y estaba impaciente por su regreso. Por ello, anuncié a todo el mundo que sería mañana. Pero ahora soy muy viejo y un poco más sabio. Ahora veo que no pensaba regresar hasta que otros con más fe estuvieran preparados para él.

—Todo Jerusalén le espera, Simón —intervine yo.

—Sólo los judíos. No podemos abandonar a los paganos.

Esto me sentó como una bofetada, y me dejó sin habla. Simón había cambiado tanto en nuestros años de separación, que no era ya el mismo hombre. Al cabo de un rato, me atreví a preguntar:

—¿Quieres decir que predicas el mensaje del Mesías aquí, en Roma?

—Se lo predico y ellos creen.

—¡Pero no son circuncisos! —dije.

—La circuncisión pertenece a la Vieja Alianza —dijo Simón—. Nosotros somos hermanos en la Nueva Alianza.

—¿Y guardan la Ley de la Torá?

—No.

—¿Van a la sinagoga o ayunan en el día de la Expiación?*

—No.

Me quedé horrorizado. Tal vez mi conmoción se multiplicó al haber oído todo esto de boca de Simón, quien en el pasado había sido el más piadoso de los judíos.

—¿Qué significan los símbolos que llevan alrededor del cuello?

—Es el signo del pez, el símbolo de nuestra hermandad. Procede de Antioquía, donde hablan griego.

—¿Y les permites que lleven ídolos?

—No hay tiempo para imponer nuestras leyes a los paganos, pues el Mesías regresará en cualquier momento. Tal vez incluso mientras hablamos se esté acercando a las puertas de la ciudad. Esta buena gente cree en él, han sido salvados. Si yo hubiera insistido en que primero se convirtieran en judíos, tal vez no estarían preparados a tiempo y caerían al borde del camino cuando el reino de Dios se estableciera.

Pero yo no estaba tranquilo.

—Simón, en Judea, innumerables judíos se preparan para combatir a los romanos. Hombres que son tus hermanos se están armando para la batalla que ha de librarse. Y, sin embargo, aquí estás tú, convirtiendo romanos. ¿Qué ha pasado? Es como si tú y yo estuviéramos en lados opuestos.

—Pero no lo estamos —afirmó—, pues estamos, ambos, del lado de Dios.

Yo no podía estar de acuerdo con él. En Jerusalén, donde Simón predicó en el pasado, los judíos esperaban a que su rey

* El *Yom Kippur*. (*N. del E.*)

regresara. En Roma, los paganos esperaban a alguien a quien no reconocerían.

—¿Por qué te llaman *Pedro*? —pregunté.

—Porque el Maestro dijo una vez que yo era un amigo tan firme y de fiar, que era para él como una roca, como una piedra.

—Y queman incienso, que es una práctica pagana.

—Estos hombres fueron paganos, pero ahora adoran a Dios. Ésta es su forma de adorarlo.

—No adoran a Dios —repliqué amargamente—, simplemente han cambiado los nombres de sus dioses. Cada hombre continuará como antes, habiendo cambiado un poco. Y en sus corazones seguirán siendo paganos. Incluso llamáis a vuestro Día del Señor *el Día del Sol* porque es como lo llaman los seguidores de Mithra.*

—Hay muchos de ellos entre nosotros. Y hemos conseguido conversos que creían en Isis, en Baal, en Júpiter.

—No ha habido conversión, Simón, pues todo cuanto han hecho ha sido remplazar palabras viejas por palabras nuevas. Al final, todo esto es pagano.

Nos separamos tristemente, y para siempre. Fue más tarde cuando supe que Saúl de Tarso había cambiado su nombre por *Pablo*, al igual que Pedro, para complacer a los romanos. También me enteré de que pocos judíos de Roma habían oído hablar del Mesías y de que la mayoría de los paganos lo esperaban.

Lloré mucho y lamenté el día en que partí de Judea. Mientras permanecía sentado en aquella maloliente habitación de la posada, añoré mis olivos y sentir el polvo de Jerusalén bajo mis pies. Vi el bello rostro de Sara ante mí, escuché la voz de mi querido Saúl y añoré los brazos del pequeño Jonatán alrededor de mi cuello. Cuánto deseé haberlos escuchado, pues mi viaje no me producía más que dolor y tormento.

Íbamos a partir hacia Ostia al día siguiente. Salmónides quiso convencerme de que prolongara un poco mi estancia en Roma, insistiendo en que la había juzgado demasiado apresurada y severamente. Sin embargo, yo estuve sordo a sus palabras. En Roma, reinaban el hedonismo y la indiferencia hacia Dios. Me sentía sucio.

* En la mitología persa, el dios de la luz, identificado con el sol, que mató al toro primordial y fertilizó la tierra con su sangre. (*N. de la T.*)

—Mi hogar es Israel —le dije—, pues soy judío. Allí están Sión y la tierra que nos fue prometida. ¿Cómo puede un judío guardar las leyes de la Torá entre esos pecadores?

Salmónides se encogió de hombros y meneó la cabeza. Habiendo sido amigos durante casi once años, todavía no me comprendía.

Sucedió que, antes del anochecer, di un corto paseo por la calle con Salmónides, pues estaba inquieto. Había grandes multitudes en las calles, hombres y mujeres de todas clases, hablando lenguas que yo no comprendía. Las prostitutas se insinuaban desde los portales. Los mercaderes empujaban carros cargados de cuartos de cerdo y toda clase de carne porcina. Había estatuas por todas partes e ídolos en pilares y muros. Era una ciudad atestada y congestionada, mucho peor que Jerusalén, incluso durante la Pascua.

En cierto momento, nos encontramos repentinamente atrapados en una oleada de gente mientras la multitud se apretaba y avanzaba. Salmónides y yo intentamos salir por la fuerza, pero no pudimos, de tan fuerte que era la corriente. Un gran grito brotó de la gente, como de una sola garganta, y fue entonces cuando la muchedumbre se apartó de súbito, como el mar Rojo se dividió ante Moisés; y mi compañero y yo nos encontramos con la calle abierta a nuestros pies, y la otra mitad de la multitud enfrente.

Y esto es lo que vimos: Cohortes de soldados romanos, vestidos con mantos de un intenso color rojo y brillante armadura, pasaron ante nosotros portando los estandartes del emperador Nerón. Tras ellos venía una fanfarria; filas de hombres que tocaban trompetas, haciendo tanto ruido que hube de taparme los oídos. Siguiendo a la fanfarria, venía un regimiento de la guardia pretoniana, la guardia del emperador, con paso alto y orgulloso en arrogante vanidad. E inmediatamente detrás de ellos iba el emperador en persona; conducía un carro de oro tirado por cuatro magníficos caballos. El emperador, de unos veintiséis años, era rechoncho, casi no tenía cuello y exhibía una densa maraña de rizos rojos sobre su cabeza. Sonrió al pasar y agitó un grueso brazo en nuestra dirección. Me fascinó ese joven que gobernaba el mundo. Ese joven que tenía casi mi misma edad.

Después de que Nerón hubiera pasado, llegó una visión que no olvidaré en mucho tiempo: conduciendo su propio carro de dos caballos, iba la esposa del emperador, Popea Sabina.

Era sin duda la mujer más bella que jamás he visto. Su cabello leonado coronaba su cabeza y estaba sujeto en su lugar con lazos diminutos y horquillas de pedrería. Su hermoso rostro, muy parecido a los de las estatuas, era más blanco que la porcelana y tanto o más delicado; sus ojos, del color del cielo, y unos labios de un rosa pálido. Estaba provocativa, la garganta y un brazo desnudos, pero al mismo tiempo hermosa. Ahí de pie, tan quieta en su carro, uno podía pensar que era una estatua. Sus vestidos estaban confeccionados en pura seda, y de un color espliego tan intenso, que creí que olía su fragancia.

Se hizo un silencio entre la multitud al paso de la emperatriz, y cuando se halló a sólo una breve distancia de mí, sentí su aliento en mi garganta. En todo el Imperio, no podía haber una mujer más hermosa que ella.

Cerca de mí, oí una voz murmurar:

—Es tan engreída como las diosas y tiene colmillos como una víbora.

Lo dijo en voz baja, para que nadie más pudiera oírlo.

—Se baña todos los días en leche y se frota las manos con moco de cocodrilo. Finge ser una patricia, pero en el fondo es una zorra. Por su causa, Nerón compartió el destino de Orestes y Edipo.

Supe lo que Salmónides quería decir y alejé la encantadora visión de mi mente. Él tenía razón. A pesar de lo bella y atractiva que era, Popea era una diablesa y estaba destinada a conducir a los hombres a la destrucción.

Te cuento todo esto, hijo mío, para que sepas que de Roma no viene nada bueno. Aunque superficialmente resulte atractiva e incitante, su esencia es mala. Y te cuento también todo esto, hijo mío, para que escojas el buen camino.

Ahora, mientras escribo estas palabras, los de Jerusalén están muertos y han desaparecido, y todos aquellos que conocieron al Maestro cuando vivió han perecido. Pero los de Roma viven todavía, aunque no lo conocieron. El hombre a quien llaman el Mesías y cuyo regreso esperan es un mito, no vivió nunca, y lo esperarán para siempre.

Pero tú, hijo mío, eres judío y debes esperar al hombre que vendrá para proclamar el reino de Dios sobre la tierra. Vendrá sólo para los judíos, pues es el Mesías de los judíos.

No mires hacia Roma, pues, ya que, el suyo, es el camino de la falsedad y del olvido.

Era medianoche y la única luz encendida era la del escritorio de Ben. Él y Judy se hallaban sentados el uno junto al otro. Ben escribía su traducción a la par que Judy la leía, de modo que experimentaban juntos y simultáneamente los acontecimientos de la vida de David.

Ninguno de los dos habló durante largo tiempo, sino que continuaron absortos en la última frase que Ben había escrito. Estaban suspendidos en el tiempo, atrapados en la transición entre los sueños y la realidad, y parecían casi temerosos de dispersar aquella disposición de ánimo.

Al fin, tras un interminable silencio, Ben dijo con voz monótona:

—Es fantástico. —Hablaba mecánicamente y sin expresión—. Este manuscrito tiene el poder de una bomba de cincuenta megatones, y cuando se dé a conocer...

Siguió mirando fijamente. Había una bruma en su mirada, una distancia peculiar que hizo que Judy se preguntara: «¿Dónde estás ahora, Ben?».

Gradualmente, como un durmiente al ser despertado de un profundísimo sueño, Ben comenzó a moverse y a dar señales de vida. Enderezó su espalda y se desperezó con un gruñido. Luego vio a Judy y sonrió débilmente.

—Hay mucha gente a quien no le va a gustar este manuscrito. Ciertamente no es algo que el Vaticano vaya a aplaudir: uno de los seguidores originales de Jesús que condena la Iglesia de Roma.

Soltó una risa breve, seca y su expresión se volvió amarga.

—Querrán destruir este manuscrito, si no todos. Destruir a David...

Judy se obligó finalmente a ponerse en pie y notó sus piernas temblorosas.

—Venga, Ben, traslademonos al salón. Necesito un poco de café.

Él no respondió.

—¿Ben?

Estaba inclinado sobre una de las fotografías, estudiaba una palabra borrosa. Judy se dio cuenta de que no llevaba sus gafas, no las había llevado en toda la tarde, así que las cogió y se las tendió.

Apartando su mano, él dijo:

—No las necesito.

—Ya me doy cuenta. —Hizo girar las gruesas gafas entre sus manos una y otra vez—. ¿Quién eres ahora?

Ben levantó la vista.

—¿Qué?

—¿Quién eres? ¿Con quién estoy hablando, con Ben o con David?

Por un instante su expresión fue incierta, luego se arrugó en una mueca torcida.

—Yo... no lo sé. —Se pasó los dedos entre el cabello—. No lo sé. No podría decirlo...

—Venga, déjame que te dé un poco de café. —Judy le tendió la mano y, para su sorpresa, Ben la cogió calladamente. La siguió servilmente al salón y se dejó caer en el sofá, con el rostro todavía perplejo. Judy encendió unas cuantas luces y entró en la cocina.

Mientras escuchaba los sonidos del agua corriente y de los armarios al abrirse y cerrarse, Ben seguía mirando confuso a su alrededor. Se sentía extrañamente raro, de una forma peculiar que nunca había sentido antes.

Cuando Judy regresó con el café y unas galletas, encontró a Ben en el sofá con la cabeza enterrada entre las manos. Tomó asiento junto a él y posó delicadamente una mano en su espalda, y murmuró:

—¿Qué te preocupa, Ben?

Él levantó su rostro hacia el de ella y la joven se sorprendió al ver el miedo y la confusión en sus ojos.

—Me siento extraño —dijo él con voz tensa—. Ese manuscrito... tiene algo... —giró la cabeza en dirección al estudio y pareció atravesar el muro con la mirada para poder ver las fotos de encima del escritorio—. Popea Sabina... —murmuró, como si comprendiera.

Volvió su flemática mirada hacia ella.

—Y mis gafas...

Judy luchó contra el impulso de gritar y atraer a Ben a la realidad mediante un bofetón. Empero, se obligó a servir tranquilamente una taza de café y ponerla en las manos de Ben. Él se la tomó obedientemente, sin pensar.

—Hay una cosa que no entiendo de ese manuscrito —dijo ella con voz fuerte, para arrastrarle fuera de sí mismo—. ¿Cuándo fue escrito?

Él no contestó, sino que continuó leyendo abstraído.

—¿Ben? Preguntó cuándo fue escrito el manuscrito —Puso una mano sobre su brazo— ¿En qué año fue David a Roma?

Finalmente los ojos de Ben encontraron los suyos y se centraron lentamente.

—¿Qué?

—El año que David estuvo en Roma. ¿Cuándo fue? Tenemos

una laguna entre el manuscrito número nueve y éste, a causa del manuscrito número diez que se perdió. Hemos avanzado en el tiempo. David tenía 20 años en el último manuscrito y el hijo de Saúl acababa de nacer. Ahora son todos mayores...

—Oh, bueno —dijo Ben flemáticamente—. Eso es fácil de calcular. ¿Qué edad dice David que tenía el emperador?

—Unos veintiséis años.

—¿Y en qué año nació Nerón?

—No lo sé.

Como si hubieran estado charlando de ello toda la noche, Ben se levantó repentinamente del sofá, entró en el estudio y salió un minuto después con un libro. Iba hojeándolo mientras volvía a tomar asiento en el sofá.

—Nerón... Nerón... Nerón... —murmuraba mientras pasaba rápidamente las páginas—. Aquí está. —Su mano golpeó la página abierta—. Nacido en el año 37 n.E.

Ben le tendió el libro a Judy, que lo cogió. Estaba abierto por un capítulo titulado «*Lucio Domino Ahenobarbo* (Nerón)». El primer párrafo daba las fechas del emperador como del 37 d.C. al 68 d.C.

—Suma simplemente 26 a 37 y tienes 63. Ése fue el año en que David estuvo en Roma, el 63 n.E. Lo cual entraña que el manuscrito número diez discurría durante esos ocho años. Debieron de suceder muchas cosas en ese tiempo. La conversión de Sara a los Pobres, una creciente riqueza para David. Sin embargo, no parece que Saúl se sumara a las filas de los nazaremos. Me pregunto por qué.

Judy miró burlonamente a Ben. De repente, volvió a parecer él mismo, como si nada hubiera sucedido minutos antes. Lo observó mientras él se servía una segunda taza de café y procedía a devorar una galleta.

—El manuscrito número diez —prosiguió, con la boca llena— llenaba esos años que faltan. Odio no tenerlo.

—Pero nos quedan todavía siete años.

Ben asintió. Ahora parecía tranquilo, relajado y sin preocupaciones. Fuera lo que fuese lo que tenía en la mente, ahora había desaparecido y estaba olvidado.

—Los dos manuscritos siguientes nos informarán acerca de esos siete años. Y revelarán el abominable acto que David cometió. También nos dirán por qué está a punto de morir.

Judy asintió pensativamente y reparó en el interior de su taza. Sufría lidiando con los arbitrarios cambios de personalidad de Ben. Era difícil seguirle, saber cómo manejarle, o qué esperar de él.

—Estoy exhausto —afirmó él y Judy se sintió profundamente

aliviada—. Me voy a la cama. Mañana será otro día, otro manuscrito. —Ben se levantó del sofá y estiró su alto y delgado cuerpo. Luego dedicó un minuto a contemplar a Judy, observando lo pequeña que parecía—. Oye —dijo tiernamente—, es tarde. Vámonos a la cama.

Pero ella negó con la cabeza. Posiblemente la peor parte de los abruptos cambios de Ben era que él los ignoraba. Ella quería decir: «¿Qué te pasó hace unos minutos? ¿Qué es lo que te hace perder el contacto con la realidad?». Pero no lo hizo. Sabía lo que diría él, cómo reaccionaría. No recordaría la peculiar manera en que había actuado después de leer el manuscrito. Y sería inútil explicárselo.

—Quiero quedarme un rato levantada —dijo, distante.

Ben se inclinó y posó su mano sobre la cabeza de ella.

—Sabes —dijo zalamero—, nunca te he dado las gracias por venirte a vivir conmigo. Y es muy importante tenerte aquí.

Judy no le miró, no se movió. Sintió su mano acariciarle el cabello sólo durante un momento, luego se retiró, y finalmente le oyó abandonar el salón y cerrar la puerta del dormitorio tras él.

Judy permaneció sentada durante algún tiempo antes de levantarse del sofá y acercarse a la ventana. Las cortinas estaban corridas, dejando entrar la fría oscuridad de la medianoche y reflejando las luces del interior del apartamento. Vio también su propio reflejo en el cristal, una mala imitación de su antiguo yo —un rostro demasiado pálido, que había adelgazado de preocupación—. Era un rostro confuso, sin expresión, que escrutaba la durmiente ciudad, y sus ojos estaban muertos, sin vida. Judy no encontraba sentimientos, motivaciones, nada. Los acontecimientos de la semana pasada le habían robado toda certidumbre y la fuerza de carácter, dejándola ahora desprovista de voluntad. Pues Judy era, al fin y al cabo, sólo una marioneta, al igual que Ben, manipulada por las fuerzas que operaban allí.

¿Y cuáles eran estas fuerzas que causaban estragos en este silencioso apartamento al oeste de Los Ángeles? ¿Eran quizá poderes de lo sobrenatural, o no eran más que las energías de las dos personalidades implicadas?

Apretó su rostro contra el frío cristal. «¿Por qué estoy aquí? —se preguntó—. ¿Cómo quedé atrapada en el cataclismo privado de Ben Messer? ¿Tenía que ser así?»

«Es casi como si nosotros dos hubiéramos sido reunidos desde lejanos lugares del universo para actuar en esta extraña representación. ¿Pero por qué? ¿Con qué fin?»

Sin pensar más en ello, Judy se apartó de la ventana y se deslizó por la habitación apagando todas las luces. Aborrecía la luz, quería oscuridad. Era más fácil perderse en las tinieblas, más fácil hallar el olvido.

Cuando regresó a la ventana, los reflejos habían desaparecido y todo cuanto pudo ver fueron los árboles esqueléticos que se alineaban en la calle y se inclinaban bajo el viento. El exterior parecía frío. Frío y lúgubre.

«¿Cómo puede el viento parecer frío? —se dijo distraídamente, con la frente una vez más contra el vidrio—. ¿Cómo se puede evaluar algo que es invisible? ¿Cómo se puede mirar al viento?»

«Es como David Ben Jonah. No puedo verlo, y sin embargo...»

Judy se separó lentamente de la ventana y de los árboles sin hojas que había al otro lado y se sumergió en las profundidades del oscuro apartamento.

No podía ver a David y sin embargo sabía que estaba allí.

Sus ojos buscaron la puerta del dormitorio y permaneció quieta un rato reflexionando, reflexionando sobre el extraño hombre que dormía al otro lado.

¡Qué radicalmente había cambiado Benjamin Messer en las tres últimas semanas! ¡Qué crisis estaba sufriendo! ¿Y por qué? ¿Sería el judaísmo? Judy se hacía preguntas mientras sus ojos imaginaban polvo y palmeras. ¿O era simplemente una cuestión de identidad? O quizás... una misma cosa. Una persona era simplemente judía. ¿Sentían los católicos lo mismo? O el ser judío tenía algo que no se parecía a ninguna otra experiencia, al estar el judaísmo y la identidad tan inextricablemente unidos.

Miraba distraída, sin tener conciencia de las visiones de calles ardientes por el sol y mercados atestados que su mente itinerante estaba conjurando. Seguramente Benjamin Messer no era el único factor esencial, o posiblemente ni siquiera el factor central. Estaban David Ben Jonah, la sufriente Rosa Messer, su martirizado marido rabino... Y estaba la propia Judy.

Ahora los pensamientos parecían agruparse en torno a un punto concreto, pues comenzó a internarse en sí misma, alejándose de los higos secos, de las sandalias de esparto y las túnicas blancas que estaba imaginándose. Se acercó más al pequeño círculo negro que había en el centro de su alma.

Y lo que allí vio, en el mismísimo borde de aquel abismo, la alarmó. Como en los márgenes de un cráter enorme e insondable, Judy tenía una gran sensación de vacío que la abrumaba. Una soledad imposible de comprender. Una fría esterilidad que la hacía sentir de repente ganas de llorar de desesperación. El vasto cráter negro, oscuro, frío, se extendió hasta los límites de la imaginación; se hallaba en el mismísimo centro del alma de Judy. Y era una cosa muerta y maldita; allí no había vida.

La oscuridad del apartamento, la medianoche al otro lado de la ventana y el formidable vacío en el alma de Judy eran una misma cosa, la ausencia de luz.

Más visiones surgieron ante ella; unos pinos de Alepo recortándose contra un cielo azul intenso; el olor a nardo en el aire; un sol caliente que caía sobre las calles polvorientas.

Se apartó de ellas. Le dio la espalda al atractivo de la vieja Jerusalén. Sería hermoso escapar a ella, sí, dejarse ir por un instante y correr al pasado para no enfrentarse al presente. Exactamente como estaba haciendo Ben...

Judy volvió a mirar a la puerta del dormitorio y se dio cuenta, en un fugaz momento de lucidez, de que estaba anormalmente silencioso.

Forzándose a alejarse de las revelaciones de su yo íntimo y de las breves ojeadas al pasado, cruzó la oscuridad y abrió la puerta de la habitación.

Ben estaba profunda y plácidamente dormido sobre la cama. Estaba completamente vestido, con el cuerpo totalmente en reposo, con una respiración lenta y constante. Cuando Judy se acercó sigilosamente, apenas pudo ver su rostro, y la expresión que mostraba la sorprendió. Con la cara en un leve vestigio de sonrisa, Ben parecía hallarse en un estado de completo descanso.

Le miró con incredulidad. Excepto la noche en que ella le había dado una píldora para dormir, Ben no había conocido paz semejante. Ni tampoco le había visto ella una expresión tan tranquila en la cara —despierto o dormido—; y, mientras ahora la miraba, Judy comenzó a ver una naturaleza más profunda y más clara en aquella expresión.

Era una expresión de rendición. De completa rendición.

Judy alzó bruscamente la cabeza y echó un vistazo a la habitación. Algo iba mal. Algo iba terriblemente mal.

Alterada, pero sin saber por qué, Judy salió en silencio de la habitación, cerró suavemente la puerta tras de sí y volvió a su vigilia junto a la ventana. El cristal, contra su rostro, resultaba agradable, pues ella estaba extrañamente caliente. Vio que aquella noche el cielo no lucía estrellado, y que se agitaba entre turbulentas nubes.

Debería estar contenta de que David durmiera tan bien... y no lo estaba. Aquella expresión, tan siniestra...

Mientras observaba las densas nubes, Judy pensó: «¿Por qué nos estás haciendo esto? ¿Por qué has venido aquí? ¿Y qué eres, David Ben Jonah, amigo o enemigo? ¿Esperas y le vigilas para protegerlo, o estás esperando el momento de debilidad...?».

—¡Oh Dios! —murmuró—. ¿Qué me está pasando?

Judy giró sobre sí misma con los ojos desorbitados; se esforzaba por ver en la oscuridad.

—¿Ver qué? ¿Qué estoy buscando? ¿Estoy perdiendo el juicio yo también?

Mientras miraba frenéticamente ante sí, más visiones brotaron en su mente. El oscuro apartamento explotó de súbito con un resplandor, y vio delante de ella la verde falda de una colina cubierta de lirios blancos y anémonas rojas, las higueras, los olivos y a un niño que guardaba un pequeño rebaño de cabras.

—Oh Dios, quiero ayudarte, Ben —musitó con voz ronca—. Quiero ayudarte porque te quiero, pero no sé cómo. No sé cómo luchar contra esta cosa. ¡Cómo se puede combatir a un fantasma!

Olió el aceite de oliva quemándose en una lámpara y saboreó el queso en su lengua.

—Es más fuerte que yo, Ben. Al igual que tú cediste al final, ahora sucumbo yo...

Unas lágrimas se deslizaron por las mejillas de Judy. Todo su cuerpo temblaba. El gran vacío del centro de su alma se extendía para abrazar el calor y la vida del lejano pasado.

El estruendo de un trueno dispersó la visión. Volvía a estar sola en el oscuro apartamento. Y en el breve segundo de iluminación, vio la cúpula del Templo y los inexorables muros de la fortaleza Antonia.

—¿Dónde llueve? —musitó tristemente—. ¿Aquí... o allí?

Un período de tiempo no mensurable transcurrió mientras Judy permanecía paralizada junto a la ventana. Se hallaba perdida en un laberinto de preguntas a las cuales no encontraba respuestas. No había soluciones a los problemas que su mente planteaba, sólo más y más rompecabezas. Tras ver el vacío que era su vida, Judy se preguntaba qué era lo que la había conducido a este increíble momento, cuestionándose de repente toda su existencia.

¿Y qué hacía que su mente viera cosas que nunca había imaginado? ¿Estaba también ella, en pequeña medida, cediendo al poder del espectro de David Ben Jonah?

Judy hubiera podido llegar a algunas conclusiones si, en cierto momento, justo antes del amanecer, no hubiera sido interrumpida. Durante aquella silenciosa hora anterior a la salida del sol, sucedió una cosa que la hizo quedarse helada. No oyó ningún sonido, ni ruido, ni indicación externa. La oscuridad había cambiado a su alrededor. El aire era otro, y ella intuyó que había algo distinto. Un extraño presentimiento la hizo volverse.

La puerta del dormitorio estaba abierta y Ben estaba allí de pie sin moverse, sin hablar.

Un escalofrío recorrió el cuerpo de Judy, y ella se estremeció involuntariamente. Sus ojos estaban dilatados, su boca, ligeramente abierta. Una intuición desconocida la hizo sentirse de golpe extrañamente temerosa.

Algo había sucedido.

—Ben... —musitó.

En aquel instante, Judy supo el motivo de su miedo. Y, cuando vio sus ojos, gritó.

Gritó durante mucho tiempo.

16

Ningún otro cambio había tenido lugar, sólo sus ojos, que habían pasado de azul pálido a marrón oscuro.

Permaneció de pie ante ella, mirándola casi compasivamente con una sonrisa en los labios.

—Judith... —dijo suave, persuasivamente.

Cuando dio un paso hacia ella, Judy retrocedió.

—¿Por qué me tienes miedo, Judith?

—Yo... —Registró su mente en busca de una respuesta. No había ninguna. Todo cuando pudo hacer fue sacudir la cabeza atónita y sentir el vuelco de su corazón. Los gritos habían hecho que le doliera la garganta. Y ahora, tras la impresión inicial, su miedo se transformaba en perplejidad.

—¿Cómo puedes tenerme miedo, después de todo este tiempo? —preguntó él—. Judith... —Ben extendió ambas manos, y ella volvió a retroceder—. ¿No sabes quién soy?

—¿Quién... eres?

—Soy David —dijo con una sonrisa tranquilizadora.

—¡No! —exclamó Judy, sacudiendo violentamente la cabeza—. ¡No digas eso!

—Pero es cierto.

—¿Dónde está Ben?

—¿Ben? Pero si él nunca existió. Nunca hubo ningún Benjamin Messer...

—¡Oh, Dios! —gimió Judy. Brotaron lágrimas en sus ojos que hicieron que la imagen se le nublara—. Quiero que vuelva Ben. Oh Dios, ¿qué ha pasado?

La expresión de él pasó a ser de preocupación.

—Por favor, no deseo asustarte. No te apartes de mí. Te necesito.

—Oh, Ben —gritó ella. Mientras le caían las lágrimas, luchó contra los sollozos—. ¿Qué... les ha pasado a tus ojos?

Él se detuvo un momento, indeciso, luego dijo con una sonrisa:

—Es interesante que hayan cambiado, ¿no? No puedo explicártelo, pero supongo que tiene un significado.

Judy continuó mirando con ojos espantados al hombre que se hallaba ante ella, confiaba despertarse de la pesadilla de un momento a otro.

—Nunca hubo ningún Benjamin Messer, pues he sido siempre David Ben Jonah. He estado dormido durante muchísimos años. Los manuscritos me hicieron volver en mí, me recordaron quién era yo, y, ahora, he vuelto a la vida. ¿Comprendes?

No, no eran sólo sus ojos, comenzaba a darse cuenta Judy. Eran el único cambio físico que se había operado en él, sí, pero había otro, una alteración más sutil que ella comenzaba a discernir ahora.

Eran sus maneras, su actitud. Tranquilo y seguro de sí mismo, éste no era el mismo hombre nervioso y dominado por la ansiedad que le había dado las buenas noches sólo unas horas antes. Este extraño del cabello rubio y los ojos marrón oscuro estaba completamente relajado y seguro de sí mismo. Tenía una actitud despreocupada y hablaba en un tono que revelaba a un hombre completamente cómodo y seguro de sí mismo.

—Sé que debe ser difícil para ti —estaba diciendo—, y que te llevará tiempo acostumbrarte a mí. Hasta ahora sólo has pensado en mí como en un fantasma.

Además, hablaba con un ligerísimo acento. ¿Alemán? ¿Hebreo?

—¿Ben va a volver? —preguntó ella en un susurro.

—No puede volver, porque nunca existió. Mira, cuando yo era Benjamin, al principio creí que David me perseguía. Luego pensé que David intentaba poseerme. Pero estaba equivocado. Pues fui David todo el tiempo. Fue Benjamin quien nunca existió.

Sintiéndose repentinamente mal del estómago, Judy se apartó bruscamente de él y se apretó el abdomen.

—¿Por qué me rechazas? —casi le suplicó.

—Yo... yo no te rechazo —se oyó a sí misma decir—. Me niego a creerte.

—Pero lo harás con el tiempo. Mira, esto explica muchas cosas. Ayer por la noche, mientras leíamos el manuscrito... —Pasó despreocupadamente ante ella y tomó asiento en el sofá—. Pensé que había algo extraño en el fragmento sobre Popea Sabina. ¿Recuerdas?

—Recuerdo —susurró con dificultad Judy.

—Había algo en él que no podía definir. Por supuesto, ahora sé lo que era. Popea Sabina era el nombre de mi gata, y la bauticé por la emperatriz. Cuando compré la gata, hace dos años, me recordó a la esposa de Nerón, a quien había visto pasar en su carro.

Judy cerró fuertemente los ojos.

—No —murmuró apenas.

—Y cuando me tendiste aquellas gafas, ya no las necesitaba, pues la noche pasada ya no era Ben. Veía cómo te preocupabas por mi estado, pero no había motivo de alarma, querida Judith, pues ésa era simplemente la fase final de mi conversión en mí mismo.

Ella abrió los ojos y lo miró como si fuera un monstruo.

—Por favor, siéntate junto a mí.

—No.

Él ladeó la cabeza y la observó con preocupación.

—¿Te encuentras mal?

—No.

—Por favor, no me rehúyas. Yo no quería hacerte daño. Pensaba que te alegrarías.

Mientras él meneaba tristemente la cabeza, una pequeña forma oscura surgió de la puerta de la cocina y miró al hombre del sofá con ojos cautelosos y pupilas enormemente dilatadas. Popea dio unos pasos hacia él, y cuando el hombre se inclinó hacia delante para animarla, arqueó el lomo y le bufó.

Pero Ben sólo se rió suavemente.

—Es porque ahora soy un extraño para ella. Con el tiempo llegará a conocerme y entonces seremos amigos.

Judy miraba a la gata boquiabierta con incredulidad. El pelo de Popea estaba erizado, las orejas de punta. En el instante siguiente, salió lanzada hacia la cocina y pudo oírse cómo se escondía en un rinconcito.

—Sí, aprenderá con el tiempo —decía la suave voz de Ben—. Y tú también, queridísima Judith.

Ella volvió a alzar los ojos hacia él y vio una dulce y triste sonrisa en su rostro. Toda su actitud, todo su ser parecían disculparse, pedir que lo perdonara y ser aceptado. Y cuando lo vio tan accesible, Judy sintió su corazón volar hacia él.

—Te tengo miedo —dijo al final.

—Pues no debes tenérmelo. Yo nunca te haría daño.

—No sé qué eres. No sé qué serás mañana, o dentro de una hora. Y eso me asusta.

—Pero todo ha terminado, Judith, ¿no lo ves? No volveré a luchar por una identidad, no necesitaré encontrarme a mí mismo. La agonía que sufrió Benjamin —las pesadillas y las lágrimas y los tormentos— eran los dolores de mi nacimiento. Era necesario que él sufriera todo eso con el fin de que volviera a nacer. Todo eso pertenece al pasado, mi queridísima Judith, pues ahora soy yo mismo y estoy en paz con mi alma. Esperaba que lo comprendieras.

Ella le observó más atentamente por un momento, luego con cautela. Cuidadosamente se acercó al sofá. Sentada en el borde, lo más lejos posible de él, Judy siguió manteniendo los ojos fijos en él. Al final, la náusea cedió y la turbulencia comenzó a extinguirse. El primer *shock* había pasado, y ahora el aturdimiento se desvanecía también. En ese lugar, Judy sentía inseguridad, una perplejidad acerca de lo que debía hacer a continuación.

Cuando él le tendió la mano, como si le ofreciera un regalo, Judy la tomó y sintió que todavía se calmaba más.

Él sonrió para tranquilizarla; emanaba un aire de completo control y confianza. Su contacto era cálido y agradable, su voz, reconfortante.

—Lo que ha cambiado, ha cambiado, no se puede volver atrás. Lo que fue ayer, nunca volverá. Benjamin Messer ya no vive. No fui feliz en aquella vida. Pero en ésta lo soy.

Judy sintió sus dedos al apretar su mano y tirar de ella. Al principio se resistió, pero finalmente cedió y dejó que la acercara a él en el sofá. La rodeó con ambos brazos, pero ligeramente, como si temiera romperla, y habló con dulzura.

—No puedo haberte gustado como Ben, pues él era un hombre atormentado. Era un hombre que negaba su pasado y su herencia; siempre intentó ser lo que no era. Benjamin Messer no fue más que una manifestación de mi personalidad, y siento que fueras testigo de ella. Ahora soy David Ben Jonah... —La atrajo contra él y enterró el rostro de ella en su cuello—. Ahora soy por fin David Ben Jonah, querida Judith, y descubrirás en tu corazón que me amas.

Cuando se despertó, se encontraba en la cama. Aunque completamente vestida, se hallaba bajo las sábanas, y sus zapatos estaban cuidadosamente colocados junto a la cama. Un día luminoso entraba a raudales por la ventana, haciendo brillar las gotas que quedaban en los cristales. A través de las ramas de los árboles podían verse nubes blancas y retazos de cielo azul. Y por la puerta abierta Judy podía oír los sonidos de alguien que se movía en la habitación contigua.

Su mente comenzó a correr. A pesar de que todos los desafortunados acontecimientos de la noche anterior regresaron de golpe, no recordaba haberse ido a la cama o haberse quedado dormida. Lo último que recordaba era estar sentada en el sofá, con los brazos de

Ben alrededor de ella y escuchando una voz queda que hablaba persuasivamente de amor.

Vaciló en levantarse. Temía lo que encontraría en la otra habitación. La locura de Ben podía volar en cualquier dirección, su inestabilidad podía aparecer con la menor provocación. Y, sin embargo, a pesar de ser reacia a enfrentarse con él, Judy estaba al mismo tiempo deseosa de estar a su lado y vigilarle. Era una dicotomía irreconciliable: el impulso de huir de aquella casa de locos y el deseo de ayudar a Ben a superar la crisis.

Mientras se levantaba y se deslizaba con sigilo al cuarto de baño, evitando verlo y ser vista, Judy tomó una decisión respecto de su siguiente movimiento.

Bajo la fresca insistencia de la ducha, no obstante, los siniestros aspectos de la noche anterior parecieron disiparse en favor de una actitud más analítica. A medida que su falta de sueño se desvanecía, y a medida que los efectos de su miedo por la noche anterior desaparecían, Judy comenzó a sentirse más capaz de manejar la situación.

Al fin y al cabo, Ben —en su nuevo estado como David— no había dado señal alguna de tendencias violentas. Y, si fuera a mantener los actuales rasgos de personalidad, por lo menos hasta que el último manuscrito hubiera sido traducido, ella podría lidiar con él.

No tenía ni idea de qué sucedería cuando el último manuscrito llegara y se terminada el trabajo. Ni le importaba. Pues, ahora, Ben y ella iban a sobrevivir a otro día.

Él levantó la vista cuando ella entró en la habitación, y esbozó una amplia sonrisa.

—Buenos días, Judith. ¿Estás mejor?

—Sí, gracias. —Le estudió con precaución.

—Te quedaste dormida en mis brazos y por ello te llevé a la cama. Eres tan ligera, que fue como levantar a un niño.

Mientras hablaba, Judy se quedó fascinada. El hombre que tenía ante sí, excepto por los ojos marrones, era en todos los aspectos Benjamin Messer. Sólo que no lo era...

Él se acercó a ella y le cogió la mano. Luego la condujo hasta la mesa del comedor.

No, este hombre era completamente distinto. Aunque parecía igual a Ben Messer, su actitud era diferente. Los gestos y las peculiaridades pertenecían a otra persona; la afectación había cambiado.

Este hombre parecía ser mayor, maduro y asombrosamente seguro de sí mismo. Era un hombre con total control de su persona y acostumbrado al mando.

La hizo sentarse a la mesa ante una taza de café y un plato de huevos y tostadas con mantequilla, y le dijo:

—Yo he comido ya. Por favor, te sentirás mejor.

Judy pronto descubrió un apetito oculto y devoró el desayuno y dos tazas de café. Mientras comía, su intranquilizadora mirada estuvo siempre sobre ella, no dejándola ni un momento, y aquella leve sonrisa no abandonó sus labios. En dos ocasiones ella comenzó a hablar, y, cada vez, él alzó una mano.

—Primero come. Luego hablaremos. —Y ella obedeció.

Después, fueron juntos al salón, que, para sorpresa de Judy, había sido meticulosamente limpiado. Incluso la mancha de vino de la alfombra parecía más pálida, y todo estaba bien arreglado, limpio y en orden. Sin tener que mirar, sospechó que el estudio y la cocina estaban igual.

Cuando se sentaron en el sofá, Ben dijo:

—Bueno, ahora te encuentro mejor. ¿Ya no estás incómoda conmigo?

—No lo sé —dijo ella con inseguridad—. ¿Eres...?

Él rió cálidamente.

—Sí, sigo siendo David. Te dije ayer por la noche que Ben se había ido y que nunca volvería. Pero veo que llevará tiempo convencerte. No importa, soy un hombre paciente.

Judy volvió a relajarse en el sofá, sintiéndose mejor por haber comido, y consideró sus próximas palabras.

—Si eres David Ben Jonah —tanteó—, ¿qué dice el siguiente manuscrito?

—Me pones a prueba, ¿verdad, Judith? Eso es una señal de desconfianza, y yo quiero que tengas confianza en mí. ¿Y tú? —comentó sonriendo.

—Estás evitando mi pregunta.

—Y tú la mía.

Judy cambió de posición para enfrentarse a él directamente.

—No quiero enzarzarme en juegos de palabras, Ben. Sólo procuro comprender qué ha sucedido. Dices que ahora eres David reencarnado. ¿Es eso correcto?

—Si te sientes cómoda con ese término, sí. Pero es más que una reencarnación, más que un renacimiento, pues nunca me fui. He estado aquí todo el tiempo como Benjamin Messer.

—Entiendo...

—No creo que lo entiendas.

—Bueno, lo estoy intentando. —Ella se echó hacia atrás y le observó un poco más.

Sí, esta nueva personalidad era definitivamente más fácil de tratar. Benjamin Messer, en su otro estado, había sido un hombre difícil. Cuando era él mismo, estaba atormentado por su pasado; cuando estaba poseído por David, era tranquilo y retraído. Pero esta nueva condición, este estado en el que se comportaba como el viejo judío, se le antojaba casi agradable, pues parecía racional, comunicativo y bastante estable.

Si no sufría repentinos traslados en el tiempo o vacíos de memoria, si no sufría explosiones de rabia, como Ben había tenido que sufrir anteriormente, este nuevo cambio era quizá para mejor. Al menos por el momento.

—¿Qué va a pasar? —le sondeó ella.

—Eso es algo que no sé. El futuro es tan desconocido para mí como para ti.

—Pero está claro que no puedes seguir adelante como Ben Messer.

—¿Y por qué no? Me ha servido bien hasta ahora. Puedo usar esa identidad un poco más hasta que mis intenciones estén claras para mí. Pero cualesquiera que sean, querida Judith —fue y tomó su mano—, te incluirán a ti.

«¡Oh, Ben! —gritó su mente confusa—. ¡Quiero que me incluyas siempre! Y te quiero más que lo que puedo expresar con palabras. Pero, ¿qué eres ahora? ¿Quién eres? ¿Y quién serás mañana?»

—¿Por qué tienes esa mirada de tristeza, Judith?

Ella apartó la cara.

—Porque yo quería a Ben.

—Pero es que soy el mismo hombre.

—No —saltó ella—. No lo eres.

—Entonces... —su voz bajó de intensidad—. ¿No puedes descubrir en tu corazón que me amas a mí también?

Ella se sintió bruscamente provocada. La expresión de él era de anhelo, de tierno dolor. Sintió las yemas de sus dedos acariciar su mejilla, oyó su dulce voz. A sus ojos, era Ben quien pretendía torpemente hacerle el amor, pero en su corazón sabía que era otro hombre. En su lucha por una identidad, Ben había perdido la batalla y de una manera extraña había asumido la identidad del judío de los manuscritos. Por alguna necesidad desconocida, por algún motivo misterioso, Ben había decidido convertirse en David, simplemente porque no era ya lo bastante fuerte para existir como Ben.

—Quiero que vuelvas —murmuró Judy en un último esfuerzo por llegar hasta él.

Pero el hombre que seguía sonriéndole enigmáticamente, cuyos pensativos ojos marrones la miraban amorosamente, no era Benjamin Messer.

Era inconcebible que llegara otro sobre aquella tarde, y, pese a esto, llegó. El manuscrito número doce llegó en el sobre certificado habitual y requirió la consabida firma. Pero esta vez fue recibido de otro modo. En lugar de la emoción y el nerviosismo que Ben había mostrado al recibir cada uno de los manuscritos anteriores, éste fue recibido con calma y tranquila alegría.

Se tomó su tiempo para subir las escaleras y entrar en el apartamento. Preparó cuidadosamente su cuaderno y su pluma y reguló la luz. El soporte de la pipa, la petaca y el cenicero habían sido retirados de encima del escritorio y no se hallaban a la vista, ya no eran necesarios.

Popea Sabina, que se había hecho un ovillo en la silla giratoria, arqueó su espalda y le bufó a Ben cuando se acercó. Luego saltó de la silla y salió espantada de la habitación. Ben meneó la cabeza.

Judy vaciló a la entrada de la habitación, observó cómo se preparaba lentamente para traducir el siguiente manuscrito. No era el Ben que ella conocía el que ahora había sacado las fotografías, tirado el sobre al suelo y traducido las primeras frases antes de que sus nalgas tocaran la silla.

Cuando miró hacia arriba y la vio allí en pie, dijo:

—¿No te interesa?

—Sí.

—Bueno, entonces ven y siéntate a mi lado. Lee mientras escribo. Reviviremos los días de mi vida juntos.

Cuando hubo llevado hasta allí una silla y tomado asiento, Judy murmuró:

—¿No sabes ya lo que va a decir?

Pero él no contestó.

El manuscrito número doce estaba en malas condiciones. Compuesto por seis fragmentos, los bordes estaban mordidos, había agujeros en el centro y trozos de escritura indescifrable. Pero lo que quedaba era un buen fragmento y muy interesante.

Regresé a una Judea agitada. Mis paisanos eran cada vez menos capaces de tolerar la presencia de nuestros señores romanos, y observé signos de revuelta en todas partes. Salmónides y yo nos quedamos asombrados al ver tantos crucifijos a lo largo de la ruta de Jafaf, y nos maravillamos de que el movimiento zelota hubiera crecido tanto en nuestra ausencia. Vimos también más legiones romanas por los caminos que antes de nuestra partida, y provistas de mejor armamento, a lo que parecía, recientemente enviado desde Roma, así que supimos que habíamos vuelto a tiempos turbulentos.

Pero, después de una ausencia de tantos meses, era agradable volver a estar entre mis amigos y abrazar a mis seres queridos. Estaban todos reunidos en mi casa: Saúl, Sara y el pequeño Jonatán; Rebeca y nuestros amigos de los Pobres; e incluso Jacob, que se mantenía aparte de los demás con su túnica blanca, en ascético silencio.

Saúl me lavó los pies cuando entré y vi que había lágrimas en sus ojos. Dijo:

—Éste es realmente un día señalado, ha traído a mi hermano a casa. Te hemos echado de manos, David, y hemos rezado todos los días para que tuvieras una estancia segura en Babilonia.

Observé que llevaba sus mejores ropas y había dejado su enseñanza de la Ley para pasar este día conmigo.

Luego Rebeca me abrazó, me besó y dejó que sus lágrimas cayeran libremente sobre mi hombro. Si había inquietud en su corazón, no habló de ello, ni me recordó la soledad que había sufrido en mi ausencia. Rebeca era una buena esposa y yo sabía que su comportamiento era irreprochable.

La mantuve a un brazo de distancia de mí y dije:

—No habrá más viajes a Roma, amada esposa, pues he visto suficiente.

El siguiente en saludarme fue el pequeño Jonatán, cuya excitación no tenía límites. Me abrazó, besó mis mejillas y parloteó sin respirar sobre todas las cosas que me había perdido mientras estaba fuera. Y yo reí al escucharle y al mirarle, pues quería muchísimo al pequeño Jonatán. Tenía el don de Saúl para hacer fácilmente amigos y el bello rostro de su madre. Pero, en el fondo de mi corazón, sabía que quería a Jonatán hasta tal extremo porque, hasta ahora, no tenía ningún hijo propio y estaba desesperado por ello.

Cuando Sara vino a darme la bienvenida, mis piernas flaquearon y mi corazón lloró, pues era la única mujer a la que quería por encima de todo, y era su imagen lo que había visto ante mí durante las interminables noches en el mar. Desde que se había unido a los Pobres y pasaba las horas en compañía de Miriam y de las demás mujeres que esperaban al Mesías, Sara se había vuelto incluso más hermosa y radiante. Su fe en Dios y su creencia en el retorno del reino de Israel le habían dado una especial belleza interior y una tranquilidad que se reflejaba en sus ojos.

Desde aquel día en el huerto, no habíamos vuelto a hablar de amor. Pero hay formas de comunicarse aparte de las palabras, y aquel día descubrí en su rostro y en sus ojos que todavía me amaba.

Jacob, el líder de los Pobres, esperó a que todos me hubieran saludado antes de acercarse a mí con el beso de la paz. Luego dijo:

—Hermano, nos produjo gran inquietud tenerte en Babilonia mientras sabíamos que el reino de Dios llegaría en cualquier momento. Yesua estará a las puertas de Jerusalén quizás mañana, y temíamos que no estuvieras aquí en ese glorioso día. Pero ahora has regresado y no te perderás la segunda venida.

La intensa mirada de Jacob penetró en mi alma, y yo vi en ella la firme creencia en el inminente retorno de su hermano. Sus manos presionaron mis brazos y no pronunció ninguna palabra más, pero yo pude leer sus pensamientos en su semblante.

Me decía que aquéllos eran ciertamente los últimos días de los que había hablado el profeta, pues en todas partes había intranquilidad y agitación. Éstas eran las visiones de Isaías, Jeremías y Daniel: la época en que la abominación de la desolación tenga lugar y el reino de Sión sea restaurado.

En mi ausencia, mis viñedos y mis prensas de aceitunas me habían convertido en un hombre más rico aún, de modo que mis pertenencias rebasaban incluso a las de muchas viejas familias aristocráticas de Jerusalén. El mérito de todo ello lo atribuía yo a mi amigo Salmónides, que no envejecía con los años y cuyo entusiasmo nunca se apagaba. Seguía siendo honrado y fiel para conmigo, reclamaba sólo los honorarios merecidos, y, además, acumuló una pequeña fortuna para sí mismo. Cuando yo le alababa, él alegaba que era yo el astuto y mi único agente. En cualquier caso, cuando cumplí la edad en la que la mayoría de los hombres están orgullosos de tener una pequeña tienda o satisfechos con un barco de pesca, la riqueza de David Ben Jonah llegó a ser conocida y fui un hombre influyente.

Como miembro de los Pobres, compartía gran parte de mi riqueza con la congregación, que aumentaba sin cesar de tamaño. Aparte de Jacob y los Doce, otros seguidores predicaban ahora en las ciudades y en el campo sobre el reino que había de venir y el Maestro que había de volver. Y cuando los judíos de todas partes veían las espadas de los romanos y a los zelotas clavados en las cruces, sabían en sus corazones que éstos eran en verdad los últimos días.

De este modo, nuestras filas crecieron, hasta que nos contamos por decenas de miles.

Y mientras la comunión del pan y el vino se celebraba en muchas casas de Jerusalén, mientras cada vez más judíos se bautizaban y adoptaban el credo de la Nueva Alianza, mi amigo y hermano Saúl permanecía, sin embargo, al otro lado.

En muchos aspectos, nuestras discusiones me recordaban las mantenidas con Eleazar, cuando Simón me convencía. Pues eran las palabras de Simón las que yo citaba ahora a Saúl, y sus argumentos hacían eco de los de Eleazar.

—Todavía no es hora de que Dios restablezca el reino de Israel —dijo Saúl—. Has malinterpretado el libro de Daniel. Pasará mucho tiempo antes de que el Mesías de Israel aparezca entre nosotros.

Entonces le cité a Isaías, y a Esdras y a Jeremías, pensando que mi interpretación de las profecías era correcta.

—Pero éstos son los últimos días, hermano Saúl, puedes verlo en todas partes. La revolución está en el aire.

Saúl sólo meneó la cabeza.

—Y también fue así en tiempos de los Macabeos —dijo—. Sin embargo, no vino ningún Mesías.

Y yo contesté:

—Pero estos tiempos son peores.

Y así prosiguieron nuestras discusiones. Saúl era un buen rabino y muy solicitado en el Templo. Era un judío piadoso y conocía la palabra de la Ley mejor que ningún otro hombre. Y me entristecía que no creyera en el retorno de nuestro Maestro. Pues iba a ser un día glorioso y el reino de Sión volvería a ser establecido.

Sucedió que supimos la noticia del incendio de Roma que destruyó gran parte de la ciudad y causó el hambre y la enfermedad. Y también nos enteramos de que nuestro viejo amigo y hermano Simón había sido ejecutado en el circo por ser sospechoso de haber provocado ese fuego.

Los miembros de los Pobres nos reunimos en casa de Miriam, rezamos oraciones y cantamos salmos en memoria del hombre que había sido en el pasado el mejor amigo del Maestro y el primero en reconocerle como el Mesías.

Y oramos también aquella noche porque sabíamos de algún modo que la muerte de Simón —que había cambiado su nombre por *Pedro*— y la de su amigo *Pablo* no eran más que el presagio de los últimos días. Ahora que el mejor amigo de Yesua había sido martirizado por él, al igual que Esteban y Jacob Ben Zebedeo, nuestro Maestro tendría que regresar a su pueblo y conducirlo a la victoria contra el opresor.

Pero vendrían tiempos peores.

Muchos de los miembros de los Pobres eran zelotas. Ahora comenzaban a llevar armas. Incluso entre los esenios, que habían sido pacifistas en el pasado, se adoptó el uso de la espada, pues creían que la lucha entre la luz y la oscuridad estaba cerca.

Decían:

—El Mesías de Israel está casi a las puertas, y no nos encontrarán desprevenidos. Se marchó para que muchos de nosotros predicáramos la noticia y la diéramos a conocer; pero ahora se encuentra en el camino que se dirige a la ciudad y debemos estar preparados para luchar por Sión.

Aunque yo no estaba de acuerdo y no llevaba espada, no negaba a mis hermanos el derecho a armarse. Pues eran los últimos días.

Irónicamente, Saúl también portaba espada, pues había oído hablar de insurrecciones en toda Galilea y Siria. Desde Dan hasta Beersheba, los judíos comenzaban a levantarse contra la opresión de Roma.

Bien entrada la noche, los miembros de los Pobres nos reuníamos en nuestras casas para la ceremonia del pan y del vino y para escuchar las trompetas que anunciarían la llegada del Mesías. Y, en aquellas noches, yo miraba a Sara, con la cabeza inclinada mientras rezaba, los brazos alrededor de Jonatán, y me alegraba de que tuviera tanta fe.

En la primavera del año siguiente, el procurador Gessio Floro violó el tesoro del Templo.

Nunca volvimos a tener un momento de paz.

Judy miró la errática caligrafía del cuaderno y no pudo recordar haberla leído. Ben había estado toda la tarde y hasta bien entrada la noche descifrando los caracteres arameos, y Judy leyó cada palabra que él había escrito. Pero ahora, sin más papiros que leer y la última línea traducida, se halló a sí misma mirando fijamente el papel como si lo viera por primera vez.

También Ben parecía mirar con perplejidad lo que acababa de escribir. Su pluma seguía posada sobre la hoja; su mano, lista para escribir más. Pero el final del sexto fragmento había llegado de repente, dejándolos tanto a él como a Judy suspendidos en el aire.

Pasaron algunos instantes antes de que se despertaran de su suspendida animación, y fue Judy quien realizó el primer movimiento. Repentinamente consciente de una espalda y unas articulaciones terriblemente doloridas, se arrancó de la posición en que había estado durante tanto tiempo, y consultó el reloj.

Era exactamente pasada la medianoche, y se quedó mirando la esfera iluminada durante varios minutos, antes de darse cuenta de lo que veía.

—Dios mío —murmuró, retorciéndose—. ¡Hemos estado aquí sentados durante ocho horas! —Luego miró a Ben.

Él continuaba inclinado sobre la última fotografía, con el cuerpo congelado en una actitud de espera. La pluma seguía posada sobre el cuaderno, sus ojos, todavía fijos en la última frase en arameo. Un ligero sudor había brotado en su frente y se deslizaba por sus sienes hasta llegar a su cuello. Su camisa estaba empapada por la transpiración, y su piel había palidecido hasta alcanzar una blancura fuera de lo común.

—Ben —dijo Judy en voz baja—. Ben, se ha acabado. Es el final del manuscrito.

Como él no respondía, ella le quitó con suavidad la pluma de los dedos y le tomó la mano con firmeza.

—¿Ben? ¿Puedes oírme?

Por fin giró la cabeza para mirarla. Los ojos marrones estaban muchísimo más oscuros a causa de la dilatación de sus pupilas. Su mirada estaba completamente perdida e insensible. Se percibían los inicios diminutos de unas lágrimas.

—Ben, estás exhausto. Hemos estado aquí ocho horas, y mírate. Tienes que acostarte.

Al cabo de un rato, con el estupor a punto de desvanecerse, Ben tragó con fuerza y se pasó una lengua seca por los labios.

—Lo había olvidado —dijo con voz ronca—. Había olvidado cómo había sido. Había olvidado lo malos que fueron aquellos días.

—Sí, lo fueron. Ven conmigo, Ben.

A pesar de que pudo ponerse en pie, tuvo que apoyarse en Judy para sostenerse. Ella le puso un brazo alrededor de la cintura, sintiendo la fría humedad de su cuerpo, y entró penosamente con él en el salón. Allí le rogó cariñosamente que se tumbara en el sofá y descansara la cabeza sobre una almohada. Luego se sentó junto a él, mirándole de frente, y le secó tiernamente el sudor.

—Sólo queda otro manuscrito más —apuntó ella—. Sólo uno más. Y entonces todo habrá terminado.

Ben cerró los ojos, forzando a las lágrimas a caer de su rostro. Un pequeño gimoteo se convirtió gradualmente en fuertes sollozos.

—Estábamos esperando al Mesías —lloró—. Esperábamos y esperábamos. Dijo que volvería. Lo prometió...

—Ben...

—¡No soy Ben! —gritó de repente, y le apartó bruscamente la mano—. Soy David Ben Jonah. Y soy judío. El Mesías vendrá y el reino de Sión será restablecido, como fue profetizado en los viejos libros.

Judy no se movió. Le miró fijamente, resuelta a no asustarse. Al cabo de un minuto, Ben se pasó las manos por la cara y musitó:

—Lo siento. Perdóname. Fue el agotamiento, la tensión...

—Lo sé.

Limpió sus lágrimas y fijó toda su atención en Judy, en la preocupación que había en sus ojos, en su tierna mirada.

—Estuvimos allí un buen rato, ¿verdad? Estuvimos de vuelta en Jerusalén.

Ella asintió.

—Y tú estuviste conmigo todo el tiempo. —Alargó una mano temblorosa y acarició su largo cabello—. Fui consciente de tu presencia cada minuto, y me alegró. Te preguntas qué es todo esto, verdad, Judith.

—Sí.

—Y yo también, pero el propósito de todo esto no me fue revelado. Tenía que ser así y, en consecuencia, hemos de aceptarlo. Pronto llegará mi último manuscrito, y será el último, y entonces, lo que Dios ha planeado, nos será revelado.

Judy se enderezó y apartó la vista. Sus ojos vagaron por la oscuridad de la habitación, esforzándose por ver algo que no estaba allí. Recordó cómo había sido pasar un tiempo en Jerusalén, estar al lado del hombre que amaba, vincularse por entero a una fe que sabía era la mismísima esencia de todas las creencias.

Fue en este momento cuando Judy experimentó una revelación. En aquel instante, mientras la mano de Ben acariciaba su cabello y su voz le hablaba con dulzura, quedó claro para ella que, aunque la noche anterior había buscado frenéticamente una forma de integrar a Ben en sí mismo, esta noche no estaba segura de quererlo.

Mirando la cara que era la de Ben, pero los ojos que eran de otro hombre, descubrió que, a pesar de que la noche anterior le había amado demasiado para dejar que se convirtiera en David, esta noche lo quería demasiado para hacerle volver.

—Eres feliz, ¿verdad? —musitó, conociendo ya la respuesta.

—Sí, lo soy.

«Entonces, ¿cómo puedo desear que vuelvan a caer sobre ti los tormentos de Ben? —gritó su mente—. ¿No es menos cruel mantenerte en este estado?»

—Judith, hay lágrimas en tus ojos.

—No, no. Es la vista cansada, las ocho horas... —Se puso bruscamente en pie y se apartó del sofá.

Amar a este hombre y seguir con él significaba sólo una cosa: que ella también tendría que abandonar la realidad y compartir con él la locura.

—Necesito un poco de café... —dijo Judy con voz tensa, y desapareció en dirección a la cocina.

Allí, en la oscuridad, apretada contra la pared, se enfrentó a la decisión que tenía que tomar. No habría manera de estar con Ben y sufrir su demencia sin convertirse en parte de ella.

Y mientras miraba boquiabierta a la oscuridad, volvieron las visiones; las imágenes de palmeras, caminos polvorientos y calles estrechas; el ruido de los vendedores ambulantes en el mercado; el olor de Jerusalén en verano; el sabor del vino aguado...

Sería tan fácil...

Judy se alejó de allí y encendió la luz. Que su propio juicio, que su contacto con la realidad se desvanecía rápidamente, era ya indudable. Todo cuanto cabía ahora era tomar la decisión: dejar que sucediera, o escapar ahora y no volver jamás.

No hubo tiempo para meditarlo, pues Judy fue repentinamente sacada de su ensueño por unos sonidos procedentes de otra habitación. Salió de la cocina e inspeccionó a su alrededor.

La luz del dormitorio estaba encendida. Avanzó cautelosamente hacia allí y se detuvo en la puerta. Ben revolvía los cajones de la cómoda.

—¿Qué buscas? —quiso saber.

—El pasaporte.

—¿El pasaporte?

—Ben tiene un pasaporte, pero no recuerdo dónde lo guardé.

Judy fue a su lado y le miró con el ceño fruncido.

—¿Para qué quieres tu pasaporte?

Sin levantar la vista, él masculló:

—Para ir a Israel.

Los ojos de ella se abrieron como platos.

—¡Israel!

—Está aquí, en algún sitio. —Y comenzó a sacar montones de ropa y arrojarlos al suelo.

—Ben. —Le puso una mano en el brazo—. Ben, ¿por qué quieres ir a Israel?

Él no contestó. Sus gestos eran más apresurados, más frenéticos.

—¡Sé que está aquí dentro!

—¡Ben, contéstame! —gritó ella.

Finalmente se enderezó, y la mirada que Judy vio en sus ojos —furia y rabia— la dejaron aturdida.

—¡Para ir a Israel! —le respondió a voz en grito—. Habrá una revuelta y yo debo estar con ellos. No puedo quedarme aquí, en esta tierra extranjera, mientras mis amigos son asesinados por el enemigo.

—¡Asesinados! Oh Dios, Ben, ¡escúchame!

Él remiró el cajón. Judy le agarró del brazo y exclamó:

—¡Pero no puedes irte a Israel! Allí no hay nada para ti. Esa guerra tuvo lugar hace dos mil años. Ha terminado, Ben. Ha terminado.

En dos ocasiones, él intentó liberar su mano de una sacudida, y la tercera vez agarró la mano de ella y se desasió bruscamente.

—¡No te interpongas en mi camino, mujer!

—Pero, Ben...

Judy trató de sujetarle de nuevo, esta vez con ambas manos, y, cuando lo hacía, Ben se volvió repentinamente hacia ella, la agarró por los hombros y la arrojó con violencia lejos de él. Judy cayó hacia atrás, se le enganchó el pie en la cama y se estrelló contra el suelo. Tumbada a sus pies, le miró atónita.

A continuación, Ben se quedó helado, pegado en su sitio y miró hacia abajo con incredulidad. Luego, sin una palabra, se puso en cuclillas y extendió sus manos en un gesto de impotencia.

—¿Qué he hecho? —musitó.

Judy no se movió, sino que permaneció tal como estaba, con el cuerpo temblando, los labios ligeramente separados.

Ben seguía mirándola, su rostro era todo perplejidad y confusión.

—La única persona a quien he amado por encima de todas las cosas, la mujer a la que he querido más que a mí mismo y a quien situé una vez por encima de la Torá... —Su voz se volvió apagada y ronca.

Ben contempló sus manos, se esforzaba por comprender lo que ocurría. Y, mientras permanecía arrodillado ante la muda muchacha, fue invadido por un violento deseo sexual. Y supo que era mil veces mayor que el que le había asaltado aquel día en el huerto. Este ardor era terrible, el ansia vehemente y repentina de penetrar a Sara una vez más, de profanar una vez más las leyes de la Torá y el vínculo de la amistad de Saúl. De pronto, de rodillas ante ella, temblorosa como un gorrión, Ben quiso revivir aquella sublime tarde de hacía tanto tiempo y alejar de su mente todo lo que no fuera la posesión de esta mujer.

«Pero no debo —sostuvo su mente—, pues no es una mujer libre, y yo no soy un hombre libre. Es una transgresión directa de la ley de Dios y profana mi amistad con Saúl. Mas...»

Siguió mirándose las manos, se obligó a cerrar los ojos, pues sabía que, si admiraba sólo una vez la belleza de Sara, se perdería en las profundidades de su mirada.

—Ben —murmuró una fina voz. Era tan débil y frágil como el cuerpo del que procedía, pronunciada por la mujer a la que tan ásperamente había apartado de sí.

No contestó, estremecimientos de pasión recorrían ahora su cuerpo; el hombre atormentado luchó, lo mejor de su voluntad contra el intenso deseo que ardía en su interior...

—David... —Era una súplica. Una invitación tímida y dulcemente persuasiva.

Finalmente, consumido, levantó sus ojos hacia los de ella. Ver ese pequeño rostro pálido y el largo cabello negro casi hizo estallar su corazón. Tras tragar saliva con dificultad, Ben logró emitir una débil voz.

—No debemos, queridísima Sara. Esa única vez no debió suceder jamás...

Había una tristeza infinita en los ojos de ella, una pena que lo dejó perplejo. Era como si ella le desease y, sin embargo, estuviera librando su propia batalla; una batalla que él no conocía.

¿Cómo podía saberlo? Que en su profundo amor por Ben, al intuir que nunca podría tener a Ben, estaba dispuesta a entregarse a David. Por el deseo de tener a Ben, se ofrecería a un extraño y fingiría ser otra mujer.

—Ha pasado tanto tiempo... —murmuró ella, tendiéndole la mano.

Él cogió su mano y presionó la punta de sus dedos contra sus labios. Había un rugido de trueno en sus oídos. Toda sensibilidad parecía haberle abandonado. Con un único y comedido gesto, Ben la levantó del suelo y la llevó en sus poderosos brazos hasta la cama, donde la depositó con cuidado.

—Sara, no llores —murmuró aturdido—. Te dejaré si es tu deseo...

Pero su pequeña mano tomó la suya y él sintió lo febril que estaba. Una vez más, su devoción por Saúl y los rigores de la Torá detuvieron a David antes de realizar otro movimiento, de manera que se elevó sobre ella en un segundo de indecisión.

Judy levantó la vista y le miró implorante, tan aturdida como él. Sintió su propio deseo sexual dominar todas sus emociones, y luchó contra su propio purgatorio de dudas.

Luego, capituló por fin.

—Si no Ben, David... —le dijo al hombre que se hallaba sobre ella—. Ahora, serás mi amor, por esta hora.

Él estuvo encima de ella en un instante, desatado por su propia desesperación, y besando su boca con una violencia que sorprendió a los dos. Judy saboreó la sal de sus lágrimas mezcladas con el gusto de la lengua de él. Sintió que la boca de él devoraba la suya, e intentó sofocar los sollozos en su garganta.

El asalto de que Ben la hizo objeto manifestaba la angustia de David Ben Jonah, y un amor poderoso que había esperado dos mil años para encarnarse.

17

Durante los dos días siguientes no vivieron ni en el presente ni en el pasado, sino que existieron en un reino de transición que habían creado para sus propias necesidades, por su propia futilidad. Ben fue paciente en su espera del decimotercer manuscrito. Aguardó tranquilamente sentado durante aquellas largas horas. Estudiaba en silencio la colección de fragmentos de papiro que había acumulado y recibido de John Weatherby, deteniéndose en cada fotografía como si reviviera un agradable recuerdo.

Judy estaba menos segura de sí misma, a pesar de haberse resignado ahora a una fuerza que era demasiado grande para combatirla. Le amaba hasta tal punto, que ya no le importaba lo que fuera a pasarles, ni se preocupaba por el futuro, pues —creía ella—, del mismo modo que todo lo que había sucedido hasta ahora tenía que ser, sus mañanas se sucederían en una inevitabilidad que no podía ser cambiada.

Después hicieron el amor tres veces más, y cada encuentro fue tan explosivo como el anterior. Mientras yacían el uno en brazos del otro bien entrada la noche, hallando reconfortante sentir el uno la cálida desnudez del otro, Ben murmuraba en un antiguo dialecto del hebreo sobre las maravillas de Jerusalén y el optimismo de su tiempo.

—Me equivocaba —dijo en la antigua lengua, que Judy podía, en su mayor parte, comprender—. Me equivocaba al intentar ir a Israel. Pues tomar las armas y luchar contra el enemigo es un acto de desconfianza ante Dios. ¿No ha prometido enviar al Mesías, al Ungido, para liberar a Israel de la opresión? En mi debilidad, me torné impaciente y hubiera cuestionado el juicio de Dios. Tenías razón, amor mío, al querer detenerme.

Judy se acurrucó contra el cuerpo de él para descansar su cabeza sobre su pecho. No había momento más bello que éste, estar en los brazos de Ben y considerar las imágenes que su suave voz conjuraba: paseos por la orilla del lago en Galilea; anémonas rojas florecientes en primavera; la alegría de una buena cosecha de aceitunas; la paz y la tranquilidad de la cima de una colina de Judea... Quería que el momento durara para siempre.

Pero no duró.

El sábado por la tarde, el cartero llamó a su puerta con un sobre certificado procedente de Israel.

Tras leer la nota de Weatherby —algo sobre editores, museos y el anuncio oficial—, Ben y Judy se sentaron en el escritorio a traducir el último manuscrito.

Él parecía impertérrito y sin prisa; de hecho, casi deseoso de prolongar el momento, mientras que Judy estaba aprensiva. Miraba el sobre interior fascinada, con la mente vibrante por las preguntas que se sucedían.

«¿Qué nos pasará una vez que el último manuscrito haya sido leído?»

Miró a Ben y vio la sosegada expresión de su rostro que había llegado a reconocer como la tranquilidad interna de David. A donde fuera que Benjamin Messer hubiera sido enviado, donde fuera que el hombre torturado y dominado por la culpabilidad hubiese sido enterrado, el hombre que estaba a su lado era ahora por ello una persona más feliz. Y eso era todo lo que ella deseaba.

Pero, se preguntaba con continuo temor: «¿Y si los manuscritos constituyeran su vínculo con la identidad que había asumido? ¿Y si, porque éste era el último o por lo que podía decir, esa frágil fibra se rompía?».

> En los cuatro años siguientes, la lucha creció inmensurablemente en la ciudad.
>
> El día que el procurador Gessio Floro robó el tesoro del Templo, cientos de judíos se levantaron en armas. Para sofocar el levantamiento, el procurador envió soldados romanos por toda la ciudad, hombres brutales capaces de todo para acabar con la insurrección. Cuando la noticia de este suceso se extendió por todo el país, cada vez más bandas de zelotas se levantaron contra los señores, y mataron a los romanos allí donde los encontraban.
>
> Donde antes había emboscadas y sabotajes ocasionales, se entablaba ahora una guerra abierta.
>
> El emperador Nerón mandó a su mejor general, Vespasia-

no, para poner fin a la revuelta, y se libraron muchas batallas en todas las ciudades de Judea, Siria e Idumea. A causa de su localización en el camino del violento ataque romano, Galilea fue la más afectada y sufrió terribles daños. Mis hermanos dejaron a sus familias para unirse a las fuerzas rebeldes; me dicen que murieron luchando por Sión.

Lo que les sucedió a mi madre y a mi padre, nunca lo sabré.

En aquella época, Jerusalén hervía de miedo, odio y del gusto por la sangre, pero la lucha era mínima. Nos quedamos y esperamos a ver qué sería de las ciudades próximas, mientras Roma avanzaba a través de ellas y hacia nosotros.

Nos cuentan muchos actos de valor en estas batallas; miles de judíos, sólo la mitad de ellos zelotas, pelearon con lo que tenían para restaurar la supremacía de Israel.

Sin embargo, yo sabía en mi corazón que se equivocaban, pues sería el rey de Israel quien rompería nuestras cadenas, y todavía no había vuelto a nosotros.

Le expliqué esto a Saúl y, al venir a nuestra casa una noche, me puso una espada en la mano, diciendo:

—¡Es hora de que te armes, hermano!

Pero yo rechacé el arma y dije:

—Si me armara ahora y luchara contra el enemigo, sería una señal de desconfianza ante Dios. Yo creo que el Mesías vendrá; creo en la promesa de Dios a sus hijos; y creo que, ese día, el nuevo rey de Israel nos liberará.

—Eres un estúpido obstinado —dijo Saúl. Y ello me dolió profundamente.

Así fue que mi hermano y yo nos separamos con dolor.

La noticia de la muerte del emperador Nerón en Roma hizo que Vespasiano regresara para tomar parte en las disputas por el trono vacante, pero a nosotros, en Oriente, no nos dieron respiro, pues envió en su lugar a su hijo Tito, un hombre cruel y despiadado.

Con la derrota de todas las ciudades del país y con la aproximación de la máquina bélica romana, el miedo de Jerusalén fue mayor.

Nuestros hermanos que vivían en el monasterio junto al mar de la Sal abandonaron su hogar y se dispersaron por el país. Nos informaron de que habían ocultado sus manuscritos sagrados en vasijas, en el fondo de las cuevas de alrededor del mar. Fue así como la palabra de Dios pudo ser protegida del conquistador pagano, para que los monjes pudieran volver algún día y sacarlos de nuevo a la luz.

La hora de Jerusalén se acercaba. Y mientras los malparados supervivientes de Tiberíades, Jotapata y Cesarea se precipitaban a Jerusalén en busca de refugio, escuchábamos historias acerca del poder y la ferocidad de los romanos. Vi que era hora de llevar a mi mujer y a mis esclavos a la seguridad de las murallas, para regresar a nuestra granja cuando el peligro hubiera pasado.

Rebeca estaba llorando, pero era valiente, y yo me sentí orgulloso de ella. Cogimos únicamente lo que necesitábamos y dejamos el resto almacenado y a buen recaudo, en la esperanza de que pronto volveríamos.

Miriam nos acogió en su casa, donde, con otros miembros de los Pobres y con Jacob, Felipe y Mateo, Rebeca y yo compartimos nuestros bienes terrenales y pasamos nuestros días en oración.

Contrariamente a nuestro deseo, nunca volvimos a nuestra granja.

Vespasiano se convirtió en emperador de Roma y su hijo Tito entró en Jerusalén.

No puedo describir el frío temor que atenazó nuestros corazones a la vista de las legiones romanas. Había decenas de miles de romanos marchando hacia la ciudad y fue en aquel momento, mientras miraba desde el Templo hacia el monte de los Olivos, cuando supe que éstos eran los últimos días.

Fue en esta época cuando sucedió una calamidad para la ciudad. Después de ver la inmensidad de los soldados de Roma, separados de nosotros tan sólo por el río Cedrón, muchos ciudadanos manifestaron el deseo de rendirse ahora y, de este modo, salvarse. Ahora bien, los zelotas no iban a consentirlo, pues creían que éstos eran los últimos días profetizados en las Escrituras, y que el suyo era un deber para con Dios. Y así, la gente de Jerusalén se dividió. Las autoridades de la ciudad, los saduceos y los fariseos, creían que los romanos no atacarían y que se llegaría a un acuerdo pacífico. Nosotros, los Pobres, creíamos que la oración era la respuesta, y que Dios, viendo nuestra fe, nos mandaría al Mesías. De este modo Jerusalén quedó dividida, y no constituimos un frente unido contra el enemigo.

Llegó un día en que, cansándose de mantenerse a distancia y ansioso de una acción decisiva, Tito ordenó que todas las tierras de los alrededores fueran arrasadas y así rellenada la garganta del Cedrón. Así fue que una cohorte de romanos taló todo árbol, toda valla y arrasó todo edificio hasta la base de las murallas. Así fue como mi granja fue destruida, y vi las llamas alcanzar el cielo hasta que no quedó nada por quemar.

El siguiente movimiento de Tito fue construir una enorme rampa. Eligió el mejor lugar para su ataque frente a la tumba de Juan Hircano; pues la primera fila de murallas se hallaba allí en un terreno más bajo y constituía, por ello, un fácil acceso a la tercera muralla, a través de la cual pensaba capturar la fortaleza Antonia, la parte alta de la ciudad y, en consecuencia, el Templo.

No obstante, incluso con el enemigo tan cerca, la lucha prosiguió en el interior de la ciudad. Cuando cada vez más gente llena de pánico quiso entregarse a los romanos, eran los sanguinarios zelotas quienes se hallaban al mando y no permitieron ninguna rendición.

Yo no podía creer el cataclismo que contemplaban mis ojos, pues el judío combatía al judío en las calles de Jerusalén, en tanto que, a las puertas de las murallas, los romanos esperaban como buitres.

Fue un momento triste para todos, y ningún hombre conoció la paz. Antes de que un solo judío se entregara al enemigo, los zelotas lo mataban en la calle como advertencia contra otros intentos. Pues se habían convertido en fanáticos. Estos hombres celosos, apasionados por su creencia en un supremo Sión, se convirtieron en lunáticos al ser acorralados por Roma. Estábamos todos atrapados y sabíamos que seríamos asesinados, y así fue como estos judíos radicales se enredaron en su fanatismo. Aunque había entre nosotros quien hubiera preferido una esclavitud pacífica, los zelotas eligieron la muerte antes que el deshonor.

Jerusalén no se uniría contra el enemigo. Y no sé si esto hubiera sido o no de ayuda, pues se convirtió rápidamente en una pesadilla de asombrosas proporciones. Ningún hombre de entre nosotros hubiera podido prever la calamidad que pronto habría de sucedernos, y, cuando adquirimos tal conciencia de la seriedad de nuestra situación, era ya demasiado tarde.

Recé con mis hermanos de los Pobres hasta que mis rodillas se encallecieron. Tito y sus hombres construían su rampa hasta la fortaleza Antonia. Facciones divididas de judíos luchaban entre sí dentro de la ciudad.

Y un enemigo peor —mucho peor de lo que yo o mis hermanos, o Tito o los zelotas hubiéramos podido imaginar jamás— comenzaba a introducirse insidiosamente en la ciudad.

Y era a causa de este enemigo —no de los judíos que rivalizaban ni de los romanos, sino de este último adversario que comenzó su propia guerra contra nosotros— que los días de Jerusalén estaban contados.

Pues ningún hombre puede detener el avance de la hambruna.

La lucha se convirtió en algo diario, aunque limitado a las murallas.

Una vez más, Saúl intentó presionarme para que llevara un arma, pero no lo hice, pues creía que Dios nos salvaría antes de que Roma abriera brecha en las murallas, y no podía mostrar signos de desconfianza en su juicio.

—Mientras tú rezas de rodillas para que venga tu Mesías, judíos valerosos están perdiendo sus vidas bajo las lanzas romanas. ¿Acaso no lo has visto? ¿Acaso no lo has oído? Hay sangre judía en las murallas de la ciudad y sus gritos se oyen en las distintas colinas. ¿Dónde está tu Mesías?

Y yo contesté:

—Dios elegirá el momento.

Éstas fueron las últimas palabras que cruzamos, y me causaron gran dolor. Saúl era un buen rabino y el mejor de los judíos; ¿dónde estaba su fe en Dios?

Mientras la rampa de Tito crecía sin parar todos los días, y mientras Jerusalén comenzaba a sentir los primeros achaques del hambre, muchos ciudadanos decidieron huir a través de las puertas. Al correr hacia el enemigo, estaban salvando sus vidas, pero era algo efímero.

Unos cuantos hombres astutos quisieron llevarse su tesoro consigo, y por ello tragaron tantas monedas de oro como pudieron antes de escalar las murallas y descolgarse entre los romanos. Al principio, los desertores recibieron un buen trato y se les dio asilo, pero, después de que un soldado romano viera a un viejo judío sacar monedas de oro de sus propias heces, se extendió rápidamente por todos los campamentos la noticia de que los fugitivos se habían tragado su dinero.

Y así fue que aquella terrible noche, y todas las noches siguientes, todos los judíos que se encontraban en los campamentos romanos fueron abiertos en canal, aún vivos, y sus entrañas fueron registradas en busca de oro.

Todavía puedo oír los lamentos de los asesinados aquella noche, hijo mío, pues sus gritos fueron arrastrados por el viento y propagados por la ciudad. Aquellos pobres desgraciados que, en su ignorancia y falta de fe, habían corrido hacia el enemigo para salvarse, acabaron por sufrir el más abominable de los destinos. Tal vez cuatro mil fueron muertos aquella noche, hombres, mujeres e incluso niños, desventrados por los soldados romanos a causa de la insaciable avidez de oro del hombre. Y se rumorea, hijo mío, que el tesoro hallado por miles de legionarios en ese asesinato masivo no ascendió a más de siete piezas de oro.

Intenté no ceder a la desesperación, como tantos habían hecho a mi alrededor. El hambre estaba venciendo a la ciudad a medida que el grano y el suministro de agua se acababan. Los Pobres éramos más afortunados que otros, pues aquellos de nosotros que teníamos mucho lo compartíamos con los que no tenían nada. Rezábamos diariamente porque regresara el Mesías, como habíamos prometido cuarenta años antes. La época de la que había hablado estaba aquí; éstos eran los últimos días.

La lucha se recrudeció, tanto dentro como fuera. Aquellos judíos que continuaban saltando la muralla y se arriesgaban así con los romanos, eran crucificados en la cima de las colinas y Tito los dejaba colgar durante días como advertencia. Quería que entregáramos la ciudad, y no lo haríamos.

Aquellos de nosotros, decenas de miles, que permanecíamos en la ciudad, hallamos el hambre a la puerta de casa. Y cuando nos aventurábamos por las calles, éramos asediados por enloquecidos muertos de hambre que nos hacían trizas buscando un pedazo de pan escondido.

¡Qué deprisa desaparece el juicio ante la inanición!

Tito tenía rodeada la ciudad y sólo necesitaba luchar un poco, pues iba a dejar que el hambre librara su guerra por él.

A medida que pasaban las semanas y que la esperanza disminuía, nosotros, los Pobres, rezábamos sin cesar porque el Mesías viniera y nos liberara. Sucedería esta tarde, o esta noche, o mañana por la mañana, y entonces oiríamos las trompetas del Señor y sabríamos que estábamos salvados.

Durante todo ese tiempo, Rebeca nunca se alejó de mi lado. La casa de Miriam llegó a estar atestada de familias cuyos hogares no eran ya seguros. Quisimos alimentar a todo el mundo, pero las provisiones eran escasas. Y seguimos cantando el himno de la Nueva Alianza y esperamos hallar a Yesua entre nosotros.

Sara y Jonatán trabajaban mucho para cuidar a los enfermos y a los heridos, además de alentar la fe de aquellos que flaqueaban. Ella ayudaba a dispensar las medicinas místicas que los monjes del mar de la Sal preparaban en su monasterio y que Jacob y los Doce utilizaban en sus artes curativas. Y yo la amaba en estos momentos más de lo que la había amado antes, a pesar de que había palidecido y adelgazado, y parecía tener el doble de su edad. Sara nunca puso en duda el juicio de Dios como hacían tantísimos, y yo pensaba en ella como una santa entre las mujeres.

Ha llegado la hora de hablar del momento más triste de todos.

Llegó a nuestra casa la noticia de que Saúl había sido herido y de que se encontraba en casa de un amigo en la parte baja de la ciudad. El muchacho que había traído el mensaje no era mayor que Jonatán, un simple mozuelo cuya túnica estaba hecha jirones y cuyos ojos revelaban los horrores que había visto. Se arrojó sobre el pequeño pedazo de pan que le dimos y se atragantó con la taza de agua. Cuando vi esto, me alarmé, pues supe que Saúl debía estar también sin comida.

Así que envolví mi propia pequeña ración y me la metí en un morral, juntamente con una bolsa de polvo blanco que Jacob administraba a menudo en pequeñas cantidades para paliar el dolor. Le dije a Rebeca adónde iba, pero no a Sara, pues no quería que supiera las malas noticias de su marido. Luego, partí en medio de la noche.

No estaba preparado para el espectáculo de desolación que encontré en las calles. ¡Qué ciego había sido! ¡Qué ignorante de la verdadera situación de nuestra ciudad! Mientras había permanecido arrodillado durante meses en el suelo de casa de Miriam, rezándole a Dios y manteniendo la esperanza con mis hermanos, Jerusalén se había convertido en un cementerio.

Había cuerpos hinchados por todas partes, despidiendo tal hedor que, si mi estómago no hubiera estado tan vacío, hubiese vomitado. Criaturas infelices que habían sido en el pasado ciudadanos respetables revolvían en las alcantarillas, buscando estiércol para comer y registrando los cuerpos de los muertos. A mi alrededor, vi por todas partes rostros cadavéricos, flacos y hundidos como salidos de las tumbas. Mujeres esqueléticas apretaban a sus criaturas muertas contra sus pechos secos. Perros salvajes destrozaban a los débiles e indefensos que yacían junto al camino.

Me quedé como golpeado por una maza, y me di cuenta de que lo que había dicho Saúl en los meses pasados era verdad, y de que le había vuelto la espalda a mi amigo.

No pasé inadvertido. En varias ocasiones, al pasar por callejuelas oscuras, fui atacado por salvajes que se aferraban a mis ropas y olían a podrido. Sin embargo, fui más fuerte que ellos, más fuerte que diez de ellos, pues había comido, aunque poco, en los días pasados, en tanto que ellos no. Y así pude, tras cierta lucha, librarme de mis asaltantes y llegar al escondite de Saúl.

Yacía en el suelo de piedra con dos amigos a su lado. La única luz que había en la mortal oscuridad procedía de la luna, que brillaba plateada a través de una pequeña ventana que se hallaba muy arriba. No sé qué era este sitio, pero olía fuertemente a orín y putrefacción. Los dos hombres sentados a su lado eran como esos fantasmas de ojos hundidos que rondaban las calles y que sólo necesitaban un lugar para tumbarse y morir. Iban vestidos con harapos, como mi querido Saúl, sucio hasta más allá de lo creíble y lleno de sangre. Al verme, se levantaron sin una palabra y nos dejaron solos.

Permanecí inmóvil, inclinado sobre mi amigo, durante algún tiempo antes de caer de rodillas junto a él, tan atónito quedé por su aspecto. ¿Dónde estaba el hombre hermoso y risueño a quien durante tanto tiempo había llamado hermano? ¿Quién era este infeliz consumido que apenas respiraba y yacía en su propia suciedad?

No pude contener las lágrimas. Forzando una sonrisa, el dulce Saúl dijo:

—No hubieras debido venir, hermano, hay peligro. Estabas a salvo en tu casa, por lo menos durante un poco de tiempo más.

—¡Estaba equivocado! —grité con angustia—. Qué ciego fui. ¡Ese primer día en que viniste a mí hubiera debido coger la espada, pues entonces tu muerte no sería inútil! ¡Jerusalén será vencida, Saúl, y estaremos perdidos para siempre!

Pero él sacudió la cabeza.

—No, hermano mío, fui yo quien estaba equivocado y tú tenías razón. Habrá un Mesías que vendrá un día a Israel y Sión gobernará de nuevo. Pero éste no era el día. Cuando yo tomé la espada, David, dejé a un lado mi fe en Dios. Eres tú, con tus oraciones, quien ha mantenido la Alianza con Él. En mi vanidad, pensé que podía salvar a Jerusalén con mi propia mano. Presioné al juicio de Dios y quise forzarle a la acción. Pero ahora veo que no podemos saber el momento que el Señor tiene pensado para su pueblo. Sólo podemos esperar, rezar y demostrarle que somos dignos.

—Tú, hermano David, eres digno por encima de todos los hombres, mientras que yo no lo soy. Y es a causa de mí y de otros como yo, que mostraron desconfiar de Dios, que el día del Mesías ha sido aplazado. Si también yo hubiera rezado contigo como hubiera debido hacer...

Saúl tuvo un acceso de tos y esputos, y ello me asustó.

Luego, todavía sonriente pese a su agonía, murmuró:

—Te he querido por encima de todas las cosas, hermano mío, y empleo mi último aliento para hacerte una petición.

Yo no pude contestar, sólo lloré.

—Cuida de Sara y de Jonatán en mi lugar. No sé dónde están ahora, los he perdido. Búscalos y sálvalos del destino que les espera al otro lado de la muralla. No podría soportar que los romanos les hicieran prisioneros. ¡Prométeme, David, que les protegerás!

Y le prometí a Saúl que les defendería con mi propia vida.

—Y ahora —musitó— añadiré una cosa más. Te lo digo porque me estoy muriendo y tú vivirás, y porque te quiero. He sabido durante muchos años, David, que amas a Sara. Tú eres mi hermano y no tenemos secretos. Lo he visto en tus ojos y lo he visto en los suyos. Os habéis amado desde el día en que os presenté, y seguís amándoos. No te lo reprocho, ni lo he hecho nunca, pues Sara es una mujer buena, veo lo que tú ves en ella; y tú eres un hombre bueno, sé por qué ella te quiere.

»Sin embargo, sospecho, querido hermano, que no sabes

lo de Jonatán. De hecho, Sara ignora que yo lo sé; cree que ella sola ha guardado el secreto todos estos años. Pero un hombre intuye estas cosas, del mismo modo que tú debes saber que Jonatán es tu hijo.

Ben se desplomó sobre el escritorio. Lloró en voz alta, mojando la fotografía con sus lágrimas, mientras Judy lloraba en silencio, con la mano tiernamente posada sobre su hombro.

Pasó largo tiempo antes de que pudieran pasar al fragmento siguiente, y cuando lo hicieron, Ben no escribió ya la traducción en el papel, sino que leyó de viva voz a medida que proseguía.

—¿Cómo puede ser? —grité.

—Si tan sólo abrieras los ojos —dijo Saúl—, te verías a ti mismo en Jonatán. Nació dos meses antes, y no te diste cuenta de ello, mi buen y obtuso amigo. Supe entonces que tú habías conocido a Sara y que ella no había sido virgen. Al principio me dolió, pero os quería tanto, que superé el dolor y miré a Jonatán como mío.

»Pero, cuando yo haya muerto, Sara le contará la verdad, que tú eres su padre, y Jonatán te buscará. ¡Búscalos ahora, David, antes de que sea demasiado tarde!

Saúl murió en mis brazos con la misma sonrisa en los labios, y yo lo envidié de aquel momento en adelante.

Pero la muerte no le llega nunca a quien la busca, y, a pesar de que deambulé ciego por las calles desarmado, y a pesar de que llevaba todavía el pedazo de pan en el cinto, pasé sin ser molestado.

Cuando regresé a casa de Miriam —o a lo que quedaba— me quedé ante ella como un muerto andante. Estaba más allá de toda sensibilidad y no pude sentir emoción alguna al ver la casa totalmente en ruinas.

¡Oh, qué carnicería! ¿Cómo pueden unos inocentes ser las víctimas de semejante rapiña? ¿Quién asesinaría a mujeres y niños indefensos, los mutilaría de este modo y los atacaría de forma tan brutal?

Si en aquel momento hubiera estado en mi juicio, hubiera caído en una rabia demencial. Pero no podía. Las escasas horas anteriores me habían dejado tan abatido, que todo cuanto pude hacer fue inspeccionar la destrucción y la brutalidad que había a mi alrededor. Aquellos dulces y amables judíos, cuyo único crimen había sido esperar a su Salvador, habían sido asesinados por unos pedazos de pan. Y no había sido el enemigo romano quien lo había hecho, sino otros judíos.

Mi querida Rebeca, con su cabello rojo entremezclándose con la roja sangre que manaba de su cabeza, yacía bajo el cuerpo de Mateo, que debió de haber intentado luchar para protegerla.

¿Y eras tú, querido Mateo, el que decía a menudo que quien vive por la espada morirá por ella?

¡Qué equivocados estabais! ¡Qué equivocados estabais todos!

Avancé ciego, dando traspiés entre los escombros y sobre los cuerpos de mis queridos hermanos y hermanas, pero no encontré a Sara y a Jonatán. Si habían huido, ¿adónde podían haber ido? No había ningún lugar seguro en la ciudad.

Así que me arrodillé y pronuncié una sencilla oración. No había nada más que yo pudiera hacer aquí, la batalla estaba perdida. Y en una última mirada a los cuerpos de mi esposa y de mis amigos, sentí una oleada de odio y de ira recorrer todo mi ser, la amargura en mi boca cual veneno. Así que me quedé mirando aquella tumba común, agité el puño hacia el cielo y, con una resolución mayor que la que había conocido jamás, maldije para siempre al Dios de Abraham.

Pasé las horas siguientes, antes del amanecer, buscando a Sara y a Jonatán. Pero no pude encontrarlos en ninguna parte.

¿Qué les había sucedido? ¿Cuál había sido su trágico destino? Sólo podía rezar porque ahora estuvieran muertos y no presenciaran ya todo esto.

Y así sucedió que, en la última hora antes del amanecer, mientras las tropas de Tito realizaban sus últimos esfuerzos por salvar las murallas, llegué a la casa de un hombre que conocía.

Le había visto a menudo en casa de Miriam. Era un buen judío y un fariseo que creía en el retorno del Mesías. Había muchos reunidos con él en el interior, apiñados en la oscuridad, con los ojos desorbitados de terror. Al reconocerme, me invitó a entrar.

—Hemos dejado una rebanada de pan para todos nosotros, y un poco de vino de sacrificio que habíamos escondido. Ahora vamos a celebrar la comunión y a rezar. ¿Te unirás a nosotros?

Dije que sí y, dado que en el pasado había sido estudiante en el Templo, me ofrecí a dirigirlos en la oración.

Rompí la pequeña rebanada de pan en diminutos pedazos y los pasé a la congregación, diciendo:

—Este pan simboliza el cuerpo del Mesías que compartirá un día la comunión con nosotros.

Luego vertí el último vino que quedaba en unas copas y, mientras lo hacía, miré sus caras. Eran seres tristes y muertos de hambre con unos ojos que miraban aturdidos. Y, al verlos, vi de nuevo los cuerpos de Rebeca, Jacob y Felipe y todos los demás que habían sido en el pasado personas tan esperanzadas como éstas. Y recordé la bolsa de polvo blanco que llevaba en el morral, que había cogido para Saúl, y cuando no podían verme, vacié todo el polvo en las copas. Luego les pasé el vino para que cada uno de ellos pudiera beber, y dije:

—Este vino simboliza la sangre del Salvador que compartirá un día la comunión con nosotros.

Y el hombre propietario de la casa, después de tomar el veneno, dijo:

—¿No compartirás esto con nosotros, hermano?

Y contesté:

—Beberé de la copa de mi Maestro.

Me dirigió una mirada perpleja y murió al poco rato.

Conté ochenta y nueve personas en aquella casa, desde un hombre muy viejo hasta un niño de seis años. Y todos estaban muertos antes de que yo volviera al aire helado del alba.

Cuánto tiempo vagué por las calles, tropezando con los cuerpos, resbalando en el cieno, no lo sé. Y cómo pude salir ileso, tampoco. Posiblemente el Señor imponía de ese modo su juicio sobre mí. Si la muerte es piadosa, vivir es la pena capital. Y tal era la sentencia por mi crimen: vivir el resto de mis días bajo el peso de la culpa por mi crimen.

Fue bajo el seco y mordiente aire del amanecer que me llegó la revelación. Y cuando me di cuenta de cuál había sido esa noche mi auténtico crimen, supe que era un hombre condenado al olvido.

Pues mi crimen no había sido el de matar a esas ochenta y nueve personas en aquella casa, sino robarles su última oportunidad de ver al Mesías.

Caí de rodillas sobre los guijarros, me desgarré las ropas y lloré gritando.

Porque yo, David Ben Jonah, había dejado por una noche de creer en la venida del Mesías, ¡había negado a esa amable gente sus últimas horas de esperanza! Mientras todavía vivían, Él todavía podía haber venido. Que yo hubiera perdido la fe no significaba que el Mesías no fuera a venir jamás.

Y ése, hijo mío, fue el abominable crimen de tu padre, el desgraciado acto que lo ha exiliado de la comunidad de los hombres.

Golpeé el suelo con los puños hasta que sangraron, y me arrojé piedras contra la cara y contra el pecho. Pero no habría muerte para David Ben Jonah. No después del imperdonable crimen que había cometido contra ochenta y nueve nazarenos.

Supe en el instante siguiente lo que tenía que hacer, pues fue como si ya no fuera dueño de mí mismo, sino que siguiera las órdenes de una fuerza invisible.

Tenía que abandonar Jerusalén. No tendría el privilegio de morir todavía, pues el mismo Dios a quien había maldecido, ahora buscaba vengarse de mí.

Acudió a mi cabeza la idea de cómo escapar; era el plan de Dios, y lo seguí sin protestar.

Para escapar de Jerusalén tenía que cruzar las puertas e introducirme entre los soldados romanos. Y, para pasar inmune entre los campamentos enemigos que rodeaban la ciudad, sólo había una forma: fingirme leproso.

El plan se me ocurrió como en un sueño, pues no sentía ansiedad por mi seguridad o mi vida —de hecho, deseaba la muerte—, y, sin embargo, se me ocurrió que debía escapar de la ciudad de este modo, y así supe que era el plan de Dios.

Según el capítulo decimotercero del tercer libro de Moisés, rasgué mis vestiduras, me dejé la cabeza desnuda y me cubrí la boca. Luego anduve por las calles y grité como está escrito en la Ley:

—¡Impuro! ¡Impuro!

Cuando me aproximaba a la puerta de Gennath y no me hallaba lejos del palacio Hasmoneo, vi que la gente se apartaba de mí. Caminaba como en un sueño, despreocupadamente y sin prisas, pues toda vida había huido de mí, y mi cuerpo era de madera. Me despejaron el camino. Nadie se atrevió a detenerme, y la puerta fue abierta por los zelotas que la guardaban. Eran una multitud ojerosa, con descuidadas barbas y ropas manchadas de sangre. Me miraron con desagrado e hicieron observaciones groseras al pasar.

Cuando la puerta se cerró detrás de mí, vi al frente los formidables campamentos de los romanos, sus filas de tiendas y sus tempranas hogueras hasta tan lejos como alcanzaba la vista. Grité:

—¡Impuro!¡Impuro!

Y pasé entre ellas. En el camino hacia la ruta de Damasco, un par de soldados indeseables me miraron con recelo y blandieron sus espadas recién afiladas. Como hablaban un dialecto común del griego, pude comprender lo que decían de mí.

Uno quería abrirme en canal y registrar mis intestinos en busca de oro, pero el otro temía acercarse a mí. El primero dijo que tal vez sólo estuviera disfrazado, pero el otro sostuvo que no estaba dispuesto a arriesgarse.

Y así llegué ileso a la ruta de Damasco, pues ni siquiera los romanos tocarían a un leproso.

Nunca sabré cuánto anduve, pero el camino de Jerusalén a Galilea es largo, y vi el sol salir y ponerse muchas veces. Al cabo de un tiempo, a causa de mi necesidad de comida, abandoné mi disfraz de leproso y recorrí el campo como mendigo. Una mazorca de maíz aquí, un mendrugo de pan allá, y un poco de agua de un pozo ocasional; y en todas partes a mi alrededor, la destrucción causada por Roma.

Y mientras caminaba, me di cuenta de que era una criatura más baja y más despreciable todavía de lo que había pensado antes, pues, en mi fácil huida de Jerusalén y mi viaje sin objeto hacia el norte, me había olvidado de Sara y de Jonatán. Y, al hacerlo, había roto mi promesa a un amigo agonizante.

Cualesquiera que fueran los horrores que Sara y Jonatán estuvieran sufriendo, era por mi culpa, pues si hubiera sido un hombre de palabra, los hubiera salvado junto conmigo...

Logré llegar a Magdala —cómo, nunca lo sabré—. Me guiaba una fuerza que no era yo, pues, si hubiera sido yo solo, me hubiese tumbado al pie del camino y estaría muerto hacía tiempo. Pero mi supervivencia no era mi propio deseo, ni tampoco lo era este destino. Y, con todo, aquí llegué, a la vacía casa de mi padre, y a un pueblo que había conocido la guerra y el saqueo.

Tomé estos papiros de la abandonada sinagoga, pues supe entonces cuál debía ser mi objetivo. Dios mi Señor me había salvado sólo por una razón, y era para registrar sobre el papel todo lo sucedido. Una vez más, ¿por qué?, no lo sé. Pero del mismo modo que era parte del plan del Señor que tú fueras hijo mío, Jonatán, debía ser parte de su plan que conocieras con detalle la vida de tu padre.

Y te la he entregado. Tal vez, si Sara te cuenta la verdad, vendrás y me buscarás. Y, al buscarme, encontrarás estos manuscritos. Y recuerda, hijo mío: es Dios quien juzga; no tú. Y fue también Dios quien ordenó el destino de Jerusalén.

Pues el profeta Isaías dice: «Mirad, el Señor desolará la tierra, la despojará y sembrará en ella la confusión, y dispersará a sus moradores. Enteramente arruinada quedará la tierra, y totalmente devastada, por cuando el Señor así lo ha pronunciado. La ciudad será un páramo y quedarán destruidas sus puertas».

Recuerda siempre, hijo mío, que eres judío, igual que yo soy judío, igual que mi padre era judío. Seguirás esperando al Mesías, pues sé que Sara te enseñará, y ahora debo hacerte una advertencia: No mires hacia Roma. Nosotros, los de Jerusalén, fuimos los que conocimos al Maestro en vida, y ahora hemos desaparecido. Simón está muerto, Jacob está muerto, y los Doce están todos muertos. Ya no existe ningún hombre que le conociera.

Con tu juventud y tu inocencia, temo que dirijas tus ojos hacia los paganos, pues también ellos usan la palabra Mesías. Pero ten presente, hijo mío, que sólo nos han imitado. Mientras que Jerusalén esperaba a un hombre, Roma espera un sueño.

Recuerda siempre esta parábola:

«Creció una vez un árbol fuerte y robusto que un día dejó caer una semilla al suelo. De ella, creció un retoño. Otro día, un rayo alcanzó al árbol grande y lo arrasó. El retoño, que no había sido tocado por el rayo, siguió creciendo; mas está separado del progenitor y crece de forma diferente.

»Algún día, cuando sea grande, un hombre se acercará a él y dirá: "He aquí un árbol robusto", sin saber que en un lugar no muy lejano hubo en el pasado un primero que lo fue todavía más.»

¡Escucha, oh Israel, el Señor nuestro Dios, el Señor es el único Dios! ¿Puede ser que quede algo digno en David Ben Jonah para merecer la piedad del Dios de Abraham? ¡Estoy soñando! ¡Me he vuelto loco o hablé esta mañana con mi viejo amigo Salmónides, que apareció como un fantasma del pasado! ¡Y qué increíble historia me ha contado!

El viejo griego, muy contento de verme, se arrojó a los pies de ese hombre desdichado que era yo, y afirmó haberme estado buscando.

En mi total asombro, le dije que yo era un hombre despreciable y que esperaba el juicio de Dios sobre mí, y por consiguiente, mi muerte.

Y ese arrogante compañero me espetó:

—Entonces, has juzgado mal a tu Dios, maestro, o, a lo mejor Él está demasiado ocupado destruyendo Jerusalén y ha olvidado su compromiso contigo, pues no vas a morir y no eres un hombre despreciable. Hay quien te quiere.

Y siguió contando su increíble historia, su huida en la noche de Jerusalén, que logró cruzar las líneas con la fortuna que había ganado trabajando para mí todos aquellos años, y que había salvado otras dos vidas.

¿Y cómo podía dar crédito a mis ojos cuando vi a continuación a Sara y a Jonatán ante mí?

Ben lanzó un grito, cayó de la silla y aterrizó en el suelo con estrépito. Su cuerpo temblaba violentamente y daba rápidas sacudidas como su estuviera en las garras de un ataque. Cuando Judy, de rodillas junto a él, intentó levantarlo, él murmuró:

—No... hay más. Debo... leerlo...

Abundante sudor impregnaba su ceniciento rostro. Sus ojos estaban dilatados. Parecía haber olvidado a la muchacha que luchaba con él, parecía inconsciente de que se había puesto en pie con dificultad y se apoyaba en el escritorio para sostenerse. La camisa de Ben estaba empapada. Respiraba jadeante, como si hubiera corrido muchos kilómetros.

—Debo terminar... debo leerlo...

—Tienes que parar, Ben, ¡estás enfermo!

El sonido de su voz lo hizo cesar de temblar, y se volvió para mirarla en una forma muy curiosa.

—Judy —murmuró. Luego se reclinó en la silla y se sostuvo la cara entre las manos.

Arrodillada ante él, Judy le limpió los ríos de sudor que le corrían por la cara y el cuello. También ella se encontraba débil, pálida y agotada. Juntos habían sufrido la penosa experiencia de Jerusalén.

—Judy... —dijo él entre sus manos—. Lo recuerdo. Lo recuerdo todo.

—¿Qué recuerdas?

Por fin, levantó la vista y la miró. Sus ojos eran de un glacial color azul y estaban llenos de sorpresa.

—Recuerdo haber creído que yo era David. Recuerdo haber sido David. Oh Dios, ¿qué me ha pasado? ¿Qué nos ha pasado?

Los labios de ella se movieron, pero no surgió palabra alguna.

Tras otro largo silencio, Ben dijo con un poco de tristeza:

—Todo ha terminado. David se ha ido.

—Oh, Ben... —y ella se estremeció de alivio.

—No sé cómo, pero lo sé. Y no puedo explicártelo. Quizás algún día lo averiguaré. Me pregunto... —Ben tomó las manos de ella y la miró largamente a los ojos—. ¿Cómo te metiste en esto, Judy? ¿Qué hubiera pasado si no te hubiera conocido? ¿Fuiste tú una de las causas, o solamente un catalizador?

Ella le devolvió la mirada. Volvían a estar en el mismísimo principio, allí donde estuvieron hacía cuatro semanas.

—¿Estuvo David realmente aquí alguna vez? —murmuró Ben—. ¿O fui yo todo el tiempo? Y aquellas coincidencias... —Tomó el rostro de Judy entre sus manos, besó su boca y murmuró—: Te quiero.

Ella sonrió y le devolvió el beso.

—Quiero comprender todo esto, Judy. Quiero entender qué ha sucedido. Nos sentaremos y volveremos a leer los manuscritos, y veremos si podemos hallar alguna pista, alguna clave de todo el asunto. Yo... no soy ya el mismo hombre. David me ha cambiado. ¿Crees que tal vez hubiera sucedido algún día... de todos modos?

—No lo sé, Ben.

—He de encontrarme a mí mismo de nuevo, Judy. Pero tú puedes ayudarme esta vez. —Volvió a besarla, largamente—. Y ahora... queda un poco más que leer. Y después...

—¿Y después?

—Podemos escribir a máquina una traducción decente y mandársela a Weatherby. Las cosas van a empezar a suceder aprisa y queremos estar preparados. Venga, vamos a ver cuáles fueron las postreras palabras de David.

Así que leyeron juntos las últimas líneas del último fragmento:

Ahora que le he contado a Jonatán la historia en persona, me es imposible destruir estos manuscritos o borrar los papiros, pues son, a pesar de todo, una parte de mí, y siguen siendo mi legado. Pero, ¿para quién? ¿Para futuras generaciones?

Y por ello, al igual que puse a buen recaudo mis primeros doce manuscritos, guardaré ahora éste y lo ocultaré cuidadosamente con el resto. Y si un judío lo encontrara en algún lejano momento, ¿no sería, al fin y al cabo, hijo mío?